CONTACTOS PELIGROSOS

Las Crónicas de Krinar: Volumen 1

ANNA ZAIRES

Publicado por Mozaika Publications, una marca de Mozaika LLC.
www.mozaikallc.com

Portada de Najla Qamber Designs
http://www.najlaqamberdesigns.com/

e ISBN-13: 978-1-63142-362-8
Print ISBN-13: 978-1-63142-363-5

PRÓLOGO

Cinco años antes

—Sr. presidente, todos le esperan.

El presidente de los Estados Unidos de América levantó la cabeza con desgana y cerró la carpeta que había en su mesa. Llevaba una semana durmiendo mal, con la mente preocupada por el deterioro de la situación en Oriente Medio, y por la debilidad sostenida de la economía. Aunque ningún presidente lo había tenido fácil, parecía que su mandato había estado marcado por una tarea imposible tras otra, y el estrés diario estaba empezando a hacer mella en su salud. Tomó nota mentalmente de pedirle al doctor que le hiciera un chequeo un poco más adelante, esa misma semana. El país no necesitaba a un gobernante enfermo y exhausto que sumar a todas sus demás calamidades.

El presidente se puso en pie, salió del Despacho Oval y se dirigió hacia la sala de reuniones del Gabinete de Crisis. Le habían informado antes de que la NASA había detectado algo inusual. Esperaba que no fuese nada más que un satélite descarriado, pero no parecía tratarse de eso, dada la urgencia con la cual el consejero de Seguridad Nacional había reclamado su presencia.

Saludó a sus asesores al entrar en la habitación y se sentó, esperando para escuchar qué hacía necesaria esta reunión.

El secretario de Defensa habló primero:

—Sr. presidente, hemos descubierto algo en la órbita de la Tierra que no debería estar allí. No sabemos de qué se trata, pero tenemos razones para pensar que podría ser una amenaza. Hizo un gesto hacia las imágenes que mostraban una de las seis pantallas que cubrían las paredes de la habitación—. Cómo puede ver, el objeto es grande, más grande que ninguno de nuestros satélites, pero parece haber salido de la nada. No hemos registrado ningún lanzamiento desde ninguna parte del mundo, y no hemos detectado nada aproximándose a la Tierra. Es sencillamente como si este objeto se hubiera materializado aquí hace unas horas.

La pantalla mostraba varias imágenes de una mancha borrosa contra un fondo oscuro y estrellado.

—¿Qué piensa la NASA que podría ser? —preguntó lentamente el presidente, intentando estudiar las posibilidades. Si los chinos hubieran inventado alguna nueva tecnología de satélites, se habrían enterado, y el programa espacial ruso ya no era lo que solía ser. La presencia de ese objeto simplemente no tenía ningún sentido.

—No lo saben —dijo el consejero de Seguridad Nacional—. No se parece a nada que hayan visto antes.

—¿No puede la NASA aventurarse a hacer al alguna suposición al menos?

—Saben que no se trata de ninguna clase de objeto astronómico.

Así que tenía que ser artificial. El presidente miró las imágenes con perplejidad, negándose a contemplar siquiera la extravagante idea que se le acababa de ocurrir. Volviéndose hacia el consejero, preguntó:

—¿Hemos hablado con los chinos? ¿Saben algo de esto?

El consejero abrió la boca para responder, cuando de repente los inundó un fogonazo de luz brillante. Cegado por un instante, el presidente parpadeó para poder ver con claridad... y se quedó paralizado, en shock.

Había un hombre justo delante de la pantalla que había estado mirando el presidente. Era alto y musculoso, con los ojos oscuros y el pelo negro, y su piel olivácea contrastaba con el color blanco de su ropa. Estaba allí tranquilo y relajado, como si no acabara de invadir el sanctasanctórum del gobierno de los Estados Unidos.

Los agentes del Servicio Secreto fueron los primeros en reaccionar, invadidos por el pánico, gritando y disparando al intruso. Antes de que el presidente pudiera pensar, se encontró aplastado contra una pared, con dos agentes formando un escudo humano sobre a su cuerpo.

—No hay ninguna necesidad de eso —dijo el intruso, con voz profunda y sonora—. No quiero hacerle ningún daño a vuestro presidente aunque, si quisiera, no podríais hacer nada para impedírmelo.

Hablaba en un perfecto inglés americano, sin ningún atisbo de acento. A pesar de que los disparos habían sido dirigidos directamente hacia él, parecía encontrarse totalmente ileso, y el presidente se dio cuenta de que las balas intactas yacían en el suelo a los pies del hombre.

Tan solo el haber manejado una crisis detrás de otra durante años permitió al presidente tener la capacidad de hacer lo que hizo a continuación.

—¿Quién es usted? —preguntó con voz firme, ignorando los efectos del terror y la adrenalina que le corrían por las venas.

El intruso sonrió.

—Mi nombre es Arus. Hemos decidido que ya es hora de que nuestras especies se conozcan.

CAPÍTULO UNO

El aire era fresco y limpio y Mia caminaba con paso firme por un serpenteante sendero de Central Park. Las señales de la primavera estaban presentes por todas partes, desde los diminutos brotes en los árboles todavía desnudos hasta la abundancia de niñeras que habían salido con los ruidosos pequeños a su cargo a disfrutar del primer día de buen tiempo.

Era raro cuánto había cambiado todo en los últimos años, y sin embargo lo mucho que permanecía igual. Si alguien le hubiera preguntado a Mia diez años antes cómo iba a ser la vida tras una invasión extraterrestre, esto no se habría acercado ni de lejos a lo ella se hubiera imaginado. *Independence Day, La guerra de los mundos…* ninguna de ellas se acercaba ni un poquito a la realidad de encontrarse con una civilización más avanzada. No había habido ninguna lucha, ni resistencia de ningún tipo a nivel gubernamental, porque ellos no lo habían permitido. Visto en retrospectiva, estaba claro lo tontas que habían sido aquellas películas. Las armas nucleares, los satélites, los aviones de combate... todas esas cosas eran poco más que palos y piedras para una antigua civilización que podía cruzar el universo a una velocidad mayor que la de la luz.

Al ver un banco vacío junto al lago, Mia se dirigió agradecida hacia él, sintiendo en sus hombros el peso de la mochila con su grueso portátil de doce años y varios libros en papel pasados de moda. A los 21, a veces se sentía vieja, fuera de lugar en ese vertiginoso nuevo mundo de tablets finas como cuchillas de afeitar y móviles integrados en relojes de pulsera. El ritmo del progreso de la tecnología no se había ralentizado desde el Día K; en todo caso, muchos de los nuevos dispositivos habían sido influenciados por lo que tenían los krinar. Aunque no era que los K hubieran compartido ni una migaja de su preciosa tecnología; por lo que a ellos respectaba, su pequeño experimento debía continuar sin interrupciones.

Mia abrió la bolsa y sacó su viejo Mac. El trasto era pesado y lento, pero funcionaba, y siendo una universitaria muerta de hambre, Mia no podía permitirse nada mejor. Entró con sus claves, abrió un nuevo documento de Word y se preparó para comenzar el doloroso proceso de escribir su ensayo de Sociología.

Diez minutos y exactamente cero palabras después, se detuvo. ¿A quién quería engañar? Si realmente hubiese querido escribir ese maldito rollo, nunca habría venido al parque. Aunque fuera tentador fingir que podía disfrutar del aire fresco y ser productiva al mismo tiempo, en su experiencia esas dos cosas nunca habían sido compatibles. Una vieja y mohosa biblioteca era un decorado mucho mejor para cualquier cosa que requiriera de ese esfuerzo de poder mental.

Fustigándose mentalmente por su pereza, Mia dejó escapar un suspiro y se puso a mirar a su alrededor. Observar a la gente de Nueva York nunca dejaba de divertirle.

La escena era la habitual, con su obligado hombre sin techo ocupando un banco cercano (gracias a Dios que no era el más cercano, ya que parecía que podía apestar bastante), y dos niñeras charlando en español mientras paseaban sin prisa con sus carritos de bebé. Una chica hacía running en un sendero un poco más allá. Sus Reeboks de un rosa brillante contrastaban agradablemente con sus leggings azules. Mia siguió a la corredora con la mirada, sintiendo envidia de su condición física. Su propio horario frenético le dejaba poco tiempo libre para el ejercicio, y dudaba que en esos momentos pudiera seguirle el ritmo a la chica ni siquiera durante un kilómetro o dos.

A su derecha, sobre el lago, estaba el Bow Bridge. Había un hombre apoyado en la barandilla, mirando hacia el agua. Tenía el rostro vuelto, así que Mia solo podía ver parte de su perfil. Sin embargo, algo acerca de él le llamó la atención.

No estaba segura de lo que era. Era decididamente alto, y parecía tener un buen cuerpo bajo la gabardina de aspecto caro que llevaba, pero ese no era motivo suficiente. La ciudad de Nueva York estaba infestada de modelos, y era habitual ver hombres altos y guapos. No, había algo más. Quizás fuese su manera de estar allí de pie, muy quieto, economizando sus movimientos. Su pelo era oscuro y brillante bajo el radiante sol de la tarde, y lo bastante largo en la parte de delante para danzar ligeramente en la cálida brisa primaveral.

También estaba solo.

Mia pensó que sería eso. El pintoresco y habitualmente popular puente estaba totalmente desierto, excepto por el hombre de pie sobre él. Parecía que todo el mundo dejaba un amplio espacio libre a su alrededor por algún motivo desconocido. De hecho, a excepción de ella misma y de su vecino sin hogar potencialmente aromático, toda la hilera de bancos en la atractiva zona a orillas del agua estaba vacía.

Como si hubiera sentido su mirada posada en él, el objeto de su atención giró lentamente la cabeza y miró directamente hacia Mia. Antes de que su cerebro consciente hubiera hecho la conexión siquiera, sintió como se le helaba la sangre, dejándola paralizada e incapaz de hacer cualquier cosa, salvo sostener la mirada al depredador que parecía estar examinándola con interés.

~

Respira, Mia, respira. Algo en el fondo de su mente, una

pequeña voz racional, repetía sin cesar esas palabras. Esa misma parte extrañamente objetiva de ella notó la simetría de su rostro, la piel dorada que cubría tersamente sus pómulos altos y su firme mandíbula. Las fotos y vídeos de los K que ella había visto no les hacían justicia en absoluto. Vista a unos diez metros de distancia, la criatura era simplemente impresionante.

Mientras seguía mirándolo fijamente, todavía paralizada en el sitio, él dejó de apoyarse y empezó a andar hacia ella. O mejor dicho, a rondar con movimientos acechantes en su dirección, pensó ella estúpidamente, porque cada uno de sus pasos le recordaba a los de un felino selvático aproximándose con andares sinuosos a una gacela. Sus ojos no dejaban de sostenerle la mirada. Según él se iba acercando, ella podía distinguir unas motas amarillas tachonando sus ojos de un dorado claro, y unas tupidas y largas pestañas que los rodeaban.

Ella lo miró entre incrédula y horrorizada cuando se sentó en su banco, a menos de medio metro de ella, y le sonrió, mostrando unos dientes blancos y perfectos. "No tiene colmillos", advirtió alguna parte de su cerebro que aún funcionaba, "ni rastro de ellos". Ese era otro mito sobre ellos, igual que el que supuestamente odiaran la luz del sol.

—¿Cómo te llamas? —Fue como si la criatura prácticamente hubiese ronroneado la pregunta. Su voz era grave y sosegada, sin ningún acento. Le vibraron ligeramente las fosas nasales, como si estuviera captando su aroma.

—Eh... —Ella tragó saliva con nerviosismo—. M-Mia.

—Mia —repitió él lentamente, como saboreando su nombre—. ¿Mia qué?

—Mia Stalis. —Oh, mierda, ¿para qué querría saber su nombre? ¿Por qué estaba aquí, hablando con ella? En suma: ¿qué estaba haciendo en Central Park, tan lejos de cualquiera de los Centros K? *Respira, Mia, respira.*

—Relájate, Mia Stalis. —Su sonrisa se hizo más amplia, haciendo aparecer un hoyuelo en su mejilla izquierda. ¿Un hoyuelo? ¿Tenían hoyuelos los K?

—¿No te habías topado antes con ninguno de nosotros?

—No, nunca. —Mia soltó aire de golpe, al darse cuenta de que estaba aguantando la respiración. Estaba orgullosa de que su voz no sonara tan temblorosa como ella se sentía. ¿Debería preguntarle? ¿Quería saber? Reunió el valor—: ¿Qué, eh... —y tragó de nuevo — ¿qué quieres de mí?

—Por ahora, conversación. —Parecía como si estuviera a punto de reírse de ella, con esos ojos dorados haciendo arruguitas en las sienes.

De algún modo extraño, eso la enfadó lo suficiente para que su miedo pasara a un segundo plano. Si había algo que Mia odiaba era que se rieran de ella. Siendo bajita y delgada, y con una falta general de habilidades sociales causada por una fase difícil de la adolescencia que contuvo todas las pesadillas posibles para una chica, incluyendo aparatos en los dientes, gafas y un pelo crespo descontrolado, Mia ya había tenido más que suficiente experiencia en ser el blanco de las bromas de los demás.

Levantó la barbilla, desafiante:

—Vale, entonces, ¿Cómo te llamas *tú*?

—Korum.

—¿Solo Korum?

—No tenemos apellidos, al menos no tal como vosotros los tenéis. Mi nombre es mucho más largo, pero no serías capaz de pronunciarlo si te lo dijera.

Vale, eso era interesante. Ahora recordaba haber leído algo así en el *New York Times*. Por ahora, todo iba bien. Ya casi habían dejado de temblarle las piernas, y su respiración estaba volviendo a la normalidad. Quizás, solo quizás, saldría de esta con vida. Eso de darle conversación parecía bastante seguro, aunque la manera en la que él seguía mirándola fijamente con esos ojos que no parpadeaban era inquietante. Decidió hacer que siguiera hablando.

—¿Qué haces aquí, Korum?

—Te lo acabo de decir: mantener una conversación contigo, Mia. —En su voz se percibía de nuevo un toque de hilaridad.

Frustrada, Mia resopló.

—Quiero decir, ¿qué estás haciendo aquí, en Central Park? ¿Y en Nueva York en general?

Él sonrió de nuevo, inclinando ligeramente la cabeza hacia un lado.

—Quizá tuviera la esperanza de encontrarme con una bonita joven de pelo rizado.

Vale, ya era suficiente. Estaba claro, él estaba

jugando con ella. Ahora que podía volver a pensar un poquito, se dio cuenta de que estaban en medio de Central Park, a plena vista de más o menos un millón de espectadores. Miró con disimulo a su alrededor para confirmarlo. Sí, efectivamente, aunque la gente se apartara de forma evidente del banco y de su ocupante de otro planeta, había algunos valientes mirándoles desde un poco más arriba del sendero. Un par de ellos incluso estaban filmándoles con las cámaras de sus relojes de pulsera. Si el K intentara hacerle algo, estaría colgado en YouTube en un abrir y cerrar de ojos, y seguro que él lo sabía. Por supuesto, eso podía o no importarle.

Pero teniendo en cuenta que nunca había visto videos de ningún K abusando de estudiantes universitarias en medio de Central Park, Mia se creyó relativamente a salvo, alcanzó cautelosa su portátil y lo levantó para volver a ponerlo en la mochila.

—Déjame ayudarte con eso, Mia.

Y antes de que pudiera mover un pelo, sintió como le quitaba el pesado portátil de unos dedos que repentinamente parecían sin fuerza, y como al hacerlo rozaba suavemente sus nudillos. Cuando se tocaron, una sensación parecida a una débil descarga eléctrica atravesó a Mia y dejó un hormigueo residual en sus terminaciones nerviosas.

Él alcanzó su mochila y guardó cuidadosamente el portátil con un movimiento suave y sinuoso.

—Ya está, todo listo.

Oh Dios, la había tocado. Tal vez su teoría sobre la

seguridad de las ubicaciones públicas fuera falsa. Sintió como su respiración volvía a acelerarse, y cómo su ritmo cardíaco alcanzaba probablemente su umbral anaeróbico.

—Ahora tengo que irme... ¡Adiós!

Después no pudo explicarse como había conseguido soltar esas palabras sin hiperventilar. Agarrando la correa de la mochila que él acababa de soltar, se puso de pie de golpe, notando en lo profundo de su mente que su parálisis anterior parecía haberse desvanecido.

—Adiós, Mia. Nos vemos. —Su voz ligeramente burlona atravesó el limpio aire primaveral hasta ella mientras se marchaba casi a la carrera en sus prisas por alejarse de allí.

CAPÍTULO DOS

—¡*J*oder! ¡Me estás tomando el pelo! ¿En serio? ¡Cuéntamelo todo, y no te dejes ningún detalle! —Su compañera de cuarto casi estaba dando saltos de entusiasmo.

—Te lo acabo de decir... He conocido a un K en el parque. —Mia se masajeó las sienes, notando la tensión que presionaba su cabeza, fruto de su anterior sobredosis de adrenalina—. Se sentó a mi lado en un banco y habló conmigo un par de minutos. Entonces le dije que me tenía que ir y me fui.

—¿Solo eso? ¿Qué quería?

—No lo sé. Se lo pregunté, pero dijo que solo quería hablar.

—Sí, claro, y los cerdos vuelan. —Jessie era tan reacia a aceptar esa posibilidad como antes lo fuera Mia—. No, en serio, ¿no intentó beberse tu sangre o algo?

—No, no hizo nada. —Excepto tocar brevemente su mano—. Me preguntó mi nombre y me dijo el suyo.

Los ojos castaños de Jessie estaban ahora abiertos como platos.

—¿Te dijo su nombre? ¿Cuál es?

—Korum.

—Por supuesto, el K Korum, cuadra.

Jessie sacaba a menudo su sentido del humor en los momentos más raros. Las dos se echaron unas risitas por lo ridícula que era la frase.

—¿Te diste cuenta enseguida de que era un K? ¿Qué pinta tenía? —continuó preguntando Jessie, tras recobrar la compostura.

—Sí. —Mia recordó el primer momento en que lo vio. ¿Cómo lo supo? ¿Fue por sus ojos? ¿O algo instintivo en ella reconocía a un depredador cuando lo tenía delante?—. Creo que quizá haya tenido que ver con la forma en que se movía. Es difícil de describir. Es definitivamente no humana. Se parecía mucho a los K que ves en la tele: era alto, guapo de esa forma tan particular propia de ellos, y sus ojos tenían un aspecto extraño, eran casi amarillos.

—Guau, no me lo puedo creer. —Jessie se puso a caminar en círculos por la habitación—. ¿Cómo te habló? ¿Cómo sonaba su voz?

Mia suspiró.

—La próxima vez que me acorrale un extraterrestre en el parque, me aseguraré de tener una grabadora a mano.

—Oh, vamos, como si tú no hubieras tenido curiosidad si estuvieras en mi lugar.

Era cierto, Jessie no carecía de razón. Suspirando de nuevo, Mia le contó todos los detalles del encuentro a su compañera de piso, exceptuando tan solo ese breve momento en el cual sus manos se habían rozado. Por alguna extraña razón, ese contacto, y su reacción a él, se le antojaban algo privado.

—¿Así que tú dijiste "adiós" y él te dijo "nos vemos"? Oh, Dios mío, ¿sabes lo que eso significa? —En vez de dejar a Jessie satisfecha, el relato detallado parecía haberla puesto a cien. Casi rebotaba por las paredes.

—No. ¿Qué? —Mia se sentía exhausta y agotada. Le recordaba a la sensación que tenía después de hacer una entrevista o un examen, cuando lo único que ella quería era darle a su pobre cerebro saturado la oportunidad de relajarse. Quizá no debería haberle hablado del encuentro a Jessie hasta el día siguiente, cuando ella ya hubiera tenido ocasión de calmarse un poco.

—¡Quiere verte otra vez!

—¿Qué? ¿Por qué? —El cansancio de Mia se desvaneció de repente por el chute de adrenalina que volvió a invadirla—. ¡Eso solo es una forma de hablar! Estoy segura de que no quería decir nada. ¡Ni siquiera se expresa en inglés como un nativo! ¿Por qué querría volver a verme?

—Bueno, me has dicho que él pensó que eras bonita.

—No, dije que *él* dijo que había ido allí a

encontrarse con "una bonita joven de pelo rizado". Se estaba burlando de mí. Estoy segura de que esa era su manera de jugar conmigo... Probablemente estaba allí aburrido, y decidió acercarse y hablarme. ¿Por qué iba a estar ningún K interesado en mí? —Mia lanzo una mirada despectiva hacia el espejo, a sus gastadas botas Ugg de más de dos años, sus usados vaqueros y el suéter demasiado grande comprado en las rebajas de Century 21.

—Mia, te tengo dicho que estás siempre infravalorando tu atractivo —Jessie hablaba con voz seria, como siempre que intentaba aumentar la confianza en sí misma de Mia—. Eres muy mona, con esa gran melena rizada. Además tienes unos ojos muy bonitos y es muy inusual tener los ojos azules con un pelo tan oscuro como el tuyo.

—Oh, vamos, Jessie. —Mia puso en blanco los mencionados ojos—. Estoy segura de que *ser mona* no tiene ninguna trascendencia si eres un guapísimo K. Además, eres mi amiga: tú tienes que decirme cosas buenas.

En lo que respectaba a Mia, Jessie era la guapa en esa habitación. Con su figura atlética y con curvas, su largo pelo negro y su tersa piel dorada, Jessie era la fantasía de cualquier tío, sobre todo si les gustaban las chicas asiáticas. Antigua animadora en su instituto, su compañera de piso de los últimos tres años también tenía una personalidad extrovertida que hacía juego con su apariencia. Siempre seguiría siendo un misterio para Mia cómo habían conseguido hacerse tan buenas amigas, dado que sus propias habilidades sociales a los dieciocho habían sido casi inexistentes.

Reflexionando sobre aquellos tiempos, Mia se acordaba de lo perdida y abrumada que se había sentido al llegar a la Gran Manzana después de haber pasado toda su vida en una ciudad pequeña de Florida. La Universidad de Nueva York era la mejor facultad en la que la habían aceptado, y las becas y ayudas que ofrecía eran generosas, lo cual hizo muy felices a sus padres. Sin embargo, a la propia Mia no le había entusiasmado la idea de ir a una facultad en una gran ciudad, sin un verdadero campus. En la vorágine del competitivo proceso de las solicitudes universitarias, había pedido plaza en la mayoría de los quince mejores centros, para conseguir solamente numerosos rechazos y ofertas de becas que no le convenían. La NYU parecía en conjunto la mejor alternativa. Los padres de Mia ni siquiera habían considerado las universidades de Florida, ya que por entonces se rumoreaba que los K podrían ubicar un Centro en Florida y sus padres la querían lejos de allí si eso ocurría. Eso no había ocurrido (Arizona y Nuevo Méjico acabaron por ser los lugares preferidos por los K en los Estados Unidos). Sin embargo, para entonces era ya demasiado tarde. Mia había empezado su segundo semestre en la NYU, había conocido a Jessie, y se había ido enamorando poco a poco de la ciudad de Nueva York y de todo lo que esta tenía que ofrecer.

Era gracioso cómo habían ido las cosas. Tan solo cinco años atrás, la mayoría de la gente pensaba que éramos los únicos seres inteligentes del universo. Sí, siempre había habido chalados que aseguraban haber visto ovnis, y habían existido proyectos como el del SETI: esfuerzos serios a cargo del gobierno para investigar la existencia de vida extraterrestre. Pero no había modo alguno de saber si existía realmente algún tipo de vida (incluyendo organismos unicelulares) en otros planetas. Como resultado, la mayoría de la gente creía que los humanos eran especiales y únicos, que el homo sapiens era el punto culminante del proceso evolutivo. Ahora parecía todo tan tonto como cuando las personas de la Edad Media pensaban que la tierra era plana y que la luna y las estrellas giraban a su alrededor. Cuando llegaron los Krinar a principios de la segunda década del siglo veintiuno, cambiaron drásticamente todo lo que los científicos creían saber acerca de la vida y de sus orígenes.

—¡Mia, te digo que debes de haberle gustado! —interrumpió sus reflexiones la voz insistente de Jessie.

Dando un suspiro, Mia volvió a dirigir su atención hacia su compañera de piso.

—Francamente, lo dudo. Además, ¿qué iba a querer de mí aunque eso fuera cierto? Pertenecemos a dos especies distintas. La idea de que yo le guste es simplemente aterradora... ¿Qué querría de mí, mi sangre?

—Bueno, eso no lo sabemos seguro. Es solo un rumor. Oficialmente, nunca se ha confirmado que los K beban sangre. —Jessie sonaba esperanzada por alguna extraña razón. Quizá la vida social de Mia le parecía tan mala a su compañera de piso que estaba loca por hacer que Mia tuviera una cita con alguien. Con cualquiera, incluso aunque fuera de una especie distinta.

—Es un rumor en el que cree mucha gente. Estoy segura de que hay alguna razón para ello. Son vampiros, Jessie. Quizá no como el Conde Drácula de la leyenda, pero todos saben que son depredadores. Por eso han establecido sus Centros en zonas aisladas... para poder hacer lo que quieran sin que nadie se entere.

—Vale, vale. —Con su entusiasmo cayendo en picado, Jessie se sentó sobre su cama—. Tienes razón, daría mucho miedo que pretendiera volver a verte de verdad. A veces es divertido fingir que son solo humanos guapísimos del espacio exterior, en vez de una misteriosa especie totalmente diferente.

—Lo sé. Estaba increíblemente bueno. —Las dos chicas intercambiaron miradas comprensivas—. Si al menos fuera humano...

—Eres demasiado exigente, Mia. Siempre te lo estoy diciendo. —Jessie usó su tono de voz más severo, mientras meneaba jocosamente la cabeza con un gesto de reproche. Mia la miró, incrédula, y las dos se echaron a reír.

~

AQUELLA NOCHE, Mia durmió mal; su mente volvía a revivir el encuentro una y otra vez. En cuanto se empezaba a dormir, veía aquellos ambarinos ojos burlones y sentía aquel electrizante contacto en su piel. Para su vergüenza, su mente subconsciente llevó las cosas algo más allá, y Mia soñó que él le tocaba la mano. En su sueño, el contacto le causaba escalofríos por todo el cuerpo, calentándola desde dentro; entonces él deslizaba su mano hacia arriba cogiéndola por el hombro y atrayéndola hacia él, hipnotizándola con su mirada mientras se acercaba para besarla. Con el corazón al galope, Mia cerraba los ojos y se acercaba a él, sintiendo sus labios suaves tocar los suyos, creando oleadas de cálidas sensaciones por todo su cuerpo.

Mia se despertó, con el corazón saliéndosele del pecho y con un pequeño lago de húmeda excitación entre sus piernas. Eran las 5 de la mañana. Y ella apenas había dormido durante las últimas cinco horas. Maldición, ¿por qué un contacto tan breve con un alienígena estaba teniendo tal efecto en ella? Quizá Jessie tenía razón y necesitaba salir más y conocer a más tíos. Durante los últimos tres años, bajo la tutela de Jessie, Mia se había librado de gran parte de su anterior timidez y vergüenza. En su graduación, sus padres le regalaron cirugía láser para la vista y su sonrisa, después de quitarse el aparato, era bonita y con dientes igualados. Ahora se sentía cómoda asistiendo a una fiesta si conocía al menos a algunas personas, e incluso podía salir a bailar después de beber suficientes chupitos. Pero, por alguna razón, el mundo de las citas todavía le era esquivo. Las pocas que había tenido en los últimos meses habían sido decepcionantes, y ya ni se acordaba de la última vez que había besado a un chico. ¿Quizá a aquel chaval tan majo de la clase de Biología del año pasado? Por alguna razón, Mia nunca había conectado con ninguno de los hombres que había conocido, y estaba volviéndose un poco bochornoso admitir que todavía era virgen a sus veintiún años.

Afortunadamente, Jessie y ella ya no compartían una habitación, después de haber encontrado un piso de un dormitorio que podía desdoblarse en un apartamento de dos dormitorios por el razonable alquiler (para Nueva York) de solo 2.380 dólares. Tener su propia habitación conllevaba un grado de libertad y privacidad que era muy adecuado en situaciones como esta.

Mia encendió la lámpara de la mesilla y miró a su alrededor, asegurándose de que la puerta del cuarto estaba cerrada del todo. Estiró el brazo hasta el cajón junto a la cama y cogió un pequeño paquete que estaba normalmente escondido al fondo, detrás de su crema facial, su loción de manos y un frasco de analgésicos Advil.

Desenvolvió el paquete con cuidado y sacó el diminuto vibrador rabbit que le había regalado en broma su hermana mayor. Marisa se lo había dado por su graduación del instituto con la jocosa recomendación de usarlo siempre que sintiera el impulso de hacerlo y también como ayuda para alejarse de esos universitarios salidos de la gran ciudad. Mia se había ruborizado y se había reído en ese momento, pero al final el trasto había demostrado ser útil. En ciertos momentos, en la oscuridad de la noche, cuando su soledad se hacía más acuciante, Mia jugaba con el aparato, explorando gradualmente su cuerpo y aprendiendo cómo era un orgasmo real.

Presionando el pequeño objeto contra el punto sensible de entre sus piernas, Mia cerró los ojos y revivió las sensaciones que le había provocado su sueño. Aumentando gradualmente la velocidad de vibración del juguete, dejó volar su imaginación, imaginándose las manos del K sobre su cuerpo, y como sus labios la besaban, la acariciaban, la tocaban en lugares sensibles y prohibidos, hasta que el nudo de tensión profundamente encerrado en su vientre se hizo todavía más intenso antes de estallar por fin, enviando un hormigueante calor hasta los dedos de sus pies.

A la mañana siguiente, Mia se despertó para encontrarse con un cielo gris y encapotado. Gruñó y se estiró para coger el móvil y comprobar el tiempo. Probabilidad de lluvia del noventa por ciento, y una temperatura de entre 5 y 10 grados. Justo lo que necesitaba con su trabajo de Sociología esperándola. Bueno, tal vez pudiera llegar hasta la biblioteca antes de que empezase a llover.

Saltó de la cama y se puso sus pantalones de deporte más cómodos, una camiseta de manga larga, y un gran suéter con capucha que se compró en el viaje a

Europa del instituto. Era su uniforme para estudiar y escribir trabajos, y era tan feo hoy como la primera vez que se lo había puesto mientras empollaba para su examen de álgebra de décimo curso. La ropa le quedaba igual que entonces, también, porque parecía haber desarrollado una desagradable incapacidad de aumentar centímetros, ni de contorno ni de altura, desde que tenía catorce años.

Cepillándose los dientes y lavándose la cara rápidamente, Mia se miró al espejo con gesto crítico. Le devolvió la mirada un rostro pálido y ligeramente pecoso. Sus ojos eran probablemente su mejor rasgo, de un tono azul-grisáceo poco habitual que contrastaba armoniosamente con su pelo oscuro. Su pelo, sin embargo, era caso aparte. Si se pasaba una hora secándolo cuidadosamente con un difusor, a lo mejor podía conseguir que sus tirabuzones parecieran algo más civilizado. Sin embargo, su habitual costumbre de irse a dormir con el pelo mojado no conducía a nada más que a la maraña de rizos que tenía en la cabeza en ese momento. Dejando escapar un profundo suspiro, lo recogió sin piedad en una gruesa cola de caballo. En un futuro cercano, cuando tuviese un trabajo de verdad, iría a una de esas peluquerías caras e intentaría que se lo alisaran. Por ahora, como no tenía una hora que desperdiciar en su peinado cada mañana, Mia se resignó a vivir con ello.

Era hora de ir a la biblioteca. Mia cogió su mochila y su portátil, se puso sus botas Ugg y salió del apartamento. Cinco tramos de escaleras después, salió del edificio, prestando escasa atención a la pintura desconchada o a la esporádica cucaracha de las que adoraban vivir cerca de la trampilla de la basura. Así era la vida estudiantil en Nueva York, y Mia era una de las afortunadas por tener un apartamento casi asequible tan cerca del campus.

Los precios de la vivienda en Manhattan eran tan altos como lo habían sido siempre. Durante el primer par de años tras la invasión, los precios de los apartamentos en Nueva York, igual que en todas las principales ciudades del mundo, se habían desplomado. Con las ñoñas películas sobre invasiones extraterrestres todavía frescas en la imaginación del público, la mayor parte de la gente pensó que las ciudades serían menos seguras, y todos los que pudieron se desplazaron a las zonas rurales. Las familias con niños, un lujo que ya escaseaba en Manhattan, salieron de la ciudad en masa, dirigiéndose hacia las zonas más alejadas que podían encontrar. Los K habían alentado esta migración, ya que aliviaba la peor parte de la polución en los entornos urbanos. Por supuesto, la gente pronto se percató de su error, ya que los K no querían saber nada de las principales ciudades humanas y eligieron en lugar de eso construir sus Centros en áreas cálidas y escasamente pobladas del mundo. Los precios en Manhattan se dispararon de nuevo, y algunos afortunados se hicieron ricos con las gangas que habían adquirido durante la crisis. Ahora, más de cinco años después del Día-K (el nombre que se le había dado al día de la invasión de los krinar) los alquileres en Nueva York estaban alcanzando de nuevo sus máximos históricos.

"Qué suerte la mía", pensó Mia, vagamente irritada. Si hubiera sido un par de años mayor, podría haber alquilado su actual apartamento por menos de la mitad de su precio. Por supuesto, tampoco era del todo malo graduarse al año siguiente, en lugar de hacerlo en medio del Gran Pánico, los meses oscuros después de que la Tierra se encontrara con los invasores por primera vez.

Mia se detuvo en el delicatesen local, y pidió un bagel ligeramente tostado (integral, por supuesto, el único disponible), relleno con una pasta de tomate y aguacate. Con un suspiro, recordó las deliciosas tortillas que solía hacer su madre con trocitos de bacón tostado, champiñones y queso. Actualmente, los champiñones eran el único ingrediente de esa lista que de algún modo se podía permitir un estudiante universitario. La carne, el pescado, los huevos y los productos lácteos eran artículos de lujo, disponibles solamente como placer ocasional, tal y como solía pasar antes con el foie gras y el caviar. Ese había sido uno de los principales cambios implementados por los Krinar. Habiendo determinado que la dieta típica del mundo desarrollado del siglo veintiuno era dañina tanto para los humanos como para el medio ambiente, cerraron la mayoría de las granjas industrializadas, obligando a los productores de leche y carne a pasarse a cultivar frutas y verduras. Solo dejaron en paz a los pequeños agricultores y se les permitió criar algunos animales de granja para ocasiones especiales. Las organizaciones en defensa del medio ambiente y las pro derechos de los animales se habían sentido eufóricas, y la tasa de obesidad estadounidense se estaba acercando rápidamente a la de Vietnam. Por supuesto, los efectos colaterales habían sido enormes, con numerosas compañías yendo a la quiebra y escasez de comida durante el Gran Pánico. Y más adelante, cuando las tendencias vampíricas de los krinar salieron a la luz (aunque todavía no habían sido oficialmente probadas), los activistas de extrema derecha habían afirmado que la auténtica razón para el cambio forzoso era que esa dieta volvía la sangre humana más dulce para los K. Fuera como fuese, la mayor parte de la comida disponible y asequible ahora era asquerosamente saludable.

—¡Paraguas, paraguas, paraguas! —gritaba un hombre de aspecto desaliñado en la esquina, anunciando su género con un fuerte acento de Oriente Medio—. ¡Paraguas a cinco dólares!

Como era de esperar, una ligera llovizna comenzó a caer menos de un minuto después. Por enésima vez, Mia se preguntó si los vendedores ambulantes de paraguas tendrían algún tipo de sexto sentido con respecto a la lluvia. Siempre parecían estar ahí justo antes de que cayera la primera gota, incluso aunque el parte meteorológico no indicara previsión de precipitaciones. Por muy tentador que fuera comprar un paraguas para mantenerse seca, a Mia le quedaban pocas manzanas por recorrer y la lluvia era demasiado débil como para justificar un gasto innecesario de cinco dólares. Podría haberse traído su viejo paraguas de casa, pero llevar un objeto extra nunca estuvo en el primer lugar de su lista de prioridades.

Caminando tan rápido como podía mientras arrastraba su pesada bolsa, Mia estaba doblando la esquina en la calle Cuarta Oeste, y tenía ya la Biblioteca Bobst a la vista, cuando empezó a diluviar. "¡Mierda, tendría que haber comprado ese paraguas!", pensó. Fustigándose mentalmente, Mia echó a correr, o más bien a trotar, bajo el peso de su mochila, mientras las gotas le azotaban la cara con la fuerza de proyectiles hechos de agua. No sabía cómo, pero su pelo había conseguido escaparse de su coleta y le tapaba la cara, no dejándola ver. Un puñado de personas la adelantó, apresurándose para escapar del chaparrón, y empujaron a Mia varias veces, cegados por la combinación de lluvia torrencial y paraguas blandidos por otros más afortunados. En situaciones como esas, medir 1.60 y no pesar ni 45 kilos suponía una gran desventaja. Un hombretón pasó rozándola, y le dio un codazo en el hombro; Mia se tambaleó, y se le trabó el pie en una grieta de la acera. Salió despedida hacia adelante y logró parar el golpe con las manos, dándose contra el pavimento mojado y deslizándose unos centímetros por la superficie rugosa.

De repente, unas fuertes manos la levantaron del suelo como si no pesase nada y la pusieron de nuevo sobre sus pies, bajo un gran paraguas que un hombre sostenía por encima de sus dos cabezas.

Sintiéndose igual que una rata sucia y mojada, Mia intentó apartarse el pelo empapado de la cara con el dorso de una mano raspada, parpadeando para eliminar los restos de la lluvia de sus ojos. Su nariz decidió unirse a la humillación, eligiendo ese momento en particular para soltar un estornudo incontrolable encima de su rescatador.

—¡Oh, Dios mío! ¡Cuánto lo siento! —se disculpó Mia, frenética y totalmente mortificada. Todavía veía borroso por culpa de la lluvia que le caía por la cara. Trató de limpiarse la nariz con una manga mojada para evitar un segundo estornudo—. ¡Lo siento, no pretendía estornudar así encima de usted!

—No hace falta que te disculpes, Mia. Obviamente, estás mojada y tienes frío. Y estás herida. Déjame ver tus manos.

Eso no podía estar pasando. Olvidándose por completo de su malestar, todo lo que Mia podía hacer era mirar incrédula como Korum le cogía cuidadosamente por las muñecas y examinaba sus rasguños. El tacto de sus grandes manos era increíblemente delicado, a pesar de sujetarla con una firmeza imposible de resistir. Aunque estuviera totalmente empapada en medio del clima helado de mediados de abril, Mia se sintió a punto de estallar en llamas por su contacto, que le producía una oleada de calor que se propagaba por todo su cuerpo.

—Deberías curarte esas heridas de inmediato. Podrían dejar cicatrices si no tienes cuidado. Vamos, ven conmigo, y te las curaremos. —Soltando sus muñecas, Korum le rodeó la cintura con un brazo protector y comenzó a guiarla de vuelta a Broadway.

—Espera, ¿qué...? —Mia intentó reaccionar—. ¿Qué haces aquí? ¿Adónde me llevas? —Estaba empezando a darse cuenta del alcance del peligro de la situación, y comenzó a temblar con una mezcla de frío y miedo.

—Evidentemente, te estás helando. Voy a sacarte de esta lluvia, y entonces hablamos —Su tono no dejaba lugar a la discusión.

Mirando a su alrededor con desesperación, Mia vio tan solo gente apresurándose para resguardarse del aguacero, sin prestar atención alguna a lo que les rodeaba. Con ese tipo de clima, era probable que nadie se diese cuenta si había un asesinato en medio de la calle, y mucho menos aún de que una joven menuda estaba en problemas. El brazo de Korum era como una cincha de acero alrededor de su cintura, de la que era imposible soltarse, y Mia se encontró yendo en la dirección en la que él quería llevarla sin poder evitarlo.

—Espera, por favor, de verdad que no puedo ir contigo —protestó Mia temblorosa. Agarrándose a un clavo ardiendo, le espetó—: ¡Tengo que escribir un trabajo!

—¿En serio? ¿Y vas a escribirlo en este estado? —con ese tono cargado de sarcasmo, Korum la miró de arriba abajo con desdén, deteniéndose en su pelo empapado y sus manos heridas—. Te has hecho daño, y probablemente vas a coger una neumonía con ese enclenque sistema inmunológico que tienes.

Igual que le pasó la otra vez, él consiguió despertar

su genio. ¡Cómo se atrevía a llamarla enclenque! Mia lo vio todo rojo.

—¡Disculpa, mi sistema inmunológico está estupendamente! ¡Nadie coge neumonía en estos tiempos por quedarse bajo la lluvia! Además, ¿a ti qué te importa? ¿Qué haces aquí? ¿Me estás siguiendo?

—Exactamente. —fue su respuesta, con un tono totalmente neutro y tranquilo.

Su enfado se apagó de golpe, y Mia sintió los tentáculos del miedo rodearla de nuevo. Tragando para humedecer su garganta, súbitamente seca, solo pudo graznar dos palabras:

—¿Po-po-por qué?

—Ah, aquí está.

Había una limusina negra parada en la intersección de la Cuarta Oeste y Broadway. Las puertas automáticas se abrieron cuando ellos se cercaron, mostrando un lujoso interior de color crema. A Mia se le puso el corazón en la garganta. De ninguna manera iba a entrar en un coche desconocido con un K que había admitido estarla acosando.

Clavó sus talones en el suelo con firmeza y se preparó para gritar.

—Mia. Sube. Al. Coche. —Sus palabras la sacudieron como látigos. Parecía enfadado, y sus ojos se estaban volviendo más amarillos por momentos. Su boca, habitualmente sensual, mostraba de repente una expresión de crueldad, alineada en un rictus inflexible —. NO me hagas tener que repetírtelo.

Temblando como una hoja, Mia obedeció. Oh, Dios,

solo quería sobrevivir a eso, a cualquier cosa que el K le tuviera reservada. De repente se presentaron vívidas en su mente cada una de las historias de terror que había oído sobre los invasores, cada una de las imágenes de las sangrientas batallas del Gran Pánico. Contuvo un sollozo, mientras observaba como Korum entraba en la limusina y plegaba el paraguas. Las puertas del coche se deslizaron hasta cerrarse.

Korum pulso el intercomunicador.

—Roger, por favor, llévanos a mi casa. —Parecía mucho más tranquilo ahora, y sus ojos habían recuperado su color castaño dorado original.

—Sí, señor. —La respuesta del conductor salía de detrás de una partición que lo ocultaba por completo.

¿Roger? Ese era un nombre humano, pensó Mia con desesperación. Quizá él pudiera ayudarla, llamar a la policía de su parte o algo. Pero claro, ¿qué podría hacer la policía? No es como si pudieran arrestar a un K. Por lo que Mia sabía, estaban por encima del alcance de la ley humana. Básicamente podría hacerle todo lo que quisiera, y no había nadie que pudiera detenerle. Mia sintió como las lágrimas se deslizaban por sus mejillas húmedas por la lluvia, y pensó en el dolor de sus padres cuando descubrieran que su hija había desaparecido.

—¿Qué? ¿Estás llorando? —la voz de Korum tenía una nota de incredulidad—. ¿Cuántos años tienes, cinco?

La cogió por la parte superior de los brazos y la acercó hacia él para mirarla a la cara desde más cerca.

Al sentir su contacto, Mia empezó a temblar aún más, y unos agitados sollozos se escaparon de su garganta.

—Tranquila, ya, ya. No hay necesidad de eso. Shhh...

Mia se encontró de repente en su regazo, acunada con la cara apoyada contra su amplio pecho. Todavía sollozando, percibió vagamente un agradable aroma de ropa recién lavada y cálida piel masculina, mientras él le acariciaba la espalda en círculos para tranquilizarla. La estaba tratando como a una verdadera niña de cinco años que estuviera llorando por tener pupita, pensó, al borde de la histeria. Por raro que fuera, estaba funcionando. Mia, sostenida dulcemente entre esos brazos poderosos, sintió como su miedo se disipaba para ser reemplazado por una sensación de percepción aumentada, y por un sentimiento de calidez que salía de algún profundo lugar de su interior. "La adrenalina amplifica la atracción" reflexionó con peculiar desinterés, recordando un estudio sobre el tema de una de sus clases de psicología.

Todavía instalada en su regazo, se las arregló para alejarse lo suficiente como para mirarlo a la cara. En las distancias cortas, su aspecto era aún más impresionante. Su piel, de un color dorado, solo un par de tonos más oscura que la de su compañera de piso, era impecable y parecía reflejar una salud perfecta. Largas y pobladas pestañas negras rodeaban a esos increíbles ojos claros, enmarcados por las líneas rectas de sus oscuras cejas.

—¿Vas a hacerme daño? —la pregunta se le escapó sin poder pararse a pensarlo.

Su secuestrador exhaló un suspiro sorprendentemente humano, cargado de exasperación.

—Mia, escúchame, no pretendo hacerte ningún daño... ¿Vale? —La miró directamente a los ojos, y Mia no pudo apartar sus ojos, hipnotizada por las motitas amarillas de sus iris—. Lo único que quería era apartarte de la lluvia y curar tus heridas. Te estoy llevando a mi casa porque está cerca de aquí y puedo proporcionarte tanto asistencia médica como ropa para que te cambies. No pretendía asustarte, y mucho menos hacer que te pusieras así.

—Pero tú dijiste... ¡dijiste que me estabas siguiendo! —Mia le miró confusa.

—Sí. Porque te encontré interesante en el parque y quería verte otra vez. No porque quisiera hacerte daño. —Él estaba frotándole los antebrazos con un suave movimiento arriba y abajo, como si tranquilizara a un caballo asustadizo.

Ante su confesión, una ola de calor le recorrió el cuerpo. ¿Eso quería decir que se sentía atraído por ella? Su ritmo cardíaco volvió a dispararse, esta vez por distinto motivo.

Había algo más que necesitaba comprender.

—Me obligaste a subir al coche...

—Solo porque estabas siendo obstinada y te negabas a atender a razones. Estabas mojada y tenías frío. No quería perder el tiempo discutiendo bajo la lluvia cuando había un cálido coche aquí mismo. —Visto así, sus actos parecían puramente humanitarios —. Venga. —Sacando un pañuelo de alguna parte, secó con cuidado las lágrimas que quedaban en su cara y le dio otro pañuelo para sonarse la nariz, mirando algo divertido como ella intentaba sonarse lo más delicadamente posible—. ¿Ya te sientes mejor?

Extrañamente, lo estaba. Él podría estar mintiéndole, pero, ¿para qué? Podría hacer con ella lo que quisiera de todas formas, así que, ¿para qué perder el tiempo tratando de calmar sus temores? Ahora que su terror anterior había desaparecido, Mia se sintió exhausta por la montaña rusa emocional. Como si lo percibiera, Korum la abrazó un poco más, recostándola suavemente con la cara contra su pecho. Mia no se opuso. De alguna manera, sentada en su regazo, inhalando su cálido aroma y sintiendo como la rodeaba el calor de su cuerpo, Mia se sintió mejor de lo que se había sentido en mucho tiempo.

CAPÍTULO TRES

—Ya estamos aquí. Bienvenida a mi humilde morada.

Mia miró asombrada a su alrededor, y sus ojos se detuvieron en las ventanas panorámicas que daban al Hudson, en los suelos de madera pulida y en el lujoso mobiliario color crema. Los toques elegantes de colorido los aportaban unas cuantas piezas de arte moderno en las paredes y algunas plantas de apariencia exuberante junto a las ventanas. Era el apartamento más hermoso que había visto en su vida. Y parecía totalmente humano.

—¿Vives aquí? —preguntó asombrada.

—Solo cuando vengo a Nueva York.

Korum estaba colgando su gabardina en el armario junto a la puerta. Era una acción simple y mundana, y sin embargo sus movimientos parecían demasiado fluidos como para ser totalmente humanos. Vestía una camiseta azul y unos vaqueros. Su ropa se ajustaba a su esbelto y poderoso cuerpo a la perfección. Mia tragó saliva, dándose cuenta de que el increíble entorno palidecía al lado de la hermosísima criatura que al parecer lo habitaba.

¿Cómo podía permitirse este lugar? ¿Eran ricos todos los K? Después de que la limusina entrase al garaje de uno de los bloques de lujo más modernos de Tribeca, Mia se había quedado estupefacta al verse acompañada a un ascensor privado que los llevó directamente hasta el ático. El apartamento parecía enorme, especialmente en relación con lo que era habitual en Manhattan. ¿Ocupaba toda la planta superior del edificio?

—Sí, el apartamento ocupa la planta entera.

Mia se sonrojó al percatarse de que acababa de preguntarlo en voz alta.

—Esto... tienes un sitio precioso.

—Gracias. Vamos, siéntate. —La guio hasta un cómodo sofá de piel, por supuesto, de color crema—. Déjame ver tus manos.

Mia extendió vacilante las palmas de las manos, preguntándose que pretendía hacer él. ¿Usar su sangre para curarla, como solían hacer los vampiros de las novelas populares?

En lugar de cortarle la mano ni hacer nada vampírico, Korum acercó a su palma derecha un delgado objeto plateado. El artefacto, del tamaño y el grosor de una tarjeta de crédito de las antiguas, parecía completamente inofensivo. Es decir, hasta que empezó a emitir una suave luz roja directamente sobre su mano. No le causó ningún dolor, solo una agradable y cálida sensación allí donde la luz tocaba su piel dañada. Mientras Mia miraba, sus rasguños comenzaron a desvanecerse y desaparecer, como marcas de lápiz que fuesen borradas. En uno o dos minutos, su palma estaba totalmente curada, como si desde el principio no hubiese habido nada allí. Mia probó a tocar la zona con los dedos. No sintió dolor alguno.

—¡Vaya! Eso es asombroso —espetó Mia, soltando el aire que ni ella había notado que estaba conteniendo. Por supuesto, ella ya sabía que los K estaban mucho más avanzados tecnológicamente, pero ver con sus propios ojos lo que parecía un milagro no dejaba de ser impactante.

Korum repitió el proceso con su otra mano. Ahora las dos estaban totalmente curadas, sin rastro de herida alguna.

—Eh... gracias por esto —Mia no sabía qué más decir. ¿Era esta una versión K de ofrecer una tirita, o acababa de hacerle algún tipo de complicado procedimiento médico? ¿Debería ofrecerse a pagarle? Y si él dijera que sí, ¿aceptaría su seguro médico de estudiante? *¡Déjalo, Mia! ¡Estás siendo ridícula!*, pensó.

—De nada —dijo él suavemente, sosteniendo todavía su mano izquierda—. Ahora vamos a quitarte esa ropa mojada.

Mia levantó la cabeza de golpe, horrorizada e incrédula. Por supuesto, él no querría decir que...

Antes de que tuviera ocasión de hablar, Korum resopló exasperado:

—Mia, cuando te dije que no pretendía hacerte daño, lo dije en serio. Mi definición de "daño" incluye la violación, por si acaso pensabas que había alguna diferencia cultural ahí. Así que puedes relajarte y dejar de sobresaltarte con cada palabra que digo.

—Lo siento, no quería implicar... —Mia deseaba que el suelo se abriera y sencillamente se la tragara. Por supuesto que no la iba a violar. Probablemente ni siquiera estuviera interesado en ella de ese modo. ¿Para qué querría él a una humana flacucha, pálida y bajita cuando podía tener a cualquiera de las espectaculares hembras K que ella había visto por la tele? Él no le había dicho que se sintiera atraído hacia ella, solo que la encontraba "interesante". Por lo que ella sabía, podía tratarse de un científico K que estudiaba especímenes de humano neoyorquino, y que acababa de encontrar una rata de laboratorio de pelo rizado.

Soltando un nuevo suspiro, Korum se levantó del sofá con elegancia, cada movimiento suyo imbuido de una agilidad no humana.

—Vamos, ven conmigo.

Todavía avergonzada, Mia apenas prestó atención a lo que la rodeaba al seguirle por el pasillo. Sin embargo, no pudo evitar quedarse sin aliento cuando vio el enorme cuarto de baño que se extendía frente a ella.

La cabina de ducha de cristal era más grande que todo el baño de su casa, y un gran jacuzzi elevado ocupaba el centro de la habitación. Todo estaba decorado en tonos marfiles y grises, una combinación poco habitual que sin embargo pegaba bien en ese lujoso entorno. Dos de las paredes estaban forradas de espejos del suelo al techo, lo que aumentaba la sensación de amplitud. Notó desconcertada que allí también había plantas. Dos de ellas, de aspecto exótico, con hojas de color rojo oscuro, parecían estar prosperando en las esquinas, y al parecer recibían luz suficiente a través del gran tragaluz del techo.

—Esto es para ti. —Korum abrió una sección de la pared de espejos y sacó una gran toalla color marfil y un grueso albornoz gris de aspecto suave—. Puedes darte una ducha caliente, ponértelo y después meteré tu ropa en la secadora.

Asintiendo y murmurando un "gracias", Mia recogió las los dos cosas, y se quedó mirando como Korum salía de la habitación y cerraba la puerta tras de sí.

Al contemplar el lujo vanguardista que la rodeaba, sintió como una sensación de irrealidad se apoderaba de ella. Eso no podía estar pasándole. ¿Podría ser que fuera un sueño particularmente vívido? Seguramente Mia Stalis, de Ormond Beach, Florida, no estaba aquí de pie en un baño digno de un rey, habiendo sido invitada a tomar una ducha caliente por un K que prácticamente la había secuestrado para curar sus insignificantes arañazos con un dispositivo mágico extraterrestre. Quizás si parpadeaba unas cuantas veces, despertaría de vuelta en su abarrotada habitación, en el apartamento que compartía con Jessie.

Para comprobar esa teoría, Mia cerró los ojos con

fuerza y los volvió a abrir. Pues no, seguía ahí de pie sintiendo en sus brazos el peso de la mullida toalla y del albornoz. Si esto era un sueño, era el más real que había tenido nunca. Igual podía darse esa ducha, ahora que se le estaba empezando a pasar la impresión; empezaba a sentir el frío de sus ropas empapadas calándole hasta los huesos.

Mia dejó su carga al borde del jacuzzi, se acercó hasta la puerta y la cerró con llave. Aunque si Korum se empeñaba en entrar, no era probable que la endeble cerradura le mantuviese fuera. Descubrieron la increíble fuerza de los krinar en las primeras semanas después de la invasión, cuando algunos guerrilleros de Oriente Medio tendieron una emboscada a un pequeño grupo de K, violando el Tratado de Coexistencia que se había firmado poco antes. El video del suceso, grabado por algún testigo con su iPhone, mostraba escenas que parecían directamente sacadas de alguna terrorífica película de ciencia ficción. La célula de treinta y tantos saudíes, armados con granadas y rifles de asalto automáticos, no había tenido nada que hacer contra los seis K desarmados. Incluso estando heridos, los alienígenas se movían a una velocidad superior a la de cualquier criatura conocida en la Tierra, despedazando literalmente a sus atacantes con sus propias manos. Una escena particularmente dramática mostraba a un K lanzando hacia arriba a dos hombres que gritaban, uno con cada mano. Después se determinó que la altura exacta del lanzamiento había sido de aproximadamente 18 metros. Los dos hombres, holgaba decirlo, no habían sobrevivido a la caída. La enorme brutalidad desplegada en esa pelea y en algunos encuentros posteriores durante los días del Gran Pánico, dejaron atónita a la población humana, dando una mayor credibilidad a los rumores de vampirismo que emergieron meses más tarde. A pesar de sus avances tecnológicos y aparente consciencia ecológica, los K podían ser tan brutales y violentos como cualquier vampiro legendario.

Y aquí estaba ella, atrapada con uno. Uno que quería curar sus rasguños sin importancia y dejarla darse una ducha caliente en su lujoso ático. Y meter su ropa en la secadora.

Al pensarlo, a Mia se le escapó una risita histérica.

Desde luego que a él le podría interesar que sus aperitivos estuvieran limpios y perfumados, pero de algún modo Mia le creyó cuando él dijo que no quería hacerle daño. Además, había poco que ella pudiese hacer con respecto a su actual situación, así que quizás podía dejar de desvariar y aprovechar para darse la ducha más lujosa de toda su vida.

Al quitarse la ropa mojada, Mia se vio en el espejo. ¿Por qué estaría él interesado en ella? Vale, ella era delgada, lo cual seguía estando de moda, pero probablemente él tenía a las mujeres más hermosas de ambas especies echándose a sus pies. Allí de pie, desnuda, Mia intentó verse de forma objetiva en vez de a través de los ojos de una adolescente insegura. El espejo reflejaba una mujer joven, con pechos pequeños, pero agradablemente redondeados, caderas esbeltas y una estrecha cintura. Su trasero era razonablemente voluptuoso, considerando el resto de su estructura corporal. Desnuda, no parecía el palillo sin formas que siempre se había sentido dentro de su ropa ancha. Si fuese más alta, incluso podría haberse creído que tenía una bonita silueta. Sin embargo, su piel era demasiado pálida, y la maraña oscura de rizos que enmarcaban su rostro era demasiado incontrolable para que nadie la considerara nunca algo más que moderadamente mona o pasablemente bonita.

Mia suspiró y se metió en la ducha. Después de pelearse brevemente con los controles táctiles, descubrió cómo funcionaban y en seguida se encontró disfrutando del agua caliente que le llegaba desde cinco direcciones distintas. Incluso usó su jabón, que tenía un aroma muy sutil pero agradable a algo tropical.

Diez minutos más tarde, Mia cerró el grifo con pesar, y salió a una gruesa alfombra de baño de color marfil. Se secó con la toalla que Korum le había proporcionado tan amablemente, envolvió en ella su pelo mojado y se puso el albornoz que, para su sorpresa, solo le quedaba un poquito grande. Tenía que ser un albornoz de mujer, advirtió, sintiendo una punzada de algo que se parecía sospechosamente a los celos. *No seas tonta, Mia, ¡por supuesto que tiene invitadas!* Una criatura tan hermosa difícilmente sería célibe. Podría incluso tener novia o esposa.

Mia tragó saliva para librarse de la obstrucción que parecía producirse en su garganta cuando pensaba en eso. *¡Para ya, Mia!* No tenía ni idea de lo que él quería de ella, y no tenía ningún motivo para sentirse así por un alienígena del espacio exterior que puede que bebiera o no sangre humana.

Mia se acercó hasta la puerta con los pies descalzos y recogió su ropa del suelo. Estaba húmeda, tenía un tacto asqueroso y ella se sintió encantada de no seguirla llevando puesta. Abrió la puerta con cautela, se asomó al pasillo, y vio un par de zapatillas de estar por casa de aspecto suave que aparentemente Korum le había dejado allí.

De Korum mismo, ni rastro.

Mia se puso las zapatillas al salir del baño, y se dirigió hacia la izquierda, esperando estar volviendo hacia el salón. Lo último que le faltaba era toparse con su dormitorio, aunque pensar en ello le hiciera sentirse tremendamente azorada y excitada.

Él estaba sentado en el sofá, mirando algo que tenía en la palma de la mano. Al notar su presencia, levantó la cabeza y su cara se iluminó lentamente con una radiante sonrisa al verla allí, con ese albornoz que le quedaba grande y la toalla enrollada en la cabeza como un turbante.

—Estás adorable con eso. —Su voz sonaba grave y de algún modo cercana, incluso desde el otro lado de la habitación, haciendo que ella se tensara por dentro de algún modo extrañamente sexual. Oh Dios, ¿qué querría decir con eso? ¿Estaría de verdad interesado en ella? Mia estaba segura de que se había puesto roja como una remolacha, y empezó a disparársele el corazón.

—Ah, gracias —murmuró, incapaz de pensar en una respuesta mejor. ¿Era su imaginación, o sus ojos adquirieron un tono aún más profundo de dorado?

—Dame eso, venga. —Antes de que ella tuviera ocasión de recobrar la compostura, él estaba a su lado, quitándole la ropa mojada directamente de unos ligeramente temblorosos brazos—. Siéntate, yo lo pondré en la secadora.

Y dicho eso, desapareció pasillo abajo. Mia se quedó mirando hacia allí, preguntándose si debería estar preocupada. Dijo que no iba a hacerle daño, pero ¿aceptaría un no como respuesta si realmente estaba interesado sexualmente en ella? Y lo que era más importante aún, ¿podría ella decir que no, dada su reacción hacia él hasta el momento?

Había oído hablar de humanos que se acostaban con los K, así que sus especies eran definitivamente compatibles en ese aspecto. De hecho, había incluso páginas web donde la gente que quería sexo con un K ponía anuncios para atraerles. Algunos de esos anuncios debían de haber obtenido respuesta, ya que las páginas seguían funcionando. Mia siempre había pensado que esos xenos (la abreviatura de xenófilos, un término despectivo para los adictos a los K), estaban locos. Era cierto que la mayoría de los invasores eran muy atractivos, pero estaban tan lejos de ser humanos que una haría mejor en acostarse con un gorila; había menos diferencias en cuanto al ADN entre un humano y un gorila que entre un humano y un krinar.

Y aquí estaba ella, aparentemente sintiéndose muy atraída por un K en particular.

Un minuto después, Korum volvió con las manos vacías, interrumpiendo el tren de pensamiento de Mia. —La ropa se está secando —anunció—. ¿Tienes hambre? Podría preparar algo de comer mientras tanto.

¿Sabían cocinar los K? Mia se dio cuenta de repente de que, de hecho, estaba famélica. Con todas las emociones de la pasada hora, el bagel de su desayuno se le antojaba algo ya muy lejano. Cocinar y comer parecía además una manera bastante inofensiva de pasar el tiempo.

—Claro, eso suena genial. Gracias.

—Vale, ven conmigo a la cocina y prepararé algo.

Tras ese ofrecimiento, se aproximó a una puerta corredera de la que ella no había sido consciente antes y la abrió a una gran cocina. Como el resto del ático, era impresionante. El espacio lo ocupaban relucientes electrodomésticos de acero inoxidable, suelos de mármol en negro y marfil, y encimeras de lava volcánica, lo que daba la cocina un look casi futurista. Alguna clase de plantas de hojas grandes colgaban del techo en macetas plateadas cerca de las ventanas, sintiéndose aparentemente cómodas en ese entorno que hubiera parecido estéril sin ellas.

—¿Qué te parecen una ensalada y un sándwich de verduras asadas? —Korum ya estaba abriendo el refrigerador, que se parecía a la última versión del iZero, una nevera inteligente creada conjuntamente por Apple y Sub-Zero hacía un par de años.

—Me parece perfecto, gracias —contestó Mia despistada, mientras seguía estudiando lo que le rodeaba. Estaba dándole vueltas a algo, a una pregunta obvia que clamaba ser respondida.

De pronto, cayó en lo que era.

—En tu casa tienes solo tecnología de la nuestra —le espetó—. Bueno, excepto por la pequeña herramienta curativa que has usado conmigo. Todos estos aparatos, toda nuestra tecnología, tiene que parecerte tan primitiva... ¿Por qué la usas en lugar de lo que sea que vosotros tengáis?

Korum sonrió, lo cual hizo aparecer de nuevo el hoyuelo de su mejilla izquierda, y se acercó al fregadero para lavar la lechuga.

—Me gusta experimentar cosas distintas. Gran parte de vuestra tecnología es verdaderamente bastante ingeniosa, teniendo en cuenta vuestras limitaciones. Y, utilizando una de vuestras frases hechas, donde fueres...

—Así que estás básicamente experimentando lo que es bajar a nuestro nivel —concluyó Mia—. Viviendo con los seres primitivos, usando sus herramientas básicas...

—Si quieres verlo así.

Él comenzó a cortar las verduras, moviendo las manos más rápido que cualquier chef profesional. Mia lo contempló fascinada, atónita ante lo incongruente de ver a una criatura del espacio exterior haciendo una ensalada. Todos sus movimientos eran fluidos y elegantes, y de alguna manera muy poco humanos.

—¿Qué soléis comer en Krina? —preguntó, con curiosidad repentina—. ¿Es vuestra dieta muy diferente a la nuestra?

El levantó la vista de la tabla de cortar y le sonrió.

—Es diferente en algunos aspectos, pero muy similar en otros. Somos omnívoros como vosotros, pero tendemos a incorporar más vegetales a nuestra dieta. Hay una enorme cantidad de plantas comestibles en Krina, más aún que aquí en la Tierra. Algunas de nuestras plantas son muy ricas en calorías y en sabor, por lo que nunca llegamos a desarrollar el gusto por la carne que los humanos parecen haber adquirido recientemente.

Mia parpadeó, sorprendida. Había algo de depredador en la manera en la que él, y todos los K, se movían. Su velocidad y su fuerza, así como esa capacidad para la violencia que habían demostrado, no tenían sentido en una especie principalmente herbívora. Así que debía de haber algo de cierto en los rumores de vampirismo después de todo. Si no cazaban animales por su carne, ¿cómo habían evolucionado entonces con todos estos rasgos de cazador?

Quería preguntárselo, pero le daba en la nariz que podría no querer saber la respuesta. Si su especie veía de verdad a los humanos como presas, probablemente no fuera la mejor idea recordárselo estando a solas con él en su guarida.

En vez de eso, Mia decidió limitarse a algo más seguro:

—Así que ¿es por eso que hacéis tanto énfasis en que comamos alimentos de origen vegetal? ¿Porque a vosotros mismos os gustan?

Él negó con la cabeza, y siguió cortando.

—En realidad no. Nuestra principal preocupación era el abuso de los recursos de vuestro planeta. Vuestra poco saludable adicción a los productos de origen animal estaba destruyendo el medio ambiente a mayor velocidad que cualquier otra cosa que hacíais, y eso no era algo que quisiéramos presenciar.

Mia se encogió de hombros, ya que ella no estaba particularmente concienciada con la ecología. Aunque, ya que él estaba siendo tan complaciente, decidió continuar con su anterior línea de interrogatorio.

—¿Por eso estás aquí en Nueva York, para experimentar algo diferente?

—Entre otras razones. —Él encendió el horno y metió dentro una bandeja de láminas de calabacín, berenjena, pimientos y tomates.

¡Qué frustrante! Él se mostraba evasivo, y eso a Mia no le gustó nada. Decidió cambiar su enfoque.

—¿Qué te trae a la Tierra en general? ¿Eres un soldado, un científico, o haces alguna otra cosa...? —dejó la frase en suspenso sugestivamente.

—¿Por qué, Mia, me preguntas a qué me dedico? —sonó como si se estuviera riendo de ella otra vez.

Como era de esperar, Mia sintió como se le erizaba el pelo de la nuca.

—Bueno, porque sí. ¿Es información clasificada?

Él echó la cabeza hacia atrás y echó una carcajada.

—Solo para niñitas curiosas. —Mia le devolvió la mirada con expresión pétrea. Aún medio riéndose, él le explicó—: soy ingeniero de profesión. Mi compañía diseñó las naves que nos trajeron hasta aquí.

—¿Las naves que os trajeron hasta aquí? Pero yo pensaba que los Krinar habían estado visitando la Tierra durante miles de años antes de que os presentarais formalmente. —Esa había sido una de las revelaciones más sorprendentes acerca de los invasores: el hecho de que habían estado observando a los seres humanos y viviendo entre ellos mucho antes del día K.

Él asintió, sonriendo todavía.

—Eso es cierto. Hace mucho que somos capaces de visitaros. Sin embargo, viajar hasta la Tierra, como en general cualquier otro viaje espacial, había sido siempre una empresa peligrosa, así que solo unos pocos intrépidos lo intentaron en algún momento. Apenas hace unos cientos de años que hemos perfeccionado la tecnología de viajar por encima de la velocidad de la luz y que mi compañía consiguió construir naves que podían transportar de modo seguro a miles de civiles hasta esta región del universo.

Eso era interesante. Nunca antes lo había escuchado. ¿Estaba contándole algo que no era del dominio público? Animada e irresistiblemente curiosa, Mia siguió haciéndole preguntas.

—Así que, ¿habías estado *tú* en la Tierra antes del

Día K? —le preguntó, mirándole fascinada con ojos como platos.

Él se encogió de hombros, un gesto humano que aparentemente también usaban los K.

—Un par de veces.

—¿Es cierto que todos los avistamientos de ovnis están basados en interacciones reales con los Krinar?

Él sonrió.

—No: en su mayoría eran solo sondas meteorológicas o vuestros gobiernos probando aeronaves secretas. Menos del uno por ciento de esos avistamientos puede sernos realmente atribuido a nosotros.

—¿Y los mitos griegos y romanos?

Mia había leído recientemente especulaciones acerca de que los krinar podían haber sido adorados como dioses en la antigüedad, dando origen a las religiones politeístas griega y romana. Por supuesto, incluso hoy en día, había algunos grupos religiosos que habían acogido a los K como a los auténticos creadores de la humanidad, dando lugar a un movimiento completamente nuevo dedicado a venerar y emular a los invasores. Los krinarianos, como se conocía a los adoradores de los K, buscaban cualquier ocasión para interactuar con esos seres que veían como dioses de carne y hueso, creyendo que eso aumentaba sus probabilidades de reencarnarse en un K. Las tres grandes religiones (el cristianismo, el islamismo y el judaísmo) habían reaccionado de forma totalmente opuesta, rechazando aceptar cualquier participación de los K en el origen de la vida en la Tierra. Algunas facciones más extremistas habían dicho incluso que los krinar eran demonios y habían anunciado que su llegada formaba parte de las profecías sobre el fin de los días. Sin embargo, mucha gente había aceptado a los alienígenas por lo que eran: una especie antigua y muy avanzada que había enviado ADN desde Krina a la Tierra, dando lugar a la aparición de la vida en este planeta.

—Esos *sí* que estaban basados en los krinar —confirmó Korum—. Hace unos miles de años, un pequeño grupo de científicos, enviados aquí con fines de observación y estudio, se implicó abiertamente en los asuntos humanos, hasta el punto de quedarse varios cientos de años después de que acabara su misión. Al final tuvieron que hacerles volver a Krina a la fuerza, ya que se hizo evidente que se estaban aprovechando adrede de la ignorancia humana.

Antes de que Mia pudiera digerir esa información se escuchó un pequeño pitido proveniente del horno, que quería decir que la comida estaba lista.

—Ah, vamos allá. —Sacó las verduras asadas y las sumergió en un marinado que había conseguido improvisar mientras hablaban. Puso una gran ensalada en el centro de la mesa, cogió una porción considerable y la depositó en el plato de Mia—. Podemos empezar con esto mientras las verduras se van marinando.

Mia le hincó el diente a su ensalada, conteniendo una risita poco apropiada al pensar que estaba comiendo literalmente comida divina, o al menos alimentos que habían sido preparados por alguien que hacía un par de miles de años habría sido adorado como un dios. La ensalada estaba deliciosa: la lechuga crujiente, el cremoso aguacate, los pimientos frescos y los dulces tomates estaban mezclados con algún tipo de aderezo con limón, ácido y ligeramente picante. O estaba súper-hambrienta o era la mejor ensalada que había probado en mucho tiempo. En los últimos tiempos, no le había quedado más remedio que aprender a tolerar la ensalada, pero con ensaladas como esa, podrían acabar gustándole y todo.

—Está deliciosa, gracias —murmuró mientras masticaba un bocado de ensalada.

—De nada.

Él estaba comiendo también, con evidente entusiasmo. Durante un ratito, solo se escucharon los ruidos que hacían los dos masticando ruidosamente en amigable silencio. Después de terminarse su ración, y Mia notó que incluso al comer él era más rápido de lo normal, Korum se levantó a preparar los sándwiches.

Dos minutos después, un sándwich perfectamente ejecutado estaba servido en el plato de Mia. El pan crujiente y tostado parecía haber sido recién horneado, y las verduras aparentaban ser tiernas y estaban condimentadas con algún tipo de especia color naranja. Mia cogió su sándwich y lo mordió, por poco dejando escapar un gemido de satisfacción. Su sabor era incluso mejor que su aspecto.

—Esto es genial. ¿Dónde has aprendido a cocinar

así? —preguntó Mia con curiosidad después de engullirse el quinto bocado.

Él se encogió de hombros, acabándose ya su propio sándwich de mayor tamaño.

—Me gusta hacer cosas. La cocina es solo una forma de expresarlo. También me gusta comer, así que es útil saber cómo preparar buena comida.

Para ella, eso tenía sentido. Mia se acabó el último pedazo de sándwich y se lamió un dedo para no perderse la última gota del delicioso marinado. Al levantar la cabeza, se quedó helada de golpe al ver la expresión de Korum.

Estaba mirando fijamente su boca con lo que parecía ser un hambre salvaje, con sus ojos volviéndose más dorados en cuestión de segundos.

—Hazlo otra vez —le ordenó suavemente una voz como un oscuro ronroneo desde el otro lado de la mesa.

A Mia le dio un vuelco el corazón.

La atmósfera se había vuelto cargada e intensamente sexual de repente, y ella no tenía ni idea de cómo manejar la situación. Se dio cuenta de lo totalmente vulnerable que era en esa situación. Estaba desnuda del todo bajo el grueso albornoz. Lo único que él tenía que hacer era tirar del endeble cinturón que sostenía la bata, y su cuerpo se revelaría ante él por completo. No es que la ropa pudiera proporcionarle ninguna protección contra un K, ni, de hecho y dado su tamaño, contra un hombre, pero llevar tan solo un albornoz la hacía sentirse mucho más expuesta.

Levantándose lentamente, se alejó un paso de la mesa. Con sus latidos atronándole en los oídos, Mia exclamó nerviosa:

—Gracias por la comida, pero tendría que marcharme ahora mismo. ¿Crees que mi ropa podría estar seca?

Korum se quedó en silencio durante un segundo, y siguió mirándola con esa expresión desconcertantemente voraz. Entonces, como tomando una decisión en su fuero interno, sonrió despacio y se levantó.

—Ya debería estar lista. ¿Por qué no metes los platos en el lavavajillas mientras yo voy a ver?

Mia asintió, temerosa de que le temblara la voz si hablase en voz alta. Tenía las piernas como dos espaguetis cocidos, pero empezó a recoger los platos. Korum sonrió con aprobación y salió de la cocina, y Mia se quedó sola para recobrar su compostura.

Para cuando él volvió, cargado con su ropa seca, Mia había conseguido convencerse a sí misma de que había reaccionado de manera desproporcionada a un comentario potencialmente inofensivo. Probablemente, su imaginación estaba desbocada y añadía connotaciones sexuales donde no las había. Dada su aparente fascinación con el estilo de vida y la tecnología humana, no era tan sorprendente que encontrara interesantes, incluso monas, algunas de las cosas que hacía un humano propiamente dicho, de la misma manera en la que Mia reaccionaba a los animales del zoo.

Sintiéndose ligeramente avergonzada por su torpeza anterior, Mia sonrió tentativamente a Korum cuando él le dio su ropa.

—Gracias por secarla. Te lo agradezco mucho, de verdad.

—Sin problema. El placer ha sido mío. —Él le devolvió la sonrisa, pero había una pizca de algo vagamente perturbador en la forma en que la miraba.

—Si no te importa, me voy a cambiar. —Todavía sintiéndose inexplicablemente nerviosa, Mia se volvió hacia la puerta de la cocina.

—Claro. ¿Recuerdas cómo llegar al baño? Puedes cambiarte allí. —dijo, señalando hacia el pasillo, y luego se quedó mirando con una media sonrisa mientras ella se zafaba agradecida.

MIA CERRÓ la puerta del baño y se puso con rapidez su cómoda y fea ropa, agradablemente cálida por efecto de la secadora. Él se las había arreglado de alguna manera para conseguir secar también sus botas, notó Mia con placer al ponérselas. Sintiéndose mucho más ella misma, se quitó la toalla del pelo, que en este punto solo estaba ligeramente húmedo, y dejó sueltos sus rizos enmarañados para que se acabaran de secar. Entonces, pensando que estaba ya tan lista como le era posible estarlo, Mia abandonó la seguridad relativa del baño y se aventuró a volver al salón para hacer frente a Korum y a su confuso comportamiento.

Estaba de nuevo sentado en el sofá, analizando algo en la palma de su mano. Parecía absorto en ello, así que Mia carraspeó suavemente para avisarle de su presencia.

Al oírla, él levantó la cabeza y la miró con una sonrisa misteriosa.

—Ahí estás, toda seca y decente.

—Oh, sí, gracias por eso. —Mia se balanceaba de un pie al otro, cohibida—. Y gracias otra vez por tu hospitalidad. En serio que debería marcharme ya, intentar escribir ese trabajo y terminar algunos deberes más...

—Claro, te llevo a donde quieras. —Él se levantó con un solo movimiento suave, y se dirigió hacia el armario de los abrigos.

—Oh, no. No tienes por qué hacerlo —protestó Mia—. De veras, no tengo ningún problema en coger el metro. Ya ha parado de llover, así que estaré totalmente bien.

Él le dirigió una mirada incrédula.

—Te he dicho que te llevo. —Su tono no dejaba lugar a la discusión.

Mia decidió no contradecirle. Tampoco es que fuera en limusina todos los días. Y ya que Korum estaba tan empeñado en acompañarla, podría dejarse llevar y disfrutarlo. Así que Mia se calló y lo siguió obediente hasta el lujoso ascensor, donde él pulsó el botón del segundo piso.

Roger y su limusina ya estaban frente al edificio. Las puertas se abrieron a su llegada, y Korum esperó cortésmente a que Mia subiera antes de hacerlo él mismo. Mia se preguntó dónde había aprendido todos esos educados gestos humanos. Por algún motivo dudaba de que la costumbre de dejar pasar delante a las mujeres fuese universal.

—¿A dónde te gustaría ir? —preguntó él, sentándose a su lado.

Mia lo pensó por un segundo. Por mucho que le encantara ir hasta casa y chismorrear con Jessie sobre todo el increíble encuentro, la fecha de entrega de su trabajo pendía sobre su conciencia. Tenía que ir a la biblioteca. Tan solo esperaba poder poner en suspenso en su mente los acontecimientos del día durante unas horas, o durante lo que le costara terminar el maldito trabajo.

—A la Biblioteca Bobst, por favor, si no es mucha molestia —pidió con cierta vacilación.

—No es ninguna molestia —le aseguró él y pulsó el botón del intercomunicador, transmitiéndole las instrucciones a Roger.

Sentada en el espacio cerrado de la limusina, Mia se fue haciendo más y más consciente de su cuerpo enorme y cálido a menos de treinta centímetros del de ella, que reaccionaba sin reservas a esa cercanía.

Mia pensó, con frialdad casi analítica, que era un espécimen masculino increíblemente hermoso bajo todos los puntos de vista. Calculó que mediría algo más de metro ochenta, y parecía ser bastante musculoso, a juzgar por cómo le quedaba antes la camiseta. Con su asombroso tono de piel, era seguramente el hombre más guapo que ella había visto jamás, en la vida real o en una película. No era de extrañar que tuviera ese efecto sobre ella, se dijo. Cualquier mujer normal sentiría lo mismo. Sin embargo, entender los motivos de su atracción hacia él no hizo que esta disminuyera ni una pizca.

—Bueno, Mia, háblame de ti. —su gentil petición interrumpió sus pensamientos.

—Eh… Vale. —Por alguna razón, la pregunta la aturdió—. ¿Qué quieres saber?

Él se encogió de hombros y sonrió.

—Todo.

—Bueno, estoy estudiando mi tercer curso en la NYU y me especializo en Psicología —empezó Mia, esperando no estar balbuceando—. Soy originaria de una pequeña ciudad de Florida, y vine a Nueva York para ir a la universidad.

Él la detuvo, sacudiendo la cabeza.

—Ya sé todo eso. Cuéntame algo más que lo básico.

Mia lo miró asustada, sintiéndose de repente como una gacela acorralada. Con sorprendente calma, le preguntó:

—¿Cómo sabes todo eso?

—De la misma manera en que supe dónde encontrarte hoy. Es muy fácil encontrar información sobre los humanos, especialmente sobre los que no tienen nada que ocultar. —Sonrió, como si no hubiera destruido cualquier ilusión sobre la privacidad que ella hubiera tenido.

—Pero, ¿por qué? —Mia no pudo aguantar más sin

preguntarle lo que había estado atormentándola durante los dos últimos días—. ¿Por qué estás tan interesado en mí? ¿Para qué llegar a estos extremos? —agitó la mano, indicando la limusina y todo lo que había hecho él hasta entonces.

Él la miró directamente, con intensidad casi hipnótica.

—Porque quiero follarte, Mia. ¿Es eso lo que temes oír y por lo que has estado actuando con tanto miedo todo el rato? —Sin darle tiempo a recuperar el aliento, continuó con el mismo tono burlón—. Bueno, es cierto. Eso quiero. Por algún motivo, captaste mi atención ayer, sentada en ese banco con tus rizos y tus grandes ojos azules, mostrando tanto miedo en cuanto te miré. No eres en absoluto mi tipo. Normalmente no me gustan las niñitas asustadas, particularmente las de la variedad humana, pero tú ... —él extendió la mano derecha y le acarició la mejilla lentamente—, tú hiciste que me dieran ganas de desnudarte allí mismo en medio del parque, para ver lo que había escondido bajo esta fea ropa tuya. Tuve que echar mano de toda mi fuerza de voluntad para dejarte marchar, y, cuando te has lamido el dedo tan sugestivamente en mi cocina, apenas he podido evitar arrancarte el albornoz y meterme entre tus piernas allí mismo, sobre la mesa de la cocina.

Su contacto pareció dejar un rastro de llamas ardientes a su paso cuando le recolocó un mechón de pelo tras la oreja y le rozó suavemente los labios con el dorso de la mano.

—Pero no soy un violador. Y eso es lo que sería ahora mismo, una violación, porque tú estás tremendamente asustada, de mí y de tu propia sexualidad. —Acercándose más, murmuró suavemente —: Sé que me deseas, Mia. Puedo ver como la excitación sonroja tus bonitas mejillas, y puedo olerla en tus bragas. Sé que tus pequeños pezones están duros ahora mismo, que te estás humedeciendo mientras me escuchas, que tu cuerpo se está lubricando preparándose para mi penetración. Si fuera a hacértelo ahora mismo, lo disfrutarías, una vez superado el miedo y el dolor de perder tu virginidad. Sí, también sé eso, pero esperaré a que te hagas a la idea de entregarte a mí. Pero una cosa, no tardes mucho: solo tengo cierta cantidad de paciencia disponible para ti.

CAPÍTULO CUATRO

Después, Mia apenas fue capaz de recordar el resto del trayecto.

En algún momento en el transcurso de los siguientes minutos, la limusina había aparcado junto a la Biblioteca Bobst, y Korum le había sostenido cortésmente la puerta y le había alcanzado su mochila. Entonces le había acariciado la mejilla suavemente con los labios, como si se despidiera de su hermana, y la había dejado allí en la acera frente al imponente edificio de la biblioteca.

Moviéndose en piloto automático, Mia se encontró sin saber cómo allí dentro, sentada en uno de los cómodos sillones que eran su sitio favorito para estudiar. Mecánicamente, sacó su Mac y lo colocó en la mesa del lateral, notando con cierto interés que su mano temblaba y que sus uñas tenían un leve tinte azulado. También se sentía helada por dentro.

Mia se dio cuenta de que era por el shock. Debía de estar en algún tipo de leve estado de shock.

No sabía por qué, pero eso la enfadaba. Sí, se sentía como si él la hubiese desnudado del todo en el coche con sus palabras y la hubiese dejado emocionalmente herida y vulnerable. Sí, si se pusiera a pensar demasiado sobre el significado de sus últimas palabras, probablemente se echaría a correr, gritando. Pero estaba lejos de ser una doncella victoriana, a pesar de su falta de experiencia, y se negaba a permitir que unas frases explícitas le provocaran sofocos.

Mia se levantó con decisión, dejó la mochila en el asiento para reservar el sitio (nadie robaría un ordenador tan viejo) y se dirigió hacia la cafetería para conseguir algo caliente para beber. Por el camino, se detuvo en el baño. Mientras se lavaba la cara con agua tibia e intentaba recuperar la estabilidad, Mia se vio de refilón en el espejo. El habitual rostro pálido que ahora le devolvía la mirada tenía un aspecto sutilmente diferente, de algún modo más suave y más bello. Sus labios parecían más plenos, como si estuvieran ligeramente hinchados allí donde él los había tocado. Sus ojos parecían brillar más, y había un atisbo de color en sus mejillas.

Él tenía razón, pensó Mia. Se había sentido enormemente excitada en el coche, a pesar de la impresión y del miedo, y sus palabras por sí solas habían estado a punto de causarle un orgasmo. No quiso analizar demasiado en profundidad en qué la convertía eso. Incluso en ese mismo momento, seguía notando la humedad residual en su ropa interior y una ligera sensación, como un pulso en lo más profundo de su sexo, al recordar ese paseo en limusina.

Mia respiró hondo, se enderezó y salió del lavabo. Su vida sexual en todas sus manifestaciones extraterrestres tendría que esperar hasta que su trabajo estuviera terminado y entregado.

Tenía solo dos prioridades: un café extra grande y algunas horas ininterrumpidas de tiempo de calidad con su Mac.

EL TIMBRE de la puerta y un gritito de emoción de su compañera de cuarto despertaron a Mia doce minutos antes de que sonara su alarma.

Gruñendo, se dio la vuelta y se tapó la cabeza con la almohada, esperando que lo que fuera que fuese lo que estuviera causando el ruido desapareciera y la dejara disfrutar de los escasos minutos restantes de precioso sueño.

Había vuelto a casa a las tres de la mañana, después de terminar el condenado trabajo. Por desgracia, tenía una clase los lunes a las 9, lo cual quería decir que solo había podido dormir cinco horas esa noche. Aun así, su cerebro cansado se había negado a dejar ir los acontecimientos del día, interrumpiendo su descanso con sueños oscuros y eróticos, en los que ella veía su rostro, sentía su tacto quemándole la piel, y escuchaba su voz, promesa tanto de dolor como de éxtasis.

Y ahora no podía disfrutar ni de unos momentos de tranquilo descanso, puesto que, aparentemente, Jessie no era capaz de contener su entusiasmo acerca de lo que había aparecido en la puerta.

—¡Mia! ¡Mia! ¿A que no adivinas? —Jessie casi estaba cantando mientras llamaba a la puerta del dormitorio de Mia.

—¡Estoy durmiendo! —gruñó Mia, con ganas de abofetear a Jessie por primera vez en su vida.

—Oh, venga, sé que tu alarma está a punto de sonar. ¡Levántate, bella durmiente, y mira lo que te ha enviado tu príncipe azul!

Mia se irguió en la cama de golpe, cualquier rastro de somnolencia eliminado de cuajo.

—¿De qué estás hablando?

Saltó de la cama, y abrió la puerta con ímpetu para encontrarse con los ojos brillantes de su asquerosamente alegre compañera de piso.

—¡De esto! —Con una amplia sonrisa de emoción, Jessie señaló hacia un enorme jarrón de exóticas flores rosas y blancas que ocupaba el centro de la mesa de la cocina—. Acaba de traerlas el chico del reparto. ¡Mira, hasta llevan una tarjeta! ¿Sabes quién te las ha enviado? ¿Tienes algún admirador secreto del que no me hayas hablado?

Mia sintió un escalofrío interior al tiempo que se le disparaba el pulso. Se acercó a la mesa, cogió la tarjeta y la abrió con inquietud. El contenido de la nota, escrita con letra clara pero indiscutiblemente masculina, era simple:

Esta noche, a las 7 p.m. Te vendré a recoger. Ponte algo bonito.

Mia soltó la nota, con mano ligeramente temblorosa. Por alguna razón, no había pensado que él querría volver a verla tan pronto, ni mucho menos que viniera a su apartamento.

—¿Y bien? ¡No me tengas en vilo! —Incapaz de esperar más, Jessie agarró la nota y la leyó ella misma—. Ohhh, ¿qué es esto? ¿Tienes una cita?

Mia sintió como un dolor de cabeza estaba empezando a forjarse en sus sienes.

—No exactamente —dijo con aire cansado—. Déjame vestirme para ir a clase, y hablamos por el camino.

Diez minutos después, Mia ya estaba cogiendo una barrita de desayuno y saliendo con Jessie, que para entonces casi reventaba de la curiosidad. Tras soltar un suspiro, Mia le relató una versión abreviada de la historia, omitiendo algunos detalles que ella consideraba demasiado privados para compartirlos, como las palabras exactas de él y sus propias reacciones.

—Oh, Dios mío. —La cara de Jessie reflejaba una horrorizada incredulidad—. ¿Y ahora quiere verte otra vez? Mia esto es malo, realmente malo.

—Lo sé.

—No me puedo creer que te dijera abiertamente que pretende tener sexo contigo. —Jessie se retorcía las manos por el disgusto—. ¿Y si no te presentas esta noche? ¿Y si vas a la biblioteca o algo así?

—Estoy bastante segura de que allí me encontraría. Ya lo ha hecho antes. Y no sé qué haría si se enfadara.

Jessie abrió aún más los ojos.

—¿Crees que podría hacerte daño? —preguntó en un susurro.

Mia pensó en ello unos segundos. Todos los gestos dirigidos a ella hasta el momento habían sido... solícitos, a falta de una palabra mejor. Podría estar fingiendo, por supuesto, pero por alguna razón dudaba que él fuera a abusar físicamente de ella.

—Creo que no —dijo despacio—. Pero no sé de qué otras cosas sería capaz.

—¿Cómo cuáles?

—Bueno, el asunto es ese: no tengo ni idea. —Mia tiró nerviosamente de un largo rizo—. Decididamente, no está siguiendo ningún tipo de reglas normales para las citas. Quiero decir, ayer prácticamente me secuestró en la calle...

—¿Y si te vas a casa, a Florida? —Obviamente, Jessie estaba desesperada por encontrar una solución.

—Esa me parece una reacción excesiva. Además, estamos en medio del semestre. No me puedo ir a ningún sitio hasta el verano.

—Mierda. —Jessie sonó fuera de juego durante un segundo—. Bien, entonces dile que no cuando aparezca esta noche. ¿Crees que te obligará a salir con él igualmente?

—No tengo ni idea —dijo Mia desencajada, deteniéndose frente a al edificio al que iba—. Voy a tener que pensar en esto un poco más. Quizás si estoy particularmente fea esta noche, él pierda el interés.

—¡Esa es una excelente idea! —Jessie aplaudió excitada—. ¿Así que quiere que te pongas algo bonito esta noche? ¡Vale, ya le enseñarás! Ponte tu ropa más fea, come ajo y cebolla cruda, ponte aceite en el pelo para que parezca grasiento, y haz quizás algo que te haga sudar… correr o algo así, ¡y no te duches ni te pongas desodorante después!

Mia miró fascinada a su compañera de piso.

—Das miedo. ¿Cómo se te ha ocurrido todo esto? No es que intentes hacer que los tíos te encuentren poco atractiva todos los días.

—Oh, es fácil. Piensa en todo lo que harías para arreglarte para una cita, y haz justo lo contrario. —Jessie agitó una mano despreocupadamente con tal cara de sabelotodo que Mia no pudo evitar echarse a reír.

A LAS SEIS EN PUNTO, Mia empezó a poner en práctica el plan de Jessie. Su compañera de piso se moría de ganas de ver a su primer K y de darle apoyo moral a Mia para hacerle frente, pero tenía unas prácticas de Biología que no se podía perder. Mia se alegró de ello. Lo último que quería era poner a Jessie en una situación arriesgada.

Empezó a hacer saltos de tijera, zancadas, sentadillas y abdominales. En quince minutos, los músculos de las piernas y el estómago de Mia, poco habituados a tanto esfuerzo, le ardían y ella estaba cubierta por una fina capa de sudor. Sin molestarse en ducharse, se puso su ropa interior más vieja y raída, unas medias tupidas marrones que su hermana odiaba por completo, y un vestido negro de manga larga que Jessie le dijo una vez que la hacía parecer completamente desdibujada y sin formas. Un par de viejos Merceditas negros de medio tacón, usados y rayados, completaban el look. Nada de maquillaje, salvo por un ligero toque de sombra de ojos azul oscuro en polvo directamente bajo sus ojos, imitando a las ojeras. Su pelo ya parecía una maraña electrizada, pero para asegurarse, Mia lo cepilló y añadió acondicionador solamente a las raíces, dejando que las puntas se encresparan en todas direcciones. Y como broche de oro, cortó un diente de ajo, lo mezcló con cebolla tierna, y lo masticó cuidadosamente, asegurándose de que la apestosa mezcla se introdujera en cada hueco y en cada recodo de su boca antes de escupirla. Satisfecha, se echó un último vistazo en el espejo. Como se esperaba, tenía una pinta espantosa, como si fuera la tía loca solterona de alguien, y probablemente olía aun peor. Le sorprendería mucho que Korum siguiera estando interesado en ella después de esa noche.

Cuando a las siete en punto sonó el timbre, se puso su ajado chaquetón de marinero, y abrió la puerta con una mezcla de inquietud y apenas contenido regocijo.

La visión con la que se encontró le cortó la respiración.

De alguna manera, en el corto lapso de un día, Mia había logrado olvidarse de lo atractivo que era. Vestido con un par de vaqueros de diseñador y una camisa abotonada gris claro que resaltaban a la perfección su cuerpo alto y musculoso, él resplandecía de salud y vitalidad, con esa piel bronceada y ese cabello negro que contrastaban tremendamente con sus increíbles ojos ambarinos. Mia sintió de golpe una irracional vergüenza por su propio aspecto desaliñado.

Al verla, sus labios esbozaron lentamente una sonrisa.

—Ah, Mia. No sé por qué ya sospechaba que serías difícil.

—No sé de qué hablas —dijo Mia desafiante, levantando la cabeza.

—Me encanta que hayas decidido jugar a este juego. —Extendió la mano y le deslizó los dedos por la mejilla, provocando un inesperado escalofrío de placer por su espalda—. Eso hará que tu rendición final sea mucho más dulce.

Aún sonriente, le ofreció cortésmente su brazo.

—¿Lista para irnos?

Echando chispas, Mia ignoró su ofrecimiento, dando ruidosos pasos mientras bajaba sola por la escalera. *¡Estúpida!* Tendría que haberse dado cuenta de que se tomaría su apariencia deliberadamente desagradable como un desafío. Con su aspecto y su aparente riqueza, seguramente tendría mujeres desmayándose a su paso por todas partes. Debía de ser refrescante para él conocer a alguien que no se metiera directamente en su cama. Quizás simplemente tuviera que acostarse con él y así quitárselo de encima. Si lo que él disfrutaba era la persecución, perdería interés rápidamente en cuanto consiguiera lo que quería.

La limusina estaba esperándolos al salir del edificio.

—¿Adónde vamos? —preguntó Mia, cayendo en eso por primera vez.

—A Percival, —respondió Korum, sujetándole la puerta. El sitio que había nombrado era un popular restaurante en el Meatpacking District al que era extremadamente difícil entrar, incluso un lunes por la noche.

Mia se dio mentalmente cabezazos contra la pared. Una cosa era tener una pinta horrible para Korum, lo que al parecer había sido un esfuerzo inútil. Pero suponía alcanzar cotas totalmente diferentes de bochorno el presentarse en el barrio más sofisticado y moderno de Nueva York vestida y oliendo como una chica sin hogar. Aun así, ella preferiría morirse de la vergüenza antes de darle a Korum la satisfacción de saber lo turbada que estaba.

Él se subió al coche y se sentó a su lado. Se estiró, cogió una de sus manos y se la puso en el regazo, estudiando sus dedos y su palma con aparente fascinación. Su mano parecía diminuta en comparación con la de él, y la dorada piel de él mucho más oscura al lado de su propia palidez, creando un contraste sorprendentemente erótico. Mia intentó apartar la mano, haciendo lo posible por ignorar las sensaciones que su contacto le provocaba en sus regiones inferiores. Él le sujetó la mano solo lo suficiente para que ella pudiera darse cuenta de lo fútil de su lucha, y después la dejó ir con una leve sonrisa.

Era raro, pensó Mia, como en algún momento había dejado de tenerle tanto miedo. Por alguna razón, conocer sus intenciones hacia ella, por groseras y vulgares que fueran, la tranquilizaba. La chica asustada que se sentó en el mismo coche el día anterior no se habría atrevido a oponerse a él de ningún modo, por miedo a alguna represalia desconocida. Mia ya no sentía esa aprensión, lo cual era extrañamente liberador.

Un minuto después, la limusina aparcó a la puerta del restaurante. Korum salió primero y Mia le siguió, notando mortificada las miradas de sorpresa que les echaban los hombres y mujeres elegantemente vestidos que había en la calle. Un guapísimo K en su limusina no podía evitar atraer la atención, y Mia estaba segura de que todos estaban sorprendidos por su desastrada acompañante.

Una recepcionista alta y delgada como un palillo les saludó al entrar. Sin pedirles siquiera por sus nombres, los guio a hasta un reservado al fondo del restaurante.

—Bienvenido de nuevo a Percival —dijo, ronroneando e inclinándose provocativamente hacia Korum al entregarles los menús—. ¿Empiezo por traerles agua con gas o sin gas?

—Con gas estaría bien, Ashley, gracias —él dijo sin prestarle atención, mientras estudiaba el menú.

Mia sintió un impulso repentino y sorprendente de arrancar cada uno de los pelos lisos y rubios de la cabeza de modelo de Ashley. Una extraña sensación como de náusea le revolvió el estómago al imaginárselos a los dos en la cama, con el cuerpo musculoso de él rodeando al de la rubia. *¡Mia, basta ya! ¡Por supuesto que él se ha acostado con otras mujeres!* No cabía duda de que la criatura iba dejando un rastro de Ashleys allá por donde iba.

—¿Has decidido lo que quieres pedir? —preguntó, levantando la vista del menú, aparentemente ajeno a la expresión asesina en la cara de Mia.

—No, aún no.

Ella respiró hondo y se obligó a concentrarse en el menú. Este era sin duda el restaurante más bonito en el que jamás había estado, y el menú, que por alguna razón no tenía puestos los precios, incluía algunos platos e ingredientes de los que ella jamás había oído hablar. Abrió mucho los ojos al ver queso de cabra y caviar en la sección de entrantes, y huevos en uno de los platos de pasta. Se le hacía la boca agua.

—Creo que tomaré la ensalada de remolacha asada y queso de cabra, seguida del Pad Thai con pesto de alcachofa.

Korum le sonrió con indulgencia.

—Por supuesto. —Llamó al camarero y le transmitió su pedido—. Y yo tomaré la ensalada de jícama y berros y los ravioli de nabos y setas shiitake con salsa de anacardos. También tomaremos una botella de Dom Pérignon.

Mia lo miró fascinada. No sabía que los K bebían alcohol. De hecho, había un montón de cosas que ella, y el público en general, no sabían sobre los invasores que ahora vivían a su lado. Mia cayó en la cuenta de que tenía una oportunidad perfecta de averiguar algo más sentada a la mesa enfrente de ella.

Sintiéndose un poco imprudente, decidió empezar por la pregunta que le había estado preocupando desde su primer encuentro.

—¿Es verdad que bebéis sangre humana?

Las cejas de Korum se alzaron de golpe, y casi se le atraganta la bebida.

—Tú no tienes pelos en la lengua, ¿verdad? —Esbozando una enorme sonrisa inquirió—: ¿Me estás preguntando si tenemos que beber sangre humana o si lo hacemos por gusto?

Mia tragó saliva. De pronto estaba más bien poco convencida de que esta fuera la mejor línea de interrogatorio.

—Las dos cosas, supongo.

—Bien, permíteme tranquilizarte... Ya no necesitamos sangre para sobrevivir.

—¿Pero antes sí? —a Mia se le pusieron los ojos como platos por la sorpresa.

—En nuestros orígenes, en los primeros tiempos de nuestra evolución a nuestra forma actual, necesitábamos consumir cantidades significativas de sangre de un grupo de primates con cierto parecido genético con nosotros. Nuestro ADN tenía una deficiencia que nos hacía vulnerables y ligaba nuestra supervivencia a la de la otra especie. Ya hemos subsanado ese defecto.

—¿Así que es verdad? ¿Había humanos en vuestro planeta? —Mia lo miraba boquiabierta.

—No eran exactamente humanos. Sin embargo, la hemoglobina de su sangre tenía las mismas características que la vuestra.

—¿Qué les sucedió? ¿Todavía existen?

—No, se extinguieron.

—No lo entiendo —dijo Mia lentamente, intentando encontrarle el sentido a lo que sabía hasta entonces—. Si los necesitabais para sobrevivir, ¿cómo y cuándo se extinguieron? ¿Eso fue antes o después de que... esto... subsanarais vuestro defecto?

—Ocurrió mucho antes. Conseguimos desarrollar una sustancia sintética antes de que desapareciera el último de ellos, lo cual nos permitió sobrevivirles a ellos. Fueron una especie en vías de extinción durante millones de años. En parte por culpa nuestra, por darles caza, pero gran parte de ello tenía que ver con su baja tasa de natalidad y su breve esperanza de vida. Como vosotros, tenían un sistema inmune débil, y fueron casi barridos por una plaga. Fue entonces cuando comenzamos a trabajar en vías alternativas de supervivencia para nuestra especie: sustitutos sintéticos de la hemoglobina, experimentación con nuestro propio ADN y el intento de desarrollar otra especie similar, tanto en Krina como en otros planetas.

A Mia se le encendió la bombilla.

—¿Por eso trajisteis vida aquí a la Tierra? ¿Así es como surgimos los humanos? ¿Porque necesitabais una especie similar?

—Más o menos. Fue un salto al vacío, con escasas posibilidades de éxito. Repartimos nuestro ADN tan lejos como nuestra primitiva tecnología de entonces podía alcanzar. No sabíamos qué planetas podían acoger vida ni dónde se encontraban, ni mucho menos cuáles se parecerían en algo a Krina, así que enviamos a ciegas miles de millones de drones a planetas que estaban en lo que vosotros llamáis ahora las Zonas Ricitos de Oro.

—¿Las Zonas Ricitos de Oro?

—Sí, también se las conoce como zonas habitables: regiones del universo alrededor de diversas estrellas que potencialmente tienen la presión atmosférica adecuada para mantener agua líquida en la superficie de un planeta. Según nuestros conocimientos, esos eran los únicos lugares donde podía surgir vida similar a la de Krina.

Mia asintió, recordando ahora haber oído hablar de eso en el instituto. Satisfecho de que ella le estuviera siguiendo, él continuó con su explicación:

—Uno de los drones llegó a la Tierra, y los primeros organismos simples consiguieron sobrevivir aquí. Por supuesto, en aquel momento nosotros no nos enteramos. Ya habían pasado seiscientos millones de años cuando alcanzamos esta parte de la galaxia y encontramos la Tierra.

—¿Justo antes de que empezara la Explosión Cámbrica? —preguntó Mia, con carne de gallina. Era vox pópuli que los K habían influido en la evolución terrestre en un grado bastante significativo, y que el momento de su llegada inicial coincidía con lo que anteriormente había sido visto como la desconcertante aparición de muchas nuevas y complejas formas de vida al principio de la Era Cámbrica. Pero sus motivos para traer vida a la Tierra y manipularla después seguían siendo un misterio, y era increíble escucharle hablar tan despreocupadamente, revelándole tantas cosas al tiempo que cenaba.

—Exacto. De vez en cuando hemos intervenido guiando vuestra evolución, sobre todo cuando amenazaba con ser drásticamente divergente de la nuestra, como cuando los dinosaurios se convirtieron en la forma de vida dominante.

—Pero ¿no habían sido eliminados los dinosaurios por un asteroide, como yo creía?

—Lo fueron. Pero podríamos haberlo desviado fácilmente. En vez de eso, simplemente nos aseguramos de que las formas de vida necesarias, como los antecesores primitivos de los mamíferos, sobrevivieran.

Mia le miraba con la boca abierta mientras él seguía contando.

—Cuando apareció aquí el primer primate supuso un tremendo logro para nosotros, porque su sangre contenía hemoglobina. Sin embargo, por entonces ya no la necesitábamos porque acabábamos de alcanzar el desarrollo tecnológico que nos permitía manipular nuestro propio ADN sin consecuencias adversas.

Se detuvo cuando sirvieron las ensaladas, y siguió hablando entre bocado y bocado de berros.

—En ese punto, la Tierra y sus especies de primates se habían convertido en el mayor experimento científico en la historia del universo conocido. El desafío para nosotros se tradujo en ver si podíamos darle algún empujoncito a la evolución, lo justo para ver surgir a otra especie inteligente.

Mia sentía escalofríos corriéndole por la espalda mientras escuchaba la historia de los orígenes de la humanidad contada por un alienígena de una civilización de una antigüedad pasmosa que básicamente había jugado a ser Dios. Un alienígena que seguía masticando su ensalada, como si estuviera hablando de un asunto de relevancia similar al tiempo que hacía.

Verás —prosiguió—, los primates de Krina tenían el mismo grado de inteligencia que vuestros chimpancés, y solo unos pocos de entre nosotros pensaban que una especie de una vida tan efímera como la vuestra sería capaz de desarrollar su intelecto de una forma altamente sofisticada. Pero persistimos, metiéndonos en ocasiones en el proceso con modificaciones genéticas que os hicieran físicamente más parecidos a nosotros, y el resultado ha superado todas nuestras expectativas. Aunque compartís gran parte de las características de los primates krinianos (presencia de hemoglobina, un sistema inmunitario relativamente débil y una esperanza de vida corta), tenéis una tasa de natalidad mucho mayor y una inteligencia que es casi comparable a la nuestra. Vuestro ritmo evolutivo es también mucho más rápido que el nuestro, debido principalmente a vuestro alto índice de nacimientos. La transición de primates primitivos a seres inteligentes os llevó solo un par de millones de años, mientras que a nosotros nos costó casi un billón.

La mente de Mia bullía con multitud de preguntas. Se aferró a la primera:

—¿Por qué os importaba si nos parecíamos a vosotros? ¿Es eso de alguna manera un requisito para la inteligencia?

—No, en realidad no. Simplemente les pareció lo mejor a los científicos que supervisaban el proyecto por aquel entonces. Querían crear una especie hermana, seres inteligentes que se parecieran a nosotros, para que nos resultara más fácil relacionarnos y comunicarnos con ellos. Por supuesto —dijo, con una sonrisa pícara, dándole vueltas al tenedor—, como efecto secundario hubo un inesperado beneficio.

Mia lo miró con recelo.

—¿Qué beneficio?

—Bueno, verás, cuando los primeros primates aparecieron en la Tierra, algunos de los krinar probaron por curiosidad a beber su sangre. Y descubrieron rápidamente que, sin que biológicamente necesitaran ya la hemoglobina, beber su sangre les proporcionaba un enorme subidón de placer, un disfrute casi sexual. Era mejor que cualquier droga, aunque algunas versiones sintéticas de vuestra sangre se han hecho muy populares desde entonces en nuestros bares y clubs nocturnos.

A Mia casi se le atraganta la ensalada. Tosiendo, bebió agua para deshacerse de la obstrucción en la garganta, mientras él la observaba con gesto divertido.

—Pero lo mejor de todo fue nuestro descubrimiento más reciente. —Él se inclinó más cerca de ella, con los ojos transformándose a un ya familiar y más intenso color dorado—. Verás, parece ser que no hay nada que nos cause más placer que beber sangre de una fuente viva durante el sexo. La experiencia es simplemente indescriptible.

Mia tragó saliva por acto reflejo, sintiéndose excitada y horrorizada a partes iguales.

—Entonces, ¿quieres beber mi sangre mientras... follamos?

Las comisuras de sus labios se elevaron dibujando una sonrisa sensual.

—Ese sería el objetivo final, sí.

Ella tenía que saberlo, incluso aunque la respuesta le revolviera el estómago.

—¿Me moriré?

Él se rio:

—¿Morirte? No, tomar unos sorbitos de tu sangre no será más letal que sacarte sangre en la consulta del médico. De hecho, nuestra saliva contiene un compuesto químico que hace el proceso muy placentero para los humanos. Estaba destinado originalmente a nuestras presas, para drogarlas y que fueran dóciles mientras nos alimentábamos de ellas, pero ahora tiene simplemente la función de mejorar tu experiencia.

A Mia le parecía que le iba a estallar la cabeza por todas las cosas de las que acababa de enterarse, pero había algo más que necesitaba averiguar.

—¿Cómo lo haces, exactamente? —preguntó cautelosamente—. Beber sangre, quiero decir. ¿Tienes colmillos?

Él negó con la cabeza.

—No, ese es un invento de vuestra ficción literaria. No necesitamos colmillos, los bordes de nuestros dientes superiores son suficientemente afilados para penetrar la piel con relativa facilidad, generalmente solo atravesando la capa superior.

Llegó el plato principal, dándole a Mia unos breves y preciosos momentos para recobrar la compostura.

Todo eso era demasiado.

Sus pensamientos se arremolinaban, confusos y caóticos. De algún modo, en las últimas veinticuatro horas, se había acostumbrado a la idea de que un extraterrestre quisiera mantener relaciones sexuales con ella, a saber por qué motivo. Pero ahora también quería que ella hiciera de donante de sangre durante el sexo. La especie de él había creado a la suya, básicamente, y ahora usaban la sangre humana como alguna clase de afrodisíaco. La idea era perturbadora y repugnante a muchos niveles, y lo único que ahora le apetecía hacer a Mia era arrastrarse hasta su cama, taparse la cabeza con la colcha y fingir que nada de esto estaba ocurriendo.

Su cara debía de mostrar algo de ese torbellino interior, porque Korum puso su mano sobre la de ella y dijo con suavidad:

—Mia, sé que todo esto es un shock tremendo para ti. Sé que necesitas tiempo para comprenderlo y para conocerme mejor. ¿Por qué no te relajas y disfrutas de tu cena, y hablamos de otra cosa entretanto? —Y añadió, con una sonrisa burlona—, prometo no morder.

Mia asintió y se concentró obedientemente en su plato tan pronto como él le soltó la mano. Era o eso o salir huyendo y gritando del restaurante, y no estaba segura de cómo reaccionaría él a lo segundo. Después de todo lo que había averiguado ese día, lo último que quería era despertar cualquier instinto depredador que su especie tuviese todavía.

El Pad Thai estaba delicioso, constató, apreciando los ricos sabores a los cuales los trocitos de huevo auténtico hacían de complemento. Por algún motivo, a pesar de su frágil constitución, nada interfería jamás con su apetito. Su familia bromeaba a menudo diciendo que Mia debía de ser un leñador disfrazado, por las grandes cantidades de comida que consumía con regularidad.

—¿Qué tal están tus raviolis? —preguntó entre bocado y bocado de su pasta, buscando el tema más intrascendente posible.

—Están fantásticos —respondió él disfrutando de

su plato con similar entusiasmo—. Vengo bastante a este restaurante porque tienen uno de los mejores chefs de Nueva York.

—No sé —bromeó Mia, intentando mantener ligero el tono de la conversación—. La ensalada y el sándwich que hiciste ayer estaban bastante ricos.

Él le sonrió, mostrando el hoyuelo que le hacía parecer mucho más cercano. Solo se formaba en su mejilla izquierda, no en la derecha: una ligera imperfección en sus rasgos perfectos que únicamente aumentaba su atractivo.

—Vaya, gracias. Es el mejor cumplido que me han hecho en todo el año.

—¿Cocinas mucho para ti o sales generalmente a comer por ahí? —La comida parecía ser un tema seguro y agradable.

—Hago mucho las dos cosas. Me gusta comer, como también a ti, aparentemente —sonriendo, señaló hacia su plato, indicando la celeridad con la que desaparecía el contenido—, y eso requiere hacer mucho ambas cosas. ¿Y tú? Imagino que es difícil salir a menudo en Nueva York con el presupuesto de una estudiante.

—Decir eso sería un eufemismo —convino Mia—, pero hay algunos sitios baratos realmente agradables cerca de la Universidad de Nueva York y en Chinatown, si estás dispuesto a alejarte tanto.

—¿Qué te hizo decidirte a venir a Nueva York para estudiar? En tu estado hay unas cuantas buenas universidades, y hace mucho mejor tiempo por allí. —Él parecía genuinamente perplejo.

Mia se rio al pensar de repente en lo irónico de su elección de universidad.

—Cuando yo estaba solicitando plaza en las facultades, mis padres temían que vosotros —los krinar, quiero decir—, pudierais ubicar un Centro en Florida, por lo que quisieron que fuese a una universidad de fuera del estado.

Eso hizo sonreír a Korum.

—Ciertamente pensamos en establecernos allí, pero había demasiada población para nuestro gusto. —Él tomó un sorbo de su champán—. Así que, me imagino, ellos no se alegrarían especialmente de que hoy estés aquí conmigo.

—Dios, no. —Mia se estremeció—. Probablemente mi madre se pondría histérica, y a mi padre le daría una de sus migrañas por estrés.

—¿Y tu hermana?

—Esto... no estaría particularmente contenta tampoco. —Había olvidado por un instante lo mucho que él sabía acerca de ella.

—Es mayor que tú, ¿verdad?

—Casi 8 años. Se casó el año pasado.

—Me pregunto cómo sería tener un hermano —dijo pensativo—. No es muy habitual en nosotros tener más de un hijo.

Mia se encogió de hombros.

—No sé si mi experiencia ha sido particularmente auténtica, teniendo en cuenta la diferencia de edad. Para cuando fui lo bastante mayor para ser algo más que una mocosa, ella ya se había ido a la universidad. —

Al picarle de nuevo la curiosidad, preguntó—: ¿así que no tienes hermanos? ¿Y qué hay de tus padres?

—Soy hijo único. Mis padres están allá en Krina, así que hace mucho que no los veo. Pero nos comunicamos a distancia con regularidad.

Su camarero volvió para recoger la mesa y les dio la carta de postres. Mia eligió el tiramisú, confeccionado con queso y huevos de verdad, y Korum se decidió por la tarta de manzana y nueces pecanas. Sin saber cómo, en el transcurso de la conversación, ella se había tomado dos copas de champán y estaba empezando a sentirse achispada. Eso hizo que su mente visualizara la velada dándole un toque ligeramente surrealista, desde el restaurante repleto de la más importante gente guapa de Manhattan hasta el hermosísimo depredador sentado en su mesa, charlando alegremente sobre sus respectivas familias.

Mia se preguntó qué edad tendría. Sabía que los K eran muy longevos, así que no había forma de adivinar su edad basándose en su aspecto. Si hubiera sido humano, ella le habría echado veintimuchos. Su curiosidad la dominó de nuevo, y le espetó:

—¿Cuántos años tienes?

—Unos dos mil años terrestres.

Mia lo miró anonadada. Eso lo situaba en el rango de los extremadamente ancianos según los estándares humanos. Hacía dos mil años, el Imperio Romano todavía dominaba Occidente, y el cristianismo estaba dando sus primeros pasos. ¿Y había vivido todo ese tiempo?

Bebió más champán para aliviar la sequedad de su garganta.

—¿Eso te hace joven o viejo en tu sociedad?

Él se encogió profundamente de hombros.

—Supongo que me sitúa entre los más jóvenes. Mis padres son mucho mayores. Pero eso no importa. Cuando alcanzamos nuestra madurez, la edad se convierte literalmente en un número.

—Entonces debemos parecerte todos unos bebés, ¿eh? —Mia bebió un gran trago de su copa y sintió como la habitación se inclinaba un poco. Esperaba no estar farfullando. Probablemente debiera parar con el champán. Él podría aprovecharse fácilmente de ella si se emborrachaba. Pero, claro, también podía aprovecharse de ella fácilmente estando sobria. Se encontraba totalmente a merced de un alienígena que quería follársela y beberse su sangre, así que ¿por qué no disfrutar de la indudablemente excelente cosecha?

—Bebés no. Solo primitivos en algunos aspectos. Un poco más como adolescentes, si acaso.

Mia se rascó con el dorso de la mano un punto de la nariz que le picaba, preguntándose si quería saber de verdad la respuesta a su siguiente pregunta. Decidió tirarse a la piscina:

—Así que, ¿eres inmortal, como los vampiros de las leyendas?

—No pensamos en ello de ese modo. Todos podemos morir. Nuestra especie ha disfrutado siempre de un envejecimiento nulo, pero aun así nos pueden matar o podemos morir en un accidente.

—¿Envejecimiento nulo?

—Básicamente, no presentamos los síntomas del envejecimiento. Antes de que nuestra ciencia y nuestra medicina estuvieran lo bastante avanzadas, todavía podíamos morir de un abanico de causas naturales, pero hemos conseguido alcanzar una tasa muy baja, casi nula, de mortalidad.

—¿Cómo es eso posible? —preguntó Mia—. ¿Cómo puede un ser vivo no envejecer? ¿Es eso algo propio de Krina?

—En realidad no. De hecho, existen unas cuantas especies aquí en la Tierra que comparten ese mismo rasgo. Por ejemplo, ¿has oído hablar alguna vez de la almeja de cuatrocientos años?

—¿Qué? ¡No! —Debía de estar burlándose de su ignorancia; seguro que algo así no existía.

Él asintió.

—Es cierto, búscalo si no me crees. Hay algunas criaturas que no pierden sus capacidades reproductivas o funcionales con la edad: algunas especies de mejillones y almejas, langostas, anémonas marinas, tortugas gigantes, hidras... De hecho las hidras son más o menos inmortales biológicamente: mueren por lesión o enfermedad, pero no a causa de la edad.

Intentando procesar toda esa increíble información, Mia volvió a frotarse la nariz. Ya no más, decidió: era suficiente alcohol para ella. Por algún motivo, le solía picar la nariz después de unos cuantos tragos, y Mia había aprendido a respetar tal picor como una señal de cuándo parar. Las pocas veces que había ignorado ese aviso, las consecuencias no habían sido agradables.

Al verla tambalearse ligeramente en su silla, Korum le pidió la cuenta al camarero. Mia se preguntó con cierta confusión si debía ofrecerse a dividir la cuenta, como hacía cuando salía con universitarios. No, decidió. Él la había prácticamente obligado a salir hoy, así que bien podía sacarle una comida gratis. Además, no estaba segura de poder permitirse ese sitio, a juzgar por el menú sin precios. Así que en lugar de eso, se quedó mirando a Korum mientras ondeaba su reloj de pulsera-teléfono-cartera por encima del diminuto receptor digital del camarero e incluía lo que parecía ser una generosa propina, a juzgar por la expresión agradecida en el rostro del camarero.

—¿Lista para irte?

Él la ayudó a ponerse el abrigo y le ofreció su brazo de nuevo. Mia aceptó esa vez, ya que estaba algo grogui, y no tenía un alto grado de confianza en su propia capacidad para salir del restaurante sin tropezarse.

—¿Estás borracha? —le preguntó él divertido, al observar sus andares algo inestables cuando salieron a la calle—. Solo te he visto tomarte un par de copas.

Mia levantó la cabeza desafiante y mintió:

—Estoy perfectamente bien. —Odiaba cuando la gente le señalaba lo fácilmente que se emborrachaba.

—Si tú lo dices. —Daba la sensación de que estaba a punto de echarse a reír, y Mia tuvo ganas de abofetearlo.

Roger y la limusina estaban esperando junto a la acera, por supuesto. Mia dudó, y se le aceleró el pulso al pensar en quedarse a solas con un depredador extraterrestre que deseaba su sangre.

Ella se volvió hacia él:

—Sabes, realmente me apetece tomar algo de aire fresco. Puedo volver caminando desde aquí, mi apartamento está solo a una docena de manzanas, y hace un tiempo muy agradable y refrescante. —Esto último era mentira. Hacía bastante frío, y Mia ya estaba temblando dentro de su fino abrigo.

Su expresión se ensombreció.

—Mia. Sube. Te llevaré a casa.

Era su tono de voz espeluznante, y funcionó con ella igual de bien esa segunda vez. Temblando ligeramente por la combinación de nerviosismo y aire frío, subió al coche.

Por raro que pareciera, no ocurrió nada en el camino a su apartamento, que les costó solo unos cuantos minutos al no haber tráfico. Él le cogió de la mano de nuevo, frotándole la palma de manera tranquilizadora. A pesar de su nerviosismo inicial, Mia cerró los ojos, se recostó en el cómodo asiento, y estaba empezando a quedarse dormida cuando llegaron a su destino.

Él la acompañó subiendo a pie los cinco tramos de escaleras hasta su piso, sosteniéndola por el brazo, aparentemente como precaución ante cualquier inestabilidad causada por el alcohol. Ella se sentía cansada y soñolienta, y lo único que quería era dejarse caer en su cama, en su casa. En cierto momento, el tacón de su zapato se saltó un escalón, consiguió desestabilizarla y por poco se cae. Korum suspiró y la cogió en brazos, llevándola así los dos tramos que quedaban a pesar de sus murmullos de protesta.

Al llegar a su apartamento, la volvió poner sobre sus pies con cuidado, sosteniéndola apretada contra su cuerpo duro durante un instante, antes de permitirle alejarse. Sus manos se detuvieron en su cintura, sosteniéndola a corta distancia. Mia lo miró, hipnotizada. Su respiración se hizo más rápida, y la humedad se acumuló entre sus piernas al darse cuenta de lo que significaba el enorme bulto que le había notado en los vaqueros. Él también respiraba algo más deprisa, y ella dudaba que eso tuviera que ver con llevar en brazos a una chica humana de cuarenta y cinco kilos dos tramos de escalera. Él se inclinó hacia ella, con los ojos ya casi amarillos, y Mia se quedó paralizada mientras él le colocaba la mano en la nuca y le ponía los labios sobre los suyos.

La besó lentamente, explorando su boca con una dulzura exquisita, aun cuando la sostenía atrapada en un abrazo imposible de romper. Mia gimió, y una ola de calor inundó todo su cuerpo, dejando a su paso una extrañamente placentera sensación de adormecimiento. En algún lugar del fondo de su mente estaba saltando alguna alarma, pero todo lo que ella era capaz de hacer era concentrarse en su boca y en las sensaciones que recorrían su cuerpo. Él la acercó más, apretando la parte inferior del cuerpo contra su vientre, y ella sintió de nuevo su dureza, y su sexo se tensó en respuesta. Él aspiró suavemente su labio inferior, metiéndoselo en la boca, y le deslizó la mano por la espalda para cogerla por el trasero, levantándola del suelo para poder frotar su erección directamente contra su clítoris a través de las capas de ropa.

La presión que se acumulaba dentro de ella era diferente y más fuerte que cualquier cosa que hubiera experimentado antes, y Mia gimió de frustración, queriendo más. Sus manos encontraron de algún modo el camino hasta los hombros de él, palpando los enormes músculos a través de la camisa, y aún no era suficiente. Ella quería, necesitaba sentir la piel desnuda de él contra la suya, su gran polla deslizándose para penetrar su sexo, colmando el vacío que creaba la sensación palpitante que sentía allí. Le rodeó la cintura con las piernas, frotándose contra él, y sus sensaciones aumentaron hasta el punto de volverse febriles. Se quedó al borde por unos breves y deliciosos segundos, y se dejó caer, corriéndose, exhalando un grito ahogado contra sus labios. El gimió también, metiendo la otra mano bajo su falda y destrozándole las medias, soltando su boca y dándole ardientes besos en el cuello y la clavícula.

—¿Mia? ¿Eres tú? —Una voz familiar le llegó a través de la neblina, y Mia se dio cuenta avergonzada de que Jessie había abierto la puerta del apartamento y estaba mirándolos asombrada—. ¿Estás bien? ¿Quieres que llame a la policía? —Estaba claro que su compañera de piso no estaba segura de cómo interpretar lo que veía.

Todavía enroscada en el cuerpo de Korum, Mia sintió como lo atravesaba un escalofrío mientras intentaba visiblemente recuperar el control. Temiendo de pronto por Jessie, Mia le gritó:

—¡Sí, estoy bien! ¡Vuelve adentro y déjanos en paz! —El rostro de su compañera de piso adoptó un gesto dolido, y desapareció en el apartamento, cerrando la puerta de un portazo tras de sí.

Mia empujó a Korum, tratando de poner distancia entre ellos.

—Por favor, deja que me vaya —dijo en voz baja, queriendo solamente acurrucarse, enroscarse sobre si misma en su cuarto y echarse a llorar.

Él dudó durante un segundo y luego la dejó sobre sus pies, todavía manteniéndola apretada contra su cuerpo. Su piel dorada parecía coloreada desde dentro, y sus ojos todavía tenían ese marcado tono amarillo. El bulto contra su estómago no mostraba signos de reducirse, y Mia se estremeció, dándose cuenta de que su autocontrol pendía de un hilo.

—Por favor —repitió ella, sabiendo que no había nada que pudiera hacer para que él la soltara si no quería.

—¿Quieres que te deje marchar? ¿Después de todo esto? —Su voz sonaba áspera y gutural, y los brazos que la rodeaban se tensaron hasta que ella casi no pudo respirar.

Mia asintió, temblando, el deseo al rojo vivo que

había sentido anteriormente convertido en una confusa maraña de miedo y azoramiento extremo. Él la miró con una expresión oscura e impenetrable y aflojó con lentitud los brazos que atenazaban su cintura, dando un paso atrás.

—Muy bien —dijo suavemente—. Como quieras. Vete a tu pisito, y cuéntaselo todo a tu compañera. Llora bien a gusto pensando en la pequeña putita que estás hecha, corriéndote así por un beso en el mismísimo pasillo. —Sus ojos brillaron al ver la expresión de derrota en su cara—. Y entonces será mejor que te acostumbres a la idea de que te correrás mucho más, con todo lo que yo te haga, y te haré literalmente de todo.

Con esa promesa, se volvió y se alejó hacia las escaleras. Se paró antes de empezar a bajar, se dio la vuelta y dijo:

—Te recogeré mañana después de clase. No más juegos, Mia.

CAPÍTULO CINCO

Con piernas temblorosas, Mia entró en el apartamento con tanta dignidad como fue capaz de reunir, considerando que su ropa interior estaba empapada y sus medias colgaban hechas jirones alrededor de sus rodillas. Jessie estaba sentada en el sofá del salón, esperando a que ella entrara. Ya no parecía enfadada, solo extremadamente preocupada.

—Oh, Dios mío, Mia —dijo lentamente—. ¿Qué demonios ha sido eso del pasillo?

Mia sacudió la cabeza, apenas conteniendo el llanto.

—Jessie, lo siento. De verdad, no puedo hablar ahora —dijo, entrando directamente en su cuarto y cerrando la puerta.

Se derrumbó sobre la cama, se envolvió con la colcha y se hizo un ovillo con las rodillas contra el pecho. Le parecía que su cuerpo no le pertenecía, con su sexo todavía palpitando como consecuencia de su orgasmo. Sus labios estaban hinchados por efecto de sus besos, y sus pezones tan sensibles que el sujetador parecía áspero contra su piel. También se sentía herida y hecha polvo por dentro, expuesta de una manera que jamás en la vida había experimentado.

Ella no deseaba nada de esto, nada. Era apabullante perder del todo el control sobre su propio cuerpo, y el hecho de que fuera Korum quien causara una respuesta tan poderosa la hacía sentirse todavía más vulnerable.

Él le daba miedo.

Con él estaba completamente fuera de su zona de confort y lo sabía. Por muy terrorífico que fuese pensar en lo que implicaría realizar el acto sexual con un vampiro extraterrestre, lo que más atemorizaba a Mia era el efecto que él tenía sobre sus emociones. Él iba a arrebatárselo todo, su cuerpo y su alma, y cuando hubiera terminado, seguiría adelante, dejándola destrozada y marcada para siempre, incapaz de olvidar jamás a su oscuro amante alienígena.

No se suponía que su vida iba a ser así. Viniendo de una familia de inmigrantes polacos de segunda generación, Mia siempre había seguido el buen camino. Había estudiado mucho en la universidad, tanto para complacer a sus padres como por su propio deseo de éxito. Una vez terminara sus estudios, quería usar su titulación para aconsejar a los estudiantes de instituto o de universidad sobre sus opciones académicas. Se llevaba muy bien con sus padres y su hermana, y esperaba ser una buena madre para sus propios hijos algún día. Se suponía que, en algún momento, se iba a enamorar de un buen hombre de buena familia y a formar un matrimonio feliz y duradero, igual que sus propios padres. Mientras que otras muchachas soñaban con aventuras y andaban detrás de los chicos malos, Mia solo quería una vida normal, por el camino adecuado.

Siempre había sabido que era una criatura sexual. A pesar de su falta de experiencia, no había tenido ninguna duda de que ella disfrutaría del sexo cuando encontrara a la persona adecuada. Le encantaba leer novelas picantes y ver películas clasificadas para adultos, y se consideraba lejos de ser una mojigata. De hecho, le gustaba la idea de probar cosas nuevas y tener varias relaciones antes de finalmente establecerse. Cuando salía de fiesta con Jessie, Mia con frecuencia se sentía excitada al bailar con algún tipo atractivo, en particular después de tomarse un par de chupitos. Por algún motivo, nunca había llegado más lejos que a darse unos pocos besos, quizás porque Mia era demasiado precavida y racional para ligar con un tío en un bar para un polvo de una noche. Sin embargo, había estado deseando que llegara su primera vez, preferiblemente con alguien especial, alguien que le importara y a quien ella le importara. Un depredador alienígena que quería follársela y beberse su sangre estaba tan lejos de ese ideal como Mia era capaz de imaginar.

Necesitaba una ducha.

Se levantó despacio y se quitó la ropa. Las medias no tenían salvación, así que las tiró a la basura. Su vestido negro estaba también ligeramente rasgado por delante, Mia ni siquiera recordaba cuándo había ocurrido eso, así que lo tiró también. Sintiéndose irresponsable, lanzó a su vez los Merceditas y la ropa interior a la papelera: no quería conservar nada que le recordase a esa noche. Se puso el albornoz, dejó la seguridad de su cuarto y se fue a la ducha, deseando que Jessie se hubiera ido ya a la cama.

A LA MAÑANA SIGUIENTE, Mia se despertó con dolor de cabeza.

En cuanto abrió los ojos, los acontecimientos de la noche anterior volvieron en tromba a su mente, acompañados de un abrasador sentimiento de humillación. Él se había referido a ella con sarcasmo como "putita", y ella se sentía como tal, particularmente porque Jessie la había visto. También se acordó de lo que le había dicho sobre recogerla hoy y de repente sintió arcadas por una combinación de miedo y algún tipo de excitación enfermiza.

Ese día solo tenía una clase, que no empezaba hasta las once. Menos mal, porque ni sabía si quería levantarse de la cama siquiera.

Llamaron tímidamente a su puerta.

—Sí, pasa —dijo Mia con resignación, sabiendo que Jessie debía de haber estado esperando ansiosamente que ella se levantara, escuchando para oír cualquier movimiento que hubiera en su habitación.

Su compañera de piso entró algo cortada y se sentó en la cama de Mia.

—Así que supongo que mi estrategia patentada para repeler a los tíos fracasó estrepitosamente, ¿eh?

Mia se frotó los ojos y dirigió a Jessie una sonrisa amarga.

—Se podría decir que sí. —Respiró hondo y dijo—: mira, siento lo de ayer. No quería gritarte, simplemente no te quería allí afuera, viendo lo que creo que viste.

Jessie asintió, claramente ya lo había descubierto por sí misma.

—No hay problema. Yo habría hecho lo mismo. Solo estaba preocupada por si te estaba forzando o algo. Así que tú, es que… ¿ahora te gusta?

Mia gruñó y enterró la cabeza en la almohada.

—No lo sé. Todo lo que hay de sensato en mí me dice que corra tan lejos como pueda, pero cada vez que me toca, no puedo evitarlo. Es como si no tuviera ningún control sobre ello. Lo odio.

Jessie abrió aún más los ojos.

—Oh, vaya. Eso es *tan* excitante. Es como lo que se lee en las novelas románticas: ¡él la besa y ella pierde la cabeza!

Algo que no conseguía definir había estado incordiándola esa mañana, y las palabras de Jessie hicieron encajar las piezas de repente.

¡Por supuesto! Él la había besado, y ya le había dicho explícitamente que la saliva de los K contenía algún compuesto químico que mantenía dóciles y drogadas a sus presas. Ahora todo tenía sentido: el agradable letargo que la había invadido y viajado por sus venas hasta su cerebro se había disparado en el segundo en el que sus labios se tocaron, y ella había quedado a merced del más puro instinto animal. El compuesto químico sería seguramente mucho más potente cuando entraba directamente en la corriente sanguínea, pero no cabía duda de que ella había recibido una buena dosis la noche anterior.

No era de extrañar que hubiera actuado como una zorra: no solo estaba borracha por el champán sino que había sido literalmente drogada por su beso.

Una furia ardiente fue creciendo en su estómago, reemplazando a la sensación de humillación que había tenido hasta entonces. ¡El hijo de puta! Básicamente, la había drogado y había estado a punto de aprovecharse de ella, y después había tenido el cuajo de acusarla *a ella* de estar jugando. Pues bien, ¡que le den! Si pensaba que ella se iría dócilmente detrás él después su clase, le esperaba algo muy distinto.

Su cerebro se puso a cien, buscando alternativas.

—Jessie —dijo lentamente—. ¿No me dijiste una vez que un primo tuyo tenía algún tipo de contacto en la Resistencia?

—Oh... —Jessie estaba claramente sorprendida—. ¿Hablas de aquello que te conté aquella vez sobre Jason? Fue hace mucho tiempo, cuando todavía éramos novatas. Estoy bastante segura de que ya no tiene nada que ver con eso, aunque no he mantenido demasiado contacto con él. —Miró a Mia con rostro preocupado—. ¿Por qué preguntas por ello siquiera?

¿Qué, ahora quieres unirte a los luchadores por la libertad?

Mia se encogió de hombros, sin estar segura de a dónde quería ir a parar. Lo único que sabía es que se negaba a convertirse sin rechistar en el juguete sexual de Korum, para que él la usara y la tirara a capricho.

Nunca había creído en el movimiento anti-K, y pensaba que los luchadores de la Resistencia estaban locos. Los krinar habían llegado para quedarse. Las armas y la tecnología humanas eran descorazonadoramente primitivas en comparación con las suyas, y Mia siempre había pensado que intentar combatirles era el equivalente a darse cabezazos contra la pared: fútil y potencialmente peligroso. Además, no todo era tan malo, ahora que los días del Gran Pánico se habían terminado. Los K les habían dejado en paz en general, eligiendo vivir en sus propios asentamientos, y la vida seguía siendo la misma, con solo unas pequeñas diferencias: aire más puro, una dieta más sana, y un montón de ilusiones rotas acerca del lugar que ocupaba el hombre en el universo. Sin embargo, ahora que había tenido algunas interacciones personales con un K en particular, simpatizaba un poco más con la causa de los luchadores, aunque eso no hiciera del movimiento de la Resistencia algo menos fútil.

Ella suspiró.

—No importa, solo era una idea estúpida. Creo que ahora necesito aclararme las ideas. —Mia saltó de la cama, se puso sus vaqueros, una vieja camiseta y un suéter cómodo.

—Espera, Mia. ¿Qué es lo que ocurre? —Jessie dijo, un poco confusa por sus actos—. ¿Estás disgustada por lo de anoche?

Mia se puso los calcetines y un par de zapatillas.

—Supongo —murmuró. Contarle a su compañera de piso la historia completa solo conseguiría preocuparla, y a veces cuando Jessie estaba preocupada hacía cosas drásticas, como aquella vez que llamó a la policía para denunciar la desaparición de Mia, cuando ella simplemente se había quedado dormida en la biblioteca con la batería del teléfono descargada. No es que Jessie pudiera hacer nada en este caso, pero aun así prefería no causarle disgustos innecesarios—. Mira, estoy bien —mintió—. Solo necesito dar un paseo y tomar un poco el aire, de veras. Ya sabes que no he tenido precisamente mucha experiencia con estas cosas, y esto es un poco como que te arrojen de golpe a la parte más profunda de la piscina. Solo quiero intentar averiguar cómo me siento acerca de todo esto antes de empezar a pensar en hablar de ello.

Jessie la miró con una expresión vagamente dolida.

—Bien, de acuerdo. Lo que necesites. —Entonces su cara se iluminó—. ¿Vendrás a cenar a casa esta noche? Estaba pensando en cocinar algo de pasta, y podríamos montar una noche de chicas, ver algunas pelis viejas...

Mia negó contrita con la cabeza.

—Eso suena fantástico, pero de verdad que no lo sé. Creo que hoy volveré a quedar con él. —Al ver el rostro preocupado de Jessie, añadió rápidamente, con una sonrisa pícara—: Y podría estar muy bien. —Antes de que Jessie tuviera ocasión de responderle, Mia cogió su mochila y salió corriendo por la puerta con un rápido "hasta luego".

CAMINÓ por la calle con determinación, sin un destino concreto en la cabeza. Se detuvo en una tienda de delicatesen y compró un paquete de chicles, ya que esa mañana aún no se había cepillado los dientes, y un burrito de hummus, aguacate y verduras. Su cerebro parecía haberse quedado en estado de hibernación, y ella anduvo sin pensar en nada en particular, disfrutando de la sensación de sus pies pisando la acera y del sol de media mañana calentándole la cara. Tuvo que haber caminado de esta manera durante bastante rato, porque, para cuando se empezó a fijar en los nombres de las calles, ya estaba en Tribeca, a una manzana del bloque de pisos de lujo en el que había estado hacía menos de cuarenta y ocho horas.

Y así de fácil, supo lo que iba a hacer, aquello de lo cual que su subconsciente ya estaba enterado, puesto que la había traído hasta aquí.

Era bastante sencillo, de hecho.

Era inútil echarse a correr. Podía encontrarla allá donde fuera, y ya había demostrado que podía manipular su cuerpo para que respondiera al suyo con la ayuda de varias sustancias químicas. No, escapar no era la respuesta. Él era un cazador. Lo que a él le encantaba era la persecución, y solo había una cosa que ella pudiera hacer para boicotearle. Podía negarle eso, arrebatarle la diversión de perseguir a una presa rebelde.

Podía entregarse.

~

CON LA DECISIÓN TOMADA, Mia no perdió ni un momento en ponerla en práctica.

Entró en el vestíbulo de su edificio y le dijo con calma al conserje que estaba allí para ver a Korum. Los ojos del hombre se abrieron un poco (claramente, él sabía lo que era el ocupante del último piso) y llamó para notificar de su presencia. Diez segundos después, hizo un gesto hacia el ascensor que estaba algo a la izquierda del principal.

—Adelante, señorita, por favor. Introduzca 1159 cuando la pantalla le pida el código, y subirá directamente hasta el ático.

Korum la estaba esperando al abrirse las puertas del ascensor.

A pesar de sus intenciones de permanecer impertérrita, se le cortó el aliento y se le disparó el pulso nada más verle. Llevaba un par de pantalones de pijama grises de aspecto suave, y nada más. Tenía el torso desnudo, su piel de color bronce recubría sus músculos esculpidos, y una aureola de vello oscuro era visible alrededor de sus pequeños pezones masculinos. Los amplios hombros, donde se marcaba la musculatura, indicaban el principio de una reducción gradual hasta una estrecha cintura, y en su liso abdomen se apreciaba una auténtica tableta de chocolate. No había ni un gramo de grasa por ninguna parte en su cuerpo poderoso.

Mia tragó saliva para aliviar la sequedad de su garganta, repentinamente menos convencida de lo inteligente de su plan.

—Mia —ronroneó él, apoyándose en la puerta y con todo el aspecto del mundo de ser un gran felino salvaje a punto de saltar—. ¿A qué debo este placer? No esperaba verte tan pronto. —Algo en su expresión debió de haberla traicionado, porque él soltó una breve carcajada—. Ah, ya veo. Es *porque* no te estaba esperando. Bien, adelante.

Caminando hacia la cocina con los pies descalzos, preguntó:

—¿Has desayunado?

Mia asintió, sintiéndose como una muda, temerosa de que su voz mostrara su nerviosismo. Decididamente, ese no era el mejor plan. ¿Por qué había pensado que enfrentarse con el león en su guarida era de alguna manera mejor que intentar evitarlo del todo?

Pero ahora ya no había marcha atrás.

—Vale, ¿podría entonces ofrecerte café o té? —Su tono era exageradamente cortés, como haciendo burla de la habitualmente educada pregunta.

Ella levantó la barbilla al darse cuenta de que él encontraba graciosa la situación.

—No, gracias —dijo con frialdad, sintiéndose

orgullosa del tono sereno de su voz—. Sabes por qué estoy aquí. ¿Por qué no dejas tú de jugar, para que podamos acabar con esto?

Él se detuvo y la miró. No había ni rastro de humor en su cara.

—Está bien, Mia —dijo lentamente—. Si es así como tú lo quieres.

—Solo una cosa más —dijo ella, queriendo fastidiarle y sin preocuparse ya por las consecuencias —. Sin drogas de ningún tipo. Sin alcohol ni saliva en ninguna parte de mi cuerpo. Si quieres mi sangre, puedes simplemente cortarme una vena y beber directamente. Y nada de besos en la boca. Hoy no quiero estar borracha *ni* drogada.

La cara de él se ensombreció, y sus ojos parecieron volverse lagos de oro líquido.

—¿Crees que ayer estabas colocada? ¿Es lo que te dices a ti misma para explicarte lo que ocurrió? ¿Que un par de copas de champán y mis besos mágicos te convirtieron en una ninfómana? —Se rio sardónicamente—. Bueno, siento decepcionarte, querida, pero la sustancia de nuestra saliva solo funciona si entra directamente en tu torrente sanguíneo. Tal vez si te besara sin parar durante un día entero, podrías notar un minúsculo efecto después de unas horas, con suerte. Por supuesto, si te besara todo el día, probablemente te correrías docenas de veces y ya no notarías en absoluto ningún efecto producido por la saliva. —Aún sonriendo, dijo amablemente—:

Pero hagámoslo a tu manera. Sin besar ni morder. Todo lo demás está permitido.

Se acercó hasta ella, la cogió de la mano y la guio por el pasillo. Con el corazón a punto de estallar, Mia le siguió sin protestar, sabiendo que hacía mucho tiempo que había pasado el momento de cambiar de opinión. No sabía si creerle y, lo que era más importante todavía, no quería creerle. Si él decía la verdad, ella había cometido un enorme error viniendo hasta allí ese día. Alguna estúpida parte de ella había pensado que era capaz de hacer esto: dejarle practicar sexo con su cuerpo inerte, no responder, reduciéndole así al violador que él proclamaba no ser, y salir de allí con sus emociones intactas, manteniendo algún tipo de superioridad moral. Si él no mentía, entonces ella estaba, literalmente, jodida.

Él la llevó hasta lo que tenía que ser su dormitorio. Como el resto de su ático, la habitación era moderna y opulenta al mismo tiempo. Una gran cama circular dominaba el centro de la habitación. Estaba deshecha, y obviamente había dormido allí hasta hacía poco. Las sábanas eran de un suave color marfil, y las gruesas mantas y las almohadas esparcidas por toda la cama eran de una tonalidad de azul claro. A Mia se le puso el corazón en la garganta, al darse cuenta del todo de lo que acababa de aceptar hacer.

Él soltó su mano y se alejó, dejándola sola de pie en medio de la habitación.

—Muy bien, —dijo, suavemente—, ahora, quítate la ropa.

Mia se quedó allí petrificada, sintiendo como una oleada de vergüenza se adueñaba de todo su cuerpo. ¿Quería que se desnudara ahí mismo, en medio de la habitación, a plena luz del sol?

—Ya me has oído —le repitió él con voz fría, a pesar del calor amarillo que irradiaban sus ojos—. Desnúdate. —Al verla vacilar, añadió —: te garantizo que tu ropa no sobrevivirá si le pongo la mano encima.

Las manos de Mia temblaban mientras se quitaba el jersey lentamente. Él solo la miraba, con el rostro inescrutable a pesar del deseo reflejado en sus ojos. Ella se quitó las zapatillas, y después los vaqueros, quedándose solo con unas braguitas rosas tipo calzoncillo y una camiseta. Se le había olvidado ponerse sujetador, y ahora notaba enormemente su ausencia, que hacía sus duros pezones visibles contra el delgado tejido de su camiseta.

—Ahora quítate la camiseta —le ordenó él, al verla detenerse.

Ella se fijó en la tienda de campaña de la parte delantera de sus pantalones, y de alguna manera eso le resultó extrañamente reconfortante, saber que ella tenía ese efecto en él, que ni su torpeza ni su delgado cuerpo frenaban su deseo. Temblando ligeramente, se quitó la camiseta, y reveló por primera vez sus senos ante los ojos masculinos. Tuvo que emplear toda su fuerza de voluntad para no cruzar los brazos sobre el pecho en un estúpido gesto virginal; en lugar de eso se quedó de pie allí mismo, con los puños cerrados a los lados del cuerpo, dejándole contemplarla.

Él se acercó a ella y la acarició, pasándole la mano lentamente por la espalda mientras sostenía su pecho izquierdo en la mano, palpándolo suavemente como si quisiera comprobar su peso y su textura.

—Eres muy bonita —murmuró, mirándola mientras sus manos la exploraban, enviando con cada caricia ondas de calor hacia la parte inferior de su cuerpo. Allí de pie y descalza, Mia fue plenamente consciente de lo grande que era el cuerpo de él comparado con el suyo; ella apenas le llegaba al hombro y cada uno de sus brazos era tan ancho como la mitad de su torso. Sus manos parecían oscuras en contraste con la pálida piel de ella, y se estremeció cuando él deslizó su mano hacia abajo por su vientre, tan grande que casi cubría todo el espacio de cadera a cadera. Notaba su erección rozándole el costado, sin que el fino tejido de sus pantalones de pijama hiciera mucho por disimular su calor y dureza.

Sin el efecto difuminador del alcohol ni el refugio de la oscuridad, no había escapatoria a sus actos brutalmente íntimos, ni era posible un piadoso abandono a una niebla sensual. En vez de eso, Mia estaba allí de pie a la luz del día, expuesta y vulnerable, intensamente consciente de cada caricia de sus enormes manos en su cuerpo y de la cálida humedad que lubricaba su sexo como respuesta.

Él metió los dedos por dentro de sus bragas y se las bajó por las piernas, eliminando su última defensa.

—Quítatelas —le ordenó con voz queda, y Mia obedeció y se encontró completamente desnuda entre sus brazos. El hecho de que él todavía llevase puestos los pantalones lo empeoraba todo de algún modo, y aumentaba su sensación de total indefensión.

Él le tocó el trasero, y arqueó sus manos para agarrar sus pequeños y pálidos glúteos y apretarlos suavemente.

—Muy bonito —susurró, y Mia se sonrojó por algún motivo inexplicable. Los oscuros rizos de entre sus piernas atrajeron después la atención de él, y Mia dio un respingo cuando sus dedos acariciaron suavemente su vello púbico, buscando la suave carne de debajo. Notando su humedad, él sonrió de pura satisfacción masculina, y la vergüenza de Mia se multiplicó por diez. Esta era la peor parte: saber que su propio cuerpo la traicionaba, que una criatura que ni siquiera era humana podía causarle este tipo de efecto en estas circunstancias.

—Sin besos en la boca, ¿no? —murmuró él, cogiéndola en brazos y llevándola hasta la cama. Mia asintió, cerrando con fuerza los ojos con la esperanza de que todo acabara pronto. En lugar de eso, él la puso en el centro de la cama circular, como si ella fuese algún tipo de sacrificio virginal, y descendió por su cuerpo hasta que su cabeza estuvo a la altura del punto de unión entre sus piernas. Entonces, al darse cuenta de sus intenciones, Mia intentó escabullirse hacia arriba, pero él no pensaba dejarla ir. En lugar de eso, detuvo con facilidad el movimiento de sus piernas con los codos, mientras exploraba lentamente sus pliegues con los dedos, buscando el lugar más sensible a su mirada de fuego. Bajó la cabeza y le puso ligeramente la lengua, suave y lisa, sobre el clítoris: solo la dejó allí y permitió que ella luchara hasta que no lo pudo soportar más, y todo su cuerpo se arqueó con el orgasmo más potente de su vida.

Mientras ella seguía allí, todavía estremeciéndose con las pequeñas réplicas, él se puso de rodillas, arrancándose los pantalones con decisión para mostrar un gran pene erecto. Los ojos de Mia se abrieron mucho al darse cuenta de que su primera vez probablemente le causaría algo más que un poco de incomodidad, a juzgar por el tamaño de la polla frente a ella.

Notando su temor, él se detuvo.

—Mia —le dijo suavemente—, no tenemos que hacer esto si no estás preparada. Puedo esperar...

Ella negó con la cabeza, incapaz de pensar más allá de la niebla de deseo que inundaba su cerebro. Le había costado todo el coraje del que era capaz haberle permitido tanta intimidad. Retractarse ahora le parecería una cobardía, y Mia sintió un pánico repentino e irracional de que eso fuera todo, que si perdía ahora la ocasión de experimentar tal pasión, nunca volvería a sentirla de nuevo.

Él no necesitaba que le incitaran demasiado. Antes de que su parte lógica pudiera imponerse, ya se había puesto encima, separándole las piernas con su muslo tremendamente musculoso, y colocándose entre ellas. Mirándola directamente a los ojos, empezó a metérsela, avanzando despacio, centímetro a lento centímetro. Lamentando su decisión casi instantáneamente, Mia se retorció debajo de él, al sentir como si un bate de béisbol caliente intentase entrar por su vagina. A pesar de la humedad de su orgasmo, sus músculos internos no querían dejarlo entrar, y se contraían desesperados para evitar la invasión.

—Shhh —susurró él intentando tranquilizarla, mientras las lágrimas rodaban por sus mejillas por esa incomodidad ardiente que amenazaba con convertirse en dolor. En la cara de él había gotas de sudor por el evidente esfuerzo de contenerse; sus brazos se flexionaban mientras él intentaba estabilizarse, intentando que los delicados músculos que comprimían su virilidad se relajaran antes de seguir. Pero Mia no podía estarse quieta, y todos sus instintos la hacían rebelarse contra la penetración. Dejó escapar algunos quejidos cuando él presionó más hacia adentro, deteniéndose brevemente al llegar a su barrera interna.

—Lo siento —dijo él con voz ronca, y Mia gritó cuando él empujó hacia adelante con un experimentado movimiento, atravesando la membrana que bloqueaba su entrada, y clavándole la polla hasta el fondo, hasta que sus vellos púbicos se encontraron presionando uno contra el otro.

Mia perdió la vista por un segundo, y una cálida náusea le ardió en la garganta, al sentir sus entrañas atravesadas por un dolor tan agudo como el de una puñalada. Nunca había esperado sentir esa agonía, y le clavó las uñas en los hombros, con gritos salvajes y guturales escapando de su garganta, tratando desesperadamente de librarse del objeto que la estaba haciendo pedazos. Con todo el placer previo ya olvidado, se retorció debajo de él como un pez en un anzuelo, siendo consciente de las palabras tranquilizadoras que él murmuraba en su oído y de los dulces besos con que colmaba sus mejillas y su frente.

En algún momento, el dolor agonizante comenzó a disminuir, y ella se dio cuenta de que él no se estaba moviendo, solo permanecía profundamente inmerso dentro de ella, con los músculos temblando por el esfuerzo que costaba quedarse quieto.

—Lo siento —decía, repitiéndolo aparentemente por enésima vez—, irá a mejor, lo prometo. Solo relájate y ya no te dolerá más de esta manera, te lo prometo... Shhh, bonita, relájate... buena chica... Mejorará pronto, lo prometo...

"Mentiroso", pensó Mia amargamente. ¿Cómo podría mejorar cuando él seguía dentro de ella y con el órgano que le había causado tanto dolor clavado profundamente allí? Se sintió violada y traicionada, ensartada bajo ese cuerpo mucho más grande sin esperanzas de escapar hasta que él hubiera terminado.

—Acaba ya, nada más —le dijo con dureza, dispuesta a soportar cualquier cosa con tal de que todo terminara.

Una leve sonrisa apareció en sus labios a pesar del esfuerzo reflejado en su cara.

—Ah, Mia, mi dulce chica valiente, tus deseos son órdenes para mí.

Él salió lentamente, y Mia cerró los ojos con fuerza, incapaz de contener las lágrimas por el nuevo dolor que al principio le causó ese movimiento. Sin embargo, él siguió moviéndose, lentamente, alejándose de su cuerpo y penetrándola de nuevo, una y otra vez, y el antiguo ritmo volvió a encender alguna pequeña chispa dentro de ella. Al notarlo, él aceleró el ritmo poco a poco y cambió su ángulo ligeramente para que la gruesa cabeza de su pene empujara algún punto sensible muy dentro de ella. Colocó su brazo entre ellos, y con sabios dedos halló su clítoris sin vacilar, presionándolo ligeramente, manteniendo la presión firme y dejando que sus embestidas lo movieran contra su mano. El cuerpo de Mia se tensó de nuevo, esta vez por un motivo distinto, y en su interior se empezó a acumular un líquido calor. Notó que empezaba a jadear, haciendo eco a la pesada respiración de él, y que la tensión dentro de ella se volvía casi insoportable, cada penetración empujándola más y más hacia el borde del abismo sin llegar a caer del todo. El dolor no había desaparecido, seguía ahí, pero de alguna manera eso ya no importaba, porque cada nervio del cuerpo de Mia estaba centrado en su desesperada necesidad de liberarse. Él gimió, con sus caderas ahora martilleándola, y ella gritó de frustración, sus pequeños puños golpeando inútilmente contra su pecho, su cuerpo vibrando como una cuerda de guitarra por la intolerable tensión del interior. Y de repente, fue demasiado. Notó como él se endurecía aún más, y luego estallaba con una profunda penetración final que la lanzó por encima de sus barreras hasta correrse, con la pelvis de él clavándose contra su sexo, y su cuerpo explotando en un orgasmo tan poderoso que Mia vio literalmente las estrellas, y su cerebro casi sufrió un cortocircuito por la intensidad del clímax.

Luego se quedó allí tumbada, sintiendo como su polla todavía se retorcía dentro de ella incluso mientras su tamaño y su dureza disminuían. Él tenía los hombros y la espalda resbaladizos por el sudor, estaba pesadamente derrumbado sobre ella, y su respiración sonaba como si acabara de correr una maratón. Ella notó con un interés curiosamente desapegado que sus propios miembros temblaban y que su corazón latía a toda velocidad como si hubiera hecho un gran esfuerzo físico.

Entonces, él salió de ella, y Mia sintió la pérdida del calor de su cuerpo, reemplazada por un singular frío interior. Él se fue de la habitación y ella encogió las rodillas contra el pecho con un movimiento lento y doloroso, sintiendo que su cuerpo no le parecía el suyo, y enroscándose hasta adoptar una posición fetal sobre un costado, con la mente extrañamente en blanco. Por sus muslos corrían unos hilillos de sangre, mucha más que las pequeñas gotas que ella siempre había creído que eran lo normal.

Él volvió un minuto después con un pequeño tubo blanco en la mano. Lo apretó, sacó alguna sustancia de color claro, y se la puso en el dedo, metiéndolo en su dolorido interior a pesar de sus débiles protestas. Casi inmediatamente, Mia sintió como el ardiente dolor comenzaba a disiparse al funcionar la magia del gel misterioso.

—Es un analgésico, y hará más rápida tu recuperación —explicó él, limpiándose las manos en las sábanas para librarse de la crema sobrante—. Por desgracia, no puedo curarte completamente porque lo último que desearía es que tu himen volviera a crecer.

La respuesta de Mia fue encogerse haciéndose una bola aún más pequeña. Sobre todo, quería reducirse de tamaño y desaparecer, fingir que nada de esto era real. Pero él no la dejó, acercándola para abrazarla haciendo la cuchara, con su gran cuerpo cálido rodeándola.

—Te odio —le dijo ella, con ganas de golpearle y hacerle daño de alguna manera. Ella sintió su suspiro contra la espalda.

—Lo sé —dijo, acariciando suavemente sus enredados rizos.

Debieron yacer así unos minutos. Mia notó que las sábanas olían a sexo y a él. Había también un olor metálico que Mia dedujo que debían de ser los vestigios de su virginidad.

—No te has bebido mi sangre —dijo, encontrando más sencillo comunicarse así, dándole la espalda.

—No, no lo he hecho —asintió él, añadiendo—: Creo que ya has tenido suficientes nuevas experiencias por un día.

"Qué considerado por su parte" pensó Mia con amargura. Qué caballero, ahorrándole a la pobre virgen el trauma extra. Daba igual que él fuese la causa de ese trauma para empezar.

Como si sintiera en qué dirección iban sus pensamientos él dijo, mientras seguía acariciándole el pelo:

—Siento que fuese tan doloroso para ti. Sé que no me creerás ahora mismo, pero nunca he pretendido hacerte daño de esta manera y nunca lo volveré a hacer. Si hubiera sabido lo estrecha que eras por dentro y lo gruesa que era tu membrana me habría asegurado de quitarla antes de que nos acercáramos siquiera a este dormitorio. Una vez dentro de ti era demasiado tarde, no podía parar. No será así la próxima vez, te lo prometo.

Mia escuchó su pequeño discurso con un miedo creciente en el estómago.

—Solo para dejarlo claro —dijo, lentamente—, no quiero volver a hacer esto contigo nunca más. Nunca. Si vuelves a tocarme, será una violación en el auténtico sentido de la palabra.

Korum no respondió, y Mia se dio cuenta con desazón que él decididamente pretendía que hubiera una próxima vez.

—Eres un monstruo —le dijo, intentando apartarse. Él la dejó ir, y se puso en pie. Antes de darse cuenta de lo que quería hacer, él se inclinó sobre la cama y la levantó en sus brazos, llevándola desnuda fuera de la habitación.

~

LA CONDUJO hasta el mismo baño en el que Mia se había duchado en su visita anterior. En algún punto, debía de haber llenado el jacuzzi, porque estaba preparado para ellos. La dejó con cuidado de pie dentro del agua maravillosamente caliente que le llegaba hasta la cintura. Con las piernas aún temblorosas, Mia se agachó dentro de las burbujas, y encontró un escalón donde sentarse. Unos poderosos chorros masajearon agradablemente sus cansados músculos, lavando la sangre seca y el semen de sus muslos, y Mia se apoyó en el borde y cerró los ojos, intentando ignorar la presencia del desnudo Korum.

Un pensamiento aterrador surgió en su mente, y abrió los ojos de golpe.

—No usaste ninguna protección —siseó, horrorizada por la idea—. ¿Voy a coger alguna clase de extraña enfermedad de transmisión sexual? O aún peor, ¿me quedaré embarazada?

Él se rio a carcajadas.

—No, cariño: las dos cosas serían imposibles. Es mucho más seguro tener sexo conmigo que con cualquier hombre humano, da igual cuántos condones se ponga.

Mia exhaló aliviada. El gel que él le había puesto y el agua caliente estaban haciendo maravillas con su condición física y casi se sintió volver a su antiguo yo. También notó que estaba hambrienta.

—Debería ir marchándome —dijo, buscando una toalla o un albornoz a su alrededor con el que cubrirse. Aún no se sentía cómoda estando desnuda frente a él.

—¿Por qué? —preguntó él con aire perezoso, moviendo su espalda musculosa para aprovechar mejor los chorros—. Ya te has perdido tu clase y no tienes nada más los miércoles.

Aparentemente, se sabía su horario de clases de memoria. Mia se encogió de hombros, incapaz de sorprenderse ya por nada.

—Tengo hambre y quiero irme a casa —dijo, con sinceridad.

Él le sonrió, con pinta de estar feliz por alguna razón.

—Te prepararé algo de comer. ¿Por qué no te relajas aquí un poco más, y te vendré a buscar cuando esté lista la comida?

Ella asintió, decidiendo no discutir al acordarse de la deliciosa comida que le había hecho el día anterior.

Todavía sonriente, Korum se levantó y salió de la bañera, con el agua deslizándose por su piel dorada y sus músculos bien definidos. A pesar de todo lo que había sucedido, Mia sintió una chispa de excitación al verlo completamente desnudo. Su espalda era ancha y atlética, y tenía las caderas estrechas. Su culo era el mejor que había visto nunca en un hombre, duro y firme por los músculos, y sus piernas parecían poderosas. Se preguntó si los K necesitaban hacer ejercicio para mantener su aspecto y decidió preguntárselo en otro momento.

—¿Te gusta lo que ves? —preguntó él con una sonrisa traviesa, obviamente notando su escrutinio.

Mia se sonrojó un poco y se forzó a no ser una boba.

—Claro —dijo, muy seria—. Eres muy mono, como una muñeca Barbie masculina.

Lejos de ofenderse, él se rio, genuinamente divertido.

—Espero que no como Ken. ¿No le falta el equipamiento necesario?

Mia simplemente se encogió de hombros como respuesta, sin querer entrar en ese tipo de bromas con él ahora mismo. Sonriendo, él salió de la habitación, dejándola disfrutar a ella sola del jacuzzi los siguientes veinte minutos.

Para cuando volvió, Mia ya estaba duchada y envuelta en el familiar albornoz que había localizado en el armario del baño. Había encontrado incluso las zapatillas de la otra vez y se las había puesto agradecida. Ducharse allí se estaba convirtiendo en una costumbre.

Acompañó a Korum hasta la cocina, con la boca haciéndosele agua por los deliciosos olores que salían de allí. Él había hecho otra de sus ensaladas de autor, y un plato de trigo sarraceno tostado con zanahorias y champiñones salteados. Sintiendo como si se estuviera muriendo de hambre, Mia atacó apreciativamente la comida, y él hizo lo mismo. Durante un rato, en la cocina reinó el silencio, solo roto por sus ruidos al masticar y el tintineo de los cubiertos. Sintiéndose llena por fin, Mia se recostó en su silla. Él ya había terminado con su plato, como siempre, y la estaba observando con una media sonrisa.

—¿Qué? —preguntó Mia insegura, pensando si no tendría algún trocito de lechuga entre los dientes.

—Nada —dijo él, y su sonrisa se hizo más amplia—. Solo es que me encanta verte comer. Lo haces con tanto entusiasmo... es tan adorable.

Mia se sonrojó un poco. Él obviamente pensaba que era una glotona. Encogiéndose de hombros, dijo:

—Sí, ¿qué puedo decir? Me gusta mucho comer.

Él sonrió.

—Lo sé. Es algo que me encanta de ti. Algo francamente inesperado en una chica de tu tamaño.

Mia le devolvió dubitativa la sonrisa y se levantó de su silla. Ese momento era tan bueno como cualquier otro.

—Vale, bueno, gracias por la comida... Me cambiaré y dejaré de molestarte.

La sonrisa se desvaneció de su rostro. Claramente, no le gustó escuchar eso.

—¿Por qué no te quedas? —sugirió con voz queda —. Prometo no volver a tocarte hoy, si es eso lo que te preocupa.

Mia tragó saliva, sintiéndose inquieta de repente.

—En serio que tengo que irme —dijo, esperando estar leyendo mal su lenguaje corporal, y que él no tuviera realmente la intención de mantenerla allí en contra de su voluntad.

Él la miró directamente a los ojos. Todo lo que vio en ellos pareció decidirle.

—Vale —le dijo lentamente—. Puedes irte a casa. —Mia volvió a respirar con alivio; prematuramente, como luego resultó. Porque él añadió después—: Pero quiero que vuelvas aquí esta noche. Recoge lo que necesites para un par de días, o te puedo comprar cosas nuevas si lo prefieres, y vuelve aquí hacia las 7 de la tarde. Prepararé la cena.

Mia lo miró fijamente.

—¿Y si no lo hago? —preguntó desafiante.

—Entonces iré a buscarte —contestó, y la mirada de sus ojos no dejaba lugar a dudas acerca de que hablaba en serio.

—Pero, ¿por qué? —Mia estalló, frustrada—. ¿Por qué quieres estar con alguien que no te quiere? ¿Que de hecho, te odia? Seguro que no te faltan mujeres que están deseando estar contigo. Ya has obtenido lo que querías de mí. ¿No puedes ir a por otra víctima?

La furia hizo que sus ojos se entornaran.

—Bueno, Mia, tienes razón. No faltan las mujeres a las que les gustaría estar en tu piel, y podría conseguir fácilmente otra "víctima", tal y como tan amablemente lo has puesto. —Dio un paso hacia ella—. La razón por la cual te deseo a ti es porque la química entre nosotros es poco frecuente aunque tú finjas estar en contra. Eres muy joven, incluso para ser una humana, así que no te das cuenta de lo que hay entre nosotros. ¿Crees honestamente que el sexo con otro hombre sería igual que lo nuestro? ¿O que cualquier otra mujer podría tener ese tipo de efecto sobre mí? —Hizo una pausa y continuó en un tono más suave—. Este tipo de atracción ocurre muy rara vez, y yo soy lo bastante sabio para no renunciar a ella incluso aunque tú intentes huir asustada. —Al ver el shock reflejado en su cara, añadió con un familiar resplandor dorado en los ojos—: Sé que esto es todo muy nuevo para ti, y que probablemente hoy hayas sentido más dolor que placer. No será así nunca más. La próxima vez que estés en mi cama, te prometo que los únicos gritos que darás serán de gritos de éxtasis.

CAPÍTULO SEIS

Mia se marchó del apartamento y volvió caminando a casa, con sus pensamientos convertidos en un caótico torbellino. Ya no era virgen y tenía la molestia de entre sus muslos para probarlo. El gel había aliviado la peor parte del dolor, pero seguía sintiendo ecos de su enorme erección dentro de ella. Su sexo se tensó un poco al recordar los orgasmos que él le había provocado y se estremeció por la intensidad del recuerdo. Y quería verla otra vez, esa misma noche. De hecho, sonaba como si no tuviera intención alguna de abandonar su empeño, sin importarle en absoluto lo que ella quisiera.

Al pensar en ello, Mia volvió a enfadarse. Él no tenía ningún derecho a hacerle eso. Puede que su especie hubiera guiado la evolución humana, pero eso no quería decir que él fuese su dueño. Esa clase de química especial que él creía que compartían no excusaba su comportamiento, y Mia aborrecía la idea de que él pensara que podía tenerla siempre que quisiera. Deseaba que hubiera algo que pudiera hacer para impedírselo, pero su propia respuesta física hacia él hacía que cualquier resistencia pareciera cosa de chiste.

Había un largo paseo hasta su apartamento, pero Mia quería estirar las piernas y aclararse las ideas antes de potencialmente encontrarse con su compañera de piso. Para cuando llegó a su bloque, estaba lo bastante cansada como para que subir cinco tramos de escaleras le pareciese una faena. Estaba deseando tirarse en el sofá y hacer algo totalmente estúpido, como ver algún programa de televisión en su portátil.

Sin embargo, no era su día. En cuanto abrió la puerta, Mia notó que Jessie tenía visita, y oyó unas voces masculinas que provenían del salón. Al entrar, se sorprendió al ver a dos hombres desconocidos.

Uno de ellos era un tipo asiático que aparentaba tener veintitantos, mientras que el otro tenía que pasar por lo menos de los treinta. El más mayor atrajo su atención inmediatamente. Había algo en su forma de sentarse en el sofá que le hizo pensar en un muelle a punto de saltar. Tenía el pelo rubio, y sus ojos azul claro eran extraordinariamente sagaces. Parecía ser de estatura media y de constitución atlética, incluso un poco tirando a delgado.

Cuando Mia entró, ambos se levantaron. Jessie se quedó sentada, pálida y con una extraña expresión de culpabilidad en su rostro.

—Hola, Mia —dijo ella, vacilante—. Estos son mi primo Jason y su amigo John.

Mia levantó las cejas.

—¿El Jason del que hemos hablado esta mañana? —preguntó, confusa.

El asiático asintió:

—Él único e inconfundible.

—¡Oh, hola!... Encantada de conocerte —dijo Mia con educación, intentando encajar las piezas.

—Están aquí para hablar contigo —dijo Jessie, y Mia entendió por qué parecía tan culpable.

—Chicos, sois vosotros, esto... ¿la Resistencia o algo así? —preguntó incrédula. Como no respondieron, ella sacó sus propias conclusiones—: Mira, no sé lo que os ha contado Jessie, pero realmente no tengo nada de qué hablar con vosotros.

—Al contrario, señorita Stalis —dijo John, interviniendo por primera vez con una voz ligeramente áspera— tenemos mucho de qué hablar. Jason, ¿por qué no te pones al día con tu prima mientras la señorita Stalis y yo terminamos nuestra conversación?

Adivinando la reacción de Mia por la expresión de furia que empezó a aparecer en su cara, Jessie la miró suplicante.

—Por favor, Mia, sé que estás enfadada conmigo, pero de verdad, creo que son capaces de ayudarte. Solo escúchales, ¿vale? Jason dice que pueden darte algunos buenos consejos sobre cómo manejar esta situación, por eso han venido.

Mia suspiró profundamente y escupió:

—Bien. —Al parecer, su relajante tarde en casa ya no era posible.

—¿Cuando quiere él verla otra vez? —preguntó John con voz queda.

Mia parpadeó sorprendida.

—Eh... esta noche a las siete.

—Vale —dijo él—, eso nos deja tiempo suficiente para ponerla rápidamente al día. ¿Dígame, la ha iluminado?

—¿Iluminado?

—¿Ha usado algún tipo de dispositivo alienígena en usted que desprendía una luz rojiza en alguna parte de su cuerpo donde la piel estuviera rasgada?

Mia lo miró anonadada.

—¿Cómo sabe eso?

Tomando su respuesta como una afirmación, él dijo:

—Entonces no puede salir del apartamento. Jason, ¿por qué no llevas a tu prima a ver una película mientras la señorita Stalis y yo nos quedamos aquí hablando?

Jason asintió con la cabeza y se marchó llevándose a Jessie, aunque Mia pudo ver que su compañera de cuarto por poco se moría de curiosidad.

En cuanto se quedaron solos, Mia preguntó airada:

—¿Qué quiere decir con lo de que no puedo salir del apartamento?

—La han iluminado. Básicamente, él la ha marcado: ahora tiene diminutos nanorobots incrustados en la zona de su cuerpo que él le ha iluminado. Le transmiten su ubicación en todo momento. Si fuera a hacer algo que él no esperara, como salir de su apartamento cuando él piensa que tendría que estar en casa, lo sabría inmediatamente, y podría hacerle sospechar.

Mia miró horrorizada las palmas de sus manos.

—¿Quiere decir que cuando curó mis arañazos, estaba realmente poniéndome dentro un dispositivo de localización? ¿Por qué haría algo así? —Levantó la cabeza con desconfianza—. ¿Y cómo sabe usted todo esto?

—Señorita Stalis... —dijo él, con tono cansado.

—Por favor, llámeme Mia —le interrumpió ella.

—Vale, Mia, —repitió él, bien dispuesto—, hemos estado combatiendo a los krinar durante mucho tiempo. ¿No piensas que hemos aprendido mucho sobre nuestro enemigo durante el proceso?

—Bien —dijo lentamente Mia —, pongamos que te creo. ¿Por qué iba él a hacer algo así? ¿Marcarme de esa manera?

—Para conocer tu paradero en todo momento, por supuesto. Es un procedimiento operativo estándar para ellos.

Mia lo miró absolutamente sorprendida.

—Bueno, entonces, ¿qué puedes hacer para ayudarme?

—No podemos ayudarte, Mia —le soltó John sin rodeos—. Pero tú sí puedes ayudarnos a nosotros.

Mia cogió aire con fuerza. Se temía algo así.

—Creo que te han informado mal. No quiero ser parte de vuestra causa de ningún modo, manera o forma. No podéis ganar y lo último que necesitamos es volver a los tiempos del Gran Pánico. Solo quiero que me dejen en paz, Korum, vosotros y todo el mundo, y si no puedes ayudarme con eso simplemente deberías marcharte —dijo, y le señaló la puerta.

—Ya estás metida en esto, Mia, quieras o no. ¿Sabes quién es tu amante K?

—¡Él no es mi amante! —dijo Mia con aspereza.

—¿No te has acostado con él? —Al ver como el color inundaba su rostro, él dijo—: eso es lo que yo pensaba. Estoy seguro de que no ha perdido el tiempo en coger exactamente lo que quería de ti, igual que cuando nos robaron el planeta.

Mia se resistió a su vergüenza.

—¿Qué quieres decir, con lo de que si sé quién es él?

—¿Te ha contado algo sobre sí mismo? ¿Sabes por qué está aquí, en Nueva York? ¿O cómo los K terminaron viniendo a la Tierra en general?

Mia asintió lentamente.

—Me ha contado que es ingeniero, que la compañía para la que trabaja hizo las naves que los trajeron hasta la Tierra.

—¿Un ingeniero? Esa sí que es buena. —John dejó escapar una risita forzada—. Él es uno de los K más poderosos del planeta, Mia. Es el dueño de las naves que los trajeron hasta aquí. Su compañía, de hecho, ha sido la fuerza impulsora de que ellos se asentaran en la Tierra.

Al ver la mirada de pura incredulidad en su rostro, añadió:

—Es parte de su Consejo de gobierno, algunos incluso dicen que él controla el Consejo. Su compañía abastece a todos los Centros. Sin él no habría ningún Centro de los K, y los krinar no estarían en la Tierra.

—No lo entiendo —dijo Mia, confusa—. Si él es todo eso, entonces ¿por qué está aquí? ¿Y qué quiere de mí?

—Él está aquí porque, por primera vez desde el Día K, tenemos una auténtica oportunidad de enfrentarnos a ellos. —Los ojos de John brillaron de entusiasmo—. Porque sabe que estamos muy cerca de poder luchar contra ellos de igual a igual. Porque quiere acabar con la Resistencia antes de que lleguemos más lejos. —Tomó aire profundamente—. Y en cuanto a lo que quiere de ti, es bastante obvio. ¿Sabes lo que es una charl?

Mia negó con la cabeza, sintiéndose abrumada.

—La traducción literal de charl es *una que satisface*. Es el término que usan para los esclavos humanos que retienen en sus asentamientos. El propósito de una charl es dar placer a los K. Como puede que sepas o no, les gusta beber sangre durante las relaciones sexuales. Así que nos mantienen cautivos, encerrados en sus jaulas de alta tecnología, y nos utilizan para lo que quieren.

Mia sintió como la bilis ardiente ascendía por su garganta.

—Estás mintiendo. ¿Por qué harían eso? Somos seres inteligentes.

—Ellos no piensan así de nosotros necesariamente. La mayoría de ellos nos consideran mascotas que criaron explícitamente para este propósito, poco mejores que los primates de su planeta que cazaron hasta la extinción.

—Entonces, ¿qué me estás contando? ¿Que Korum quiere tenerme cómo esclava? —preguntó Mia incrédula—. Eso son sandeces. Si quisiera mantenerme encerrada no estaría aquí ahora, ¿verdad?

Él suspiró.

—Mia, no sé exactamente a qué está jugando contigo. Tal vez encuentre divertido darte por ahora la ilusión de libertad. No es real, ¿lo entiendes, verdad? Si intentaras marcharte de Nueva York en lugar de quedarte aquí a su disposición, no sé lo que haría contigo ni si tu familia volvería a verte jamás. Eres una chica lista. Lo has intuido, ¿verdad? Exactamente por eso has estado evitándole. Por eso tu compañera de piso estaba tan asustada por ti, por eso vino corriendo a buscar a Jason aunque llevaban tres años sin hablar: porque dijo que estabas metida hasta más arriba del cuello.

Mia tenía ganas de vomitar. Si John estaba diciéndole la verdad, su situación era mucho peor de lo que había imaginado. Él tenía razón: su subconsciente seguramente se había dado cuenta del peligro que suponía escapar de Korum porque nunca se había planteado en serio dejar la ciudad. Millones de preguntas bullían en su cerebro, aun cuando un pozo de angustia y desesperación iba horadando su pecho.

—Entonces, ¿qué queréis de mí? —preguntó ella con amargura—. ¿Has venido hasta aquí solo para decirme que estoy jodida? ¿Que voy a acabar como mascota de un alienígena, encerrada en alguna parte y siendo sexualmente explotada? ¿Es eso lo que has venido a decirme?

—Sí, Mia —Respondió John tranquilo, con una expresión extrañamente neutra—. No te queda ninguna buena opción. Si se cansa de ti, podrías volver a retomar tu vida, sobre todo si sigues en Nueva York por entonces. Por supuesto, es posible que otro K se fije en ti, y que nadie te vuelva a ver. Eso es lo que le pasó a mi hermana, por eso hago lo que hago, para que otras jóvenes puedan tener una vida normal.

Mia lo miró horrorizada.

—¿Tu hermana? ¿Qué le pasó?

Su boca se curvó en un rictus de amargura.

—Lo que ocurrió es que le regalé un viaje a México cuando se graduó en la universidad. Se fue con unas amigas y conoció a un atractivo extranjero en la playa. Él resultó no ser exactamente humano... La noche antes de volver a casa, Dana desapareció de su habitación. Durante mucho tiempo, no tuvimos ni idea de lo que le había pasado, solo sospechas de que el K estaba involucrado de alguna manera. Por eso empecé a luchar contra los K, para vengar a mi hermana. No fue hasta hace un año cuando me enteré de que ella seguía viva y estaba siendo retenida como charl en el Centro K de Costa Rica.

Los ojos de Mia se llenaron de lágrimas cuando imaginó el sufrimiento de su familia.

—Oh Dios mío, lo siento mucho —dijo—. ¿Hay alguna forma de que puedas recuperarla?

—No. —Negó con la cabeza con una mezcla de enfado y tristeza—. Incluso si consiguiéramos rescatarla de allí, algo imposible en sí mismo, a ella la han iluminado, como a todas las charl. Siempre conocerán su paradero exacto, no hay manera de que podamos invertir ese procedimiento.

—Iluminada —dijo Mia—. Como todas las charl… como yo.

—Como tú —convino John.

Ella quería llorar y gritar y tirar cosas. Se conformó con preguntar:

—Así que, ¿por qué has venido hoy hasta aquí?

—Porque, Mia, aunque nosotros no podamos ayudarte, tú estás de hecho en posición de ayudarnos. Si lo logramos, no solo recuperarás tu vida, sino que también habrás librado a incontables mujeres y hombres jóvenes del destino de mi hermana.

—No lo entiendo… ¿Qué me estás pidiendo? — dijo Mia lentamente, mientras se le aceleraba el pulso.

—Queremos que trabajes con nosotros. Que nos cuentes cosas: el paradero de Korum, qué le gusta comer, cómo duerme, cualquier debilidad que pueda tener. Y si por casualidad te encontrases con cualquier información que pudiera ser incluso remotamente útil (claves de acceso, medidas de seguridad, cualquier cosa), que nos pases esa información.

—¿Me estás pidiendo que espíe para vosotros? —Mia levantó la voz con incredulidad.

—Estoy pidiéndote que aproveches para sacar algo positivo de tu sin duda lamentable situación. Para ayudarte a ti misma y al resto de la humanidad. Lo único que tienes que hacer es mantener tus ojos y tus oídos abiertos cuando estés con él y de vez en cuando informarnos de lo que averigües.

—¿Y crees que soy capaz de llevar a cabo una cosa así? ¿Sin ningún tipo de entrenamiento ni habilidad como actriz? ¿Engañar no se sabe cómo a uno de los K más poderosos del planeta? Concretamente, ¿qué te hace pensar que él no sabe ya que tú estás aquí, si su meta es aplastar vuestro movimiento?

—No hay micrófonos en este apartamento—lo hemos comprobado. Él no tendrá motivos para espiarte aquí si no haces nada sospechoso y continuas siguiéndole la corriente. Él no sabe que estamos aquí. Si lo supiera, ya estaríamos muertos. Mira, no estamos pidiéndote que seas James Bond o algo parecido a una mujer fatal. No necesitas intentar acercarte a él ni seducirle ni nada por el estilo: solo sigue manteniendo tu relación con él tal como lo haces ahora, y pásanos algo de información de vez en cuando.

—¿Cómo? Y en cualquier caso, ¿de qué serviría eso? ¿Qué te hace pensar que tenéis alguna maldita oportunidad cuando todos los gobiernos del mundo con sus armas nucleares fueron completamente impotentes a la hora de detener la invasión? —Todo el asunto era una locura, y Mia no tenía intención de ser una mártir en nombre de una causa perdida.

—En cuanto al cómo: déjanoslo a nosotros. Si él te sigue dando el mismo grado de libertad, seguro que te será mucho más fácil. Si no, se volverá más complicado, pero tenemos nuestros métodos. —Se detuvo un segundo, sopesando al parecer sus siguientes palabras—. En cuanto a por qué creemos que podemos ganar, digamos que no todos los K son iguales. No todos comparten las mismas creencias acerca de la inferioridad humana. No puedo decirte más sin ponerte en peligro, pero tenlo por seguro, contamos con algunos poderosos aliados.

¿Aliados de los humanos entre los K? Las implicaciones de eso eran alucinantes.

—No sé —dijo Mia, intentando reflexionar—. ¿Y si él se da cuenta? ¿Qué me pasará entonces?

Él dijo con sinceridad:

—No lo sé. Puede que decida matarte o castigarte de alguna otra manera. Francamente, no tengo ni idea.

Mia dejó escapar una breve y amarga carcajada.

—Ni te importa ¿verdad?

John suspiró:

—Me importa, Mia. Quisiera más que nada en el mundo que las cosas fueran diferentes. Que no te estuviera pidiendo esto, que tu única preocupación fueran los exámenes parciales. Pero ya no vivimos en esa clase de mundo. Si pretendemos recuperar nuestra libertad, tenemos que poner toda la carne en el asador.

Eres nuestra mejor oportunidad de acercarnos a Korum. Tú puedes de verdad marcar la diferencia, Mia.

Mia se acercó a la mesa y se sentó, cerrando los ojos un momento para poder pensar. No tenía ningún motivo para confiar en John, y no podía saber si nada de lo que le había contado era verdad. Sin embargo, por algún motivo se inclinaba a creerle. Había demasiado dolor en su voz cuando hablaba de su hermana: o era el mejor actor del mundo, o los K estaban de verdad abduciendo y esclavizando a los humanos que captaban su atención. De la misma forma en la que ella había captado sin querer la de Korum.

Se le ocurrió otra pregunta. Abrió los ojos y preguntó:

—¿Qué pasa si Korum sabe que Jason es el primo de Jessie, y ya sospecha de mí?

John se encogió de hombros.

—Es una posibilidad, por supuesto. Pero Jason es primo tercero de Jessie, por lo que la conexión es muy distante. Además, es un don nadie en nuestro operativo, apenas ha estado activo en los últimos dos años. Solo se ha acercado a mí hoy porque Jessie le había llamado para hablarle de ti. No podemos descartar del todo esa posibilidad, pero las probabilidades se decantan a nuestro favor. Además, no olvides que Korum es el que te ha estado persiguiendo a ti, y no al revés, así que no tiene razón alguna para sospechar nada.

—Bien —dijo Mia—, imaginemos por un segundo que me decido a espiar para vosotros. ¿Cómo esperas que me reúna con él esta noche, sabiendo todo lo que me acabas de contar, y que actúe como si no pasara nada? Él tiene miles de años de edad, puede leerme como a un libro abierto. No tengo ninguna posibilidad.

—No lo sé, Mia. En este punto, tú lo conoces mucho mejor que nosotros. Sé que nunca has pasado por algo tan difícil, pero creo en ti. Nuestra mayor ventaja puede ser simplemente el hecho de que él probablemente infravalore tu inteligencia. Mientras seas su charl, él no será capaz de verte como una amenaza.

Ahora sí que Mia había tenido suficiente. Se puso de pie, y una sensación de agotamiento se apoderó de ella.

—John —dijo, con voz cansada—, entiendo lo que pretendéis hacer, y simpatizo con vuestra causa. No puedo prometerte nada. No arriesgaré mi vida para informarte sobre el paradero de Korum, ni sobre lo que ha tomado para cenar. Pero si por casualidad me encuentro con alguna información que pudiera ser de importancia, haré lo que pueda para hacérosla llegar.

Él asintió.

—Me parece justo, Mia. Si necesitas contactar con nosotros, díselo a Jessie, o si eso no es posible, envíale un e-mail con un "Hola" en el asunto: nosotros estaremos vigilando su cuenta. De esta manera, si él decide controlar tu correo electrónico, lo cual probablemente haga, no sospechará nada. Solo estarás diciéndole hola a tu compañera de piso.

Mia asintió, aunque lo que más deseaba en ese

momento era estar sola. Tenía un tremendo dolor de cabeza que le martilleaba sin piedad, y en cuanto John se marchó, cerró aliviada la puerta tras él.

Llegó hasta su cuarto y se derrumbó sobre la cama.

Se sentía enferma, con el estómago revuelto por las revelaciones de John. No podía ser verdad: ella no quería creérselo. Sí, Korum parecía pisotear sus objeciones, y hasta ahora no le había dejado mucha elección con respecto a su relación. Pero, ¿retenerla de verdad como a una auténtica esclava sexual? ¿Privarle de toda su libertad y tenerla encerrada en algún lugar dentro de un Centro K? Si la existencia de las charl era algo más que un producto de la imaginación de John y Korum quería convertirla en una, entonces sí era el monstruo que ella le había acusado de ser.

A Mia le dio náuseas la idea de que lo vería esta noche y notaría su contacto en su cuerpo. Y probablemente respondería a él, como de verdad si fuera su amante. Esto último volvió a darle ganas de devolver. ¿Cómo era posible que su cuerpo lo deseara cuando él ni siquiera la consideraba una persona con la inteligencia básica de un humano, o mejor dicho, un ser inteligente?

También le aterrorizaba la idea de espiarle. Si la cogían, estaba segura de que probablemente la matarían (incluso quizá la torturarían antes, para sacarle información). Quienes eran capaces de tener esclavos, probablemente no se inmutaran ante la tortura.

Ella se estremeció.

De hecho, si él descubriera lo de su conversación con John, estaría perdida.

Intentó imaginárselo a él infligiéndole dolor intencionadamente. Por alguna razón, le era difícil. Él había sido muy dulce con ella casi todo el tiempo. Incluso la pérdida de su virginidad de esa mañana, siendo tan traumática como había sido, podría haber ido mucho peor si él no hubiera tratado de controlarse. De hecho, algunos de sus actos eran casi protectores: darle de comer, asegurarse de que estuviera calentita y seca, curarla… (Bueno, quizá esto último no, dado lo que le acababan de contar), pero eso apenas concordaba con la imagen de villano que John le había pintado. Por otra parte, ella tampoco habría querido hacerle daño a un gatito, pero no habría tenido ningún problema en tener a dicho gatito encerrado en su casa. Si así era como él la veía de verdad, como a una linda mascota a la que casualmente quería follarse, entonces su comportamiento tenía mucho sentido.

Mia intentó no pensar en todo lo que eso implicaba, pero era imposible. Su futuro siempre le había parecido tan brillante que había disfrutado pensando en él, planeando los siguientes años de su vida. Y ahora no tenía ni idea de lo que iba a pasar en las próximas semanas, ni siquiera de si seguiría viva, y mucho menos aún, de si seguiría yendo a la Universidad de Nueva York.

La idea de que podría terminar como charl de Korum en un asentamiento alienígena era devastadora, especialmente cuando se ponía a pensar en cómo reaccionaría su familia a su desaparición. ¿Le dejaría por lo menos decirles que estaba viva, o desaparecería sin dejar rastro?

Una oleada de autocompasión la sofocó, y Mia sintió el escozor de las lágrimas calientes que se acumulaban bajo sus párpados. Incapaz de contener más sus maltrechas emociones, enterró la cara en la almohada y lloró por la amarga injusticia de todo esto, hasta que sus ojos estuvieron hinchados y rojos y ya no pudo verter ni una lágrima más.

Entonces se puso en pie, se lavó la cara y empezó a empaquetar sus cosas para la noche como Korum le había sugerido.

A LAS 6:45 PM. cogió el metro hasta Tribeca y entró en el edificio de Korum a las 6:59. Mentalmente dándose a sí misma una palmadita en la espalda, Mia pensó que era una espía bastante puntual.

Él la saludó con una lenta sonrisa sensual, tan guapo como siempre hasta con ese par de vaqueros azul claro y una simple camiseta blanca. Aún despúes de las revelaciones de John, el corazón de Mia se detuvo por un momento al verle. Sus músculos internos se tensaron y notó que empezaba a estar mojada. Su sonrisa se hizo más amplia, dibujando ese maldito hoyuelo. Obviamente, él podía notar su excitación.

Mia maldijo su cuerpo. A pesar de todo, estaba

condicionado para responder a él. Pero por otra parte, si ella estaba literalmente durmiendo con el enemigo, supuso que también podía igualmente disfrutarlo. Ahora que sabía la verdad sobre su gente, y sus probables intenciones hacia ella, estaba bastante segura de que podría ponerle riendas a sus emociones, sin importar cuantos orgasmos aullantes él le proporcionara.

La cena que le preparó fue excepcional, como ya era habitual. Tiernas patatas asadas con setas silvestres, eneldo y cebollas caramelizadas componían el plato principal, precedido por un aperitivo de ensalada de espinacas con peras pochadas. El postre era una fuente de fruta fresca, cortada en varias formas distintas, acompañada de una salsa para mojar de castaña dulce. Estuvieron cenando a la luz de las velas. Si ella no hubiera sabido lo que sabía, habría pensado que la estaba cortejando con una cena romántica. La explicación más probable era que él simplemente disfrutaba de la buena comida en un entorno precioso, y ella se beneficiaba indirectamente de eso.

Pero aun así, esto apenas se ajustaba con la imagen de malvado líder supremo que John le había descrito.

A pesar de la preocupación inicial de Mia, le resultaba fácil actuar de forma natural con él, quizás porque no tenía que fingir que él le gustaba ni estar tranquila en su presencia. Él conocía sus sentimientos hacia él perfectamente desde esta mañana, y no esperaría que ella estuviera de ningún otro humor excepto nerviosa, mordaz y excitada a regañadientes, que era como Mia de verdad se sentía.

La cena pasó volando, en medio de una charla ligera (ella se enteró de que a él le gustaban mucho las películas americanas de principios del siglo XXI), y rodeados de deliciosos manjares. Según la comida iba llegando a su fin, los niveles de ansiedad de Mia comenzaron a elevarse pensando en lo que le esperaba después, esa misma noche. A pesar del gel que él le había puesto, ella todavía sentía un leve malestar en una zona profunda de su interior, y no estaba deseando practicar el sexo en el futuro cercano, aunque, teóricamente, le doliera menos la segunda vez. Dudaba que alguna vez pudiera hacerlo con él estando completamente libre de dolor, dados el tamaño de su pene y su propia estrechez supuestamente inusual. Aun así, a su cuerpo parecía no importarle, ya que una cálida humedad se iba acumulando entre sus piernas ante esa expectativa.

Después de cenar, Mia ayudó a Korum a recoger, metiendo los platos en el lavavajillas y limpiando la mesa. Era una tarea desconcertantemente doméstica, algo que podría haber hecho con un novio o un marido en el futuro, y la hizo ser aún más consciente del extraño giro que había dado su vida. Era difícil creer que, hacía solo cuatro días, estaba asustada por su trabajo de Sociología, y preocupada porque su vida amorosa era un asco. Y ahora estaba intentando que no la cogieran espiando a un extraterrestre de dos mil años que probablemente quería convertirla en su esclava sexual.

Cuando todo estuvo limpio, Korum la guio hasta su cuarto.

A esas alturas, Mia estaba hecha un manojo de nervios, con el miedo y el deseo luchando entre sí por tomar el control dentro de ella. Al notar su evidente temor, él dijo:

—Nada de coito esta noche, te lo prometo. Sé que aún estás dolorida.

La ansiedad de Mia se elevó otra rayita en el medidor. ¿Qué esperaba hacer exactamente si las relaciones sexuales estaban descartadas?

Entraron en el dormitorio, y él la llevó a la familiar cama circular, ahora cubierta con un conjunto nuevo de sábanas azules y de color marfil. La habitación estaba iluminada con una suave luz amarilla, y se escuchaba sonar de fondo algún tipo de música sensual. Sentado en la cama, la acercó hasta él hasta que ella se quedó de pie entre sus piernas abiertas. En esta posición, los ojos de Mia estaban casi a la altura de los suyos. Temblando ligeramente, ella se quedó quieta y trató de no mirarle cuando él le quitó la camiseta por la cabeza, dejando expuesto un sencillo sujetador blanco que ella había recordado ponerse esta vez.

—Eres tan hermosa —murmuró, sujetándola suavemente por los costados mientras estudiaba la porción de su cuerpo expuesta hasta el momento. Inexplicablemente, Mia se sonrojó, y su insegura adolescente interior se sintió absurdamente complacida por el cumplido.

Inclinándose hacia ella, le dio un cálido beso en el punto sensible de unión entre su cuello y su hombro. Mia se estremeció por la sensación, y se le puso la piel de gallina por todo el cuerpo. Aparentemente encantado con su reacción, él volvió a hacerlo, y después sopló suavemente sobre la zona húmeda que su boca había dejado. Mia dio un respingo, y sus pezones se endurecieron por el placentero frescor. Él sonrió, con los ojos brillantes y color oro.

—¿Aún se aplica lo de "sin besos en la boca"? —preguntó suavemente, y Mia se encogió de hombros, recordando lo que sucedió la última vez que impuso esa condición.

Interpretando sus gestos como de consentimiento, él la atrajo hacia él, enterrando una mano en su cabello y manteniendo la otra en la parte baja de su espalda. Poniéndole sus propias manos sobre los hombros, por encima de la ropa, Mia cerró los ojos y lo sintió dándole pequeños besos como de mariposa en las mejillas, frente y párpados. Para cuando sus suaves labios alcanzaron su boca, ella casi se retorcía de ganas.

Primero, la besó muy suavemente, solo rozándola con los labios. Luego comenzó a mordisquearle los labios, dibujando con cuidado su contorno con la lengua. Ella gimió, apretando el cuerpo contra él, y él le abrió la boca con la lengua, penetrándola, obviamente imitando el acto sexual. Una oleada de humedad inundó su sexo ya mojado mientras él se turnaba en follarle la boca con la lengua y chuparle suavemente los labios hinchados y sensibles.

Perdida en sus propias sensaciones Mia solo notó vagamente como le desabrochaba el sujetador. Soltándole la boca, la besó en la oreja, succionándole el lóbulo con cuidado. Ella se arqueó de placer, con las rodillas temblando y la cabeza echándose hacia atrás, y él aprovecho para bajar a lametones por la delicada columna de su garganta, y por su clavícula, hasta que su cálida boca alcanzó los pequeños globos blancos de sus pechos. —Qué bonitas —susurró, antes de meterse un pezón rosado en la boca y arañarlo suavemente con los dientes. Mia gritó, con el clítoris palpitando al borde del orgasmo, y él hizo lo mismo con el otro pecho, mientras la sostenía con fuerza y ella se retorcía entre sus brazos, desesperadamente a punto de correrse. Él la sostuvo así, deteniéndose unos segundos hasta que la sensación se desvaneció un poco, y entonces la sentó a horcajadas sobre una de sus piernas, frotando contra ella su coño aún cubierto por los vaqueros y comiéndole la boca para tragarse su grito cuando el clímax largamente esperado sacudió poderosamente todo su cuerpo.

Dejándose caer contra él como si fuera de gelatina, Mia sintió como sus músculos internos palpitaban con pequeñas réplicas. Sin esperar a que se recuperara, Korum se levantó, la cogió en brazos y la puso en la cama. Se quitó la ropa a una velocidad sorprendente, se puso encima de ella, se desabrochó los tejanos y se los arrancó de golpe junto con las braguitas de ella.

Estar allí tumbada, totalmente desnuda, le recordaba desagradablemente a Mia el dolor de la última vez que estuvo en esta posición. Sin embargo, a pesar de la gran polla agresivamente apuntando hacia ella, él se contentó con besar suavemente su cuerpo hacia abajo, empezando con el punto sensible cerca de su hombro y terminando cerca de su bajo vientre. Ella se tensó expectante y él no la decepcionó. Separándole las piernas con sus fuertes manos, inclinó la cabeza y lamió suavemente sus pliegues, evitando el contacto directo con el clítoris. Mia se sorprendió de sentirse excitada otra vez, pocos minutos después de su último orgasmo. Un largo dedo entró lentamente por su vagina, presionando cuidadosamente en algún punto sensible muy adentro, mientras su lengua lamía rápidamente su clítoris a un ritmo cada vez más rápido. No hubo ningún ascenso gradual esta vez: en vez de eso, su cuerpo simplemente se contrajo con un único espasmo alrededor de su dedo, soltando la tensión que se había acumulado en su interior en cuestión de segundos.

Mia se quedó allí tumbada, estupefacta. En algún momento, debía haberle cogido la cabeza, porque tenía los dedos enterrados entre sus cortos y brillantes mechones. Sintiéndose irracionalmente avergonzada, le dejó ir, quitando las manos. Él sacó el dedo lentamente, haciendo que su sexo se tensara con un temblor residual, y lo lamió, mirándola directamente a ella. Mia casi gimió otra vez.

Él se sentó, manteniendo todavía el contacto visual.

Mia se dio cuenta de que tenía una enorme erección y que no se había corrido todavía. Se pasó la lengua nerviosamente por los labios, preguntándose qué pretendía. Sus ojos siguieron los movimientos de su lengua, y ella se dio cuenta de pronto de lo que él quería que hiciera.

Sentándose, Mia extendió cautelosamente la mano y rozó suavemente su verga con los dedos, sintiendo su tersa dureza. Para su sorpresa, dio un saltito contra su mano, como si tuviera vida propia. Los ojos de Mia se dirigieron al rostro de Korum, y lo que vio allí fue tranquilizador. Parecía que estaba dolorido, con los ojos firmemente cerrados y el sudor perlando sus sienes. Notando que ella se detenía, él abrió los ojos y susurró con voz ronca:

—Adelante.

Envalentonada, Mia envolvió sus dedos alrededor de su polla y poco a poco lo acarició con un movimiento arriba y abajo, tal como había visto hacerlo en las pelis porno. Su mano blanca y pequeña envolvía su erección y ella se preguntó cómo había conseguido metérsela dentro. Él gimió respondiendo a sus maniobras, su cuerpo entero se tensó, y Mia se sintió de repente muy poderosa. Saber que tenía este efecto sobre él, que esa criatura formidable estaba a merced de su contacto, ayudaba en gran medida a restaurar el balance de poder en una relación que hasta el momento se había inclinado solo hacia una de las partes.

Decidiéndose a llevar las cosas aún más allá, se

arrodilló y se inclinó hacia él. Con sus oscuros rizos rozándole los muslos, probó a lamer la abultada punta. Él siseó, acercándole las caderas, y ella sonrió, disfrutando de su capacidad de controlarlo de esa forma. Sujetándole la polla con una mano, agarró sus grandes pelotas con la otra, y las apretó suavemente, explorando con curiosidad los desconocidos órganos.

—Mia... —gimió él, y ella sonrió, complacida. Quería provocar una respuesta aún mayor en su cuerpo, del mismo modo en que él lo había hecho con ella. Todavía sujetando sus pelotas, rodeó la punta de su polla cuidadosamente con los labios e hizo girar su lengua alrededor de ella dentro de su boca, mientras movía la otra mano arriba y abajo rítmicamente. Él dejó escapar un ronco grito, sus caderas se sacudieron, y ella sintió un líquido tibio y ligeramente salado llenándole la boca. Sorprendida y encantada, Mia lo soltó, observando como el resto del líquido espeso y de color crema caía sobre su estómago de bronce. Había un extraño sabor en su boca, no desagradable, y se preguntó brevemente si había diferencias entre el semen K y el semen humano. Su polla seguía agitándose ligeramente frente a sus ojos, incluso mientras iba disminuyendo de tamaño.

Al volver la vista hacia arriba, Mia se lo encontró mirándola con una sonrisa.

—¿Habías hecho esto antes? —preguntó, señalando hacia su sexo.

Mia respondió negando con la cabeza. Por alguna extraña razón, nunca había querido ir más allá de unos besos con cualquiera de los chicos que con los que había salido en el pasado.

—Bueno, entonces tienes un talento innato —dijo él, sonriendo aún más. Buscó bajo la cama, sacó una caja de pañuelos de papel y usó uno para limpiarse el estómago. Mia parpadeó, preguntándose qué otras cosas guardaba ahí debajo. Después de limpiarse, se levantó y caminó hacia la puerta totalmente desnudo.

—¿Una ducha? —preguntó, y Mia dijo que sí gustosa, siguiéndole hasta el baño.

Se metieron juntos en la enorme ducha, y Korum ajustó los controles para que el agua caliente les lloviera desde todas las direcciones. Se puso champú en la mano y masajeó el pelo de ella, lavándolo con expertos movimientos. Mia se quedó allí con los ojos cerrados, sintiendo el tacto de sus dedos contra su cuero cabelludo y cómo el agua se derramaba sobre su piel hipersensible. Después, le lavó todo el cuerpo, haciéndola ruborizarse por lo concienzudo que fue. Sintiéndose algo tímida, Mia probó a devolverle sus atenciones, frotando jabón por toda su dorada piel y sus poderosos músculos. Él disfrutó de sus caricias sin ningún rubor, arqueándose como un gran felino que fuese acariciado.

Cuando hubieron terminado, él la secó con una gruesa toalla y después se secó a sí mismo. Relajada por el agua caliente y los dos orgasmos, Mia sintió como se adueñaba de ella una marea de somnolencia. Al notar su apenas disimulado bostezo, Korum la cogió y la llevó de vuelta a la cama. La puso en el centro, tiró de una suave manta hacia ellos y se acostó a su lado, abrazándola desde detrás. Sintiéndose extrañamente reconfortada por la sensación de su gran cuerpo rodeando al suyo, Mia cerró los ojos y se quedó dormida rápidamente por primera vez desde que su mundo se había puesto patas arriba por culpa del extraterrestre tumbado junto a ella.

CAPÍTULO SIETE

Mia se despertó al día siguiente con la luz del sol inundándolo todo.

Manteniendo los ojos cerrados para resguardarse del resplandor, Mia pensó con cierta irritación que debía de haberse olvidado de bajar las persianas la noche anterior. No le importaba, sin embargo; se sentía bien descansada y extremadamente cómoda. *¿Quizás demasiado cómoda?* Al darse cuenta de repente de que la cama en la que estaba era demasiado blanda para ser su propio colchón de Ikea, Mia se sentó de golpe y miró a su alrededor asustada. Los recuerdos del día anterior inundaron de golpe su cerebro, y se dio cuenta de donde estaba.

También estaba sola y completamente desnuda.

Cubriéndose con la manta hasta el pecho, Mia inspeccionó cautelosamente la habitación. Estaba sentada en medio de la gigantesca cama redonda (calculó que debía medir al menos cuatro metros y medio de diámetro), en el dormitorio bellamente decorado de Korum. Había algunas macetas con plantas cerca del gran ventanal con vistas al río Hudson.

Al ver el albornoz y las zapatillas que Korum debía de haber dejado para ella, se los puso y salió a buscar el lavabo. Sorprendentemente, no había ningún baño conectado con el dormitorio. Asomando la cabeza al pasillo, Mia localizó la puerta del baño. Se lanzó directamente hacia ella a toda velocidad: no quería que Korum supiera todavía que estaba despierta.

Después de hacer sus cosas, Mia se lavó los dientes agradecida por el cepillo de dientes que él le había dejado preparado, y se lavó la cara. Mirándose al espejo, se asombró al ver que tenía muy buen aspecto. Su pálida piel estaba casi radiante, y sus ojos tenían un brillo poco habitual. Incluso su pelo, la cruz de su existencia, parecía más sedoso, con unos rizos castaño oscuro brillantes y bien definidos. Cualquiera que fuese el champú que él había usado con ella el día anterior, claramente obraba milagros. Igual que los orgasmos, aparentemente.

Mia se preguntó dónde estaría su ropa. Le retumbaba el estómago, recordándole que la cena de la noche anterior ya era cosa del pasado lejano. Todavía con el albornoz puesto, decidió salir a por algo de comer.

Al entrar en la sala de estar, Mia escuchó voces que provenían de algún punto a su izquierda.

Creyendo que Korum estaría viendo la tele, se

encaminó hacia esa dirección. Las voces se hicieron más fuertes, y se dio cuenta de que hablaban en un idioma extranjero que nunca antes había oído. Ligeramente gutural, pero a pesar de eso con una suave fluidez que no se parecía a nada que le fuese familiar.

Mia contuvo el aliento.

Tenía que estar escuchando el idioma krinar, lo que significaba que Korum probablemente tenía visita, y que había otros K en la casa. Esa podría ser su oportunidad de averiguar algo útil, pensó, con el corazón dándole un vuelco en el pecho.

Se acercó a la habitación sin hacer ruido y se sobresaltó cuando las pesadas puertas se abrieron de golpe frente a ella, mostrando a sus ocupantes y haciendo que sus ojos se posaran en ella.

Korum y otros dos K estaban de pie alrededor de una gran mesa que proyectaba algún tipo de imagen tridimensional. Al verla, Korum agitó la mano y la imagen se desvaneció, dejando solo una superficie de madera pulimentada.

Mia se quedó paralizada mientras tres pares de ojos alienígenas le examinaban.

La expresión del rostro de Korum era fría y distante, muy alejada de cualquier otro gesto que ella le hubiera visto antes. El otro hombre K, aproximadamente igual de alto que Korum, tenía el pelo castaño y los ojos color avellana, con un tono de piel dorado a juego. La mujer tenía la piel un poco más clara, más cercana al color de Jessie, y el sedoso cabello que le caía hasta la cintura era de un rojo oscuro poco habitual. Sus ojos eran casi negros y parecían enormes en su apabullantemente hermoso rostro. También era alta, probablemente alrededor de un metro setenta y cinco, y llevaba un vestido que parecía haber sido derramado en forma líquida sobre sus curvas. Podría fácilmente haber salido de las páginas de un viejo catálogo de Victoria's Secret, si hubieran mejorado antes la foto de la modelo con un aerógrafo, por supuesto.

Allí de pie con su albornoz, Mia se sintió como una niña traviesa a la que hubieran pillado robando del tarro de las galletas.

No había forma de evitarlo. Se aclaró la garganta, con el corazón a mil por hora.

—Ejem, hola. Solo estaba buscando la cocina.

En la cara de Korum se dibujó una débil sonrisa, haciendo más amables sus rasgos, y su mirada distante se desvaneció.

—Por supuesto. —dijo—, debes de tener hambre.

Se volvió hacia sus visitantes.

—Mia, estos son mis... colegas —dijo, y pareció que dudaba ligeramente al decir la última palabra—, Leeta y Rezav.

—Encantada de conoceros —dijo Mia educadamente, mirándoles con cautela.

Tenía la fuerte impresión de que esos dos no estaban contentos de verla. Leeta le devolvió la mirada, con un gesto de desagrado en su bonita boca. Rezav fue un poco más amable, esbozando una media sonrisa y haciendo una gentil inclinación de cabeza hacia ella. Se volvió a Korum y le preguntó algo en su idioma, a lo cual Korum asintió distraídamente.

—Vale, bien, no quería interrumpir —se disculpó Mia, escuchando sus propios latidos atronando con fuerza—. Os dejo trabajar.

Korum hizo un gesto en dirección de la cocina.

—Coge algo de fruta o cualquier otra cosa que te apetezca. En seguida estaré contigo.

Murmurando un "gracias", Mia salió de allí tan rápido como sus temblorosas piernas eran capaces de llevarla.

Entró en la cocina y se dejó caer en una de las sillas, abrazándose a sí misma para sentirse más protegida. Le daba vueltas la cabeza hasta casi estar mareada, y tenía el estómago invadido por las náuseas.

Porque de la pregunta de Rezav, que había hablado totalmente en krinar, Mia había entendido una sola palabra conocida: charl.

EN EL TIEMPO que Korum tardó en llegar a la cocina, Mia había conseguido recomponerse.

Cuando entró, le dirigió una sonrisita y siguió comiendo sus arándanos como si nada le preocupara, como si no acabara de escucharle confirmando sus peores temores.

Él se acercó a ella y se inclinó, besándola profundamente en la boca. Por primera vez, Mia simplemente soportó su contacto: el malestar en su estómago era demasiado intenso para que se pudiera permitir su respuesta sexual habitual.

No sabía por qué había necesitado confirmarlo. En su mayor parte, ella había creído a John cuando él había hablado sobre los K y su enfoque atávico de los derechos humanos. Sin embargo, alguna pequeña fracción de ella debía de haber estado agarrándose a la esperanza de que John estuviera equivocado, de que Korum sentía algo diferente por ella, de que ella era especial para él.

Escucharlo admitir que ella era su glamurosa esclava sexual, su mascota humana, fue como si la hubieran golpeado repetidamente en el estómago.

Si la hubiera tratado cruelmente desde el primer momento, habría sido más fácil odiarle. En lugar de eso, su arrogancia hacia ella se veía moderada a menudo por su ternura, y eso hacía las cosas muchísimo peores. A pesar de su buen juicio y de su sentido común, él había conseguido meterse bajo su piel, y la revelación de hoy suponía a nivel emocional la más cruel de las traiciones.

Al notar su falta de respuesta, él se apartó y frunció ligeramente el ceño.

—¿Qué te pasa? —preguntó, perplejo—. ¿Te encuentras bien?

El cerebro de Mia se puso en marcha rápidamente. Sería peligroso para ella y para la Resistencia que él supiera que había entendido la pregunta de Rezav. Sin embargo, no podía ocultarle el hecho de que estaba disgustada: Korum era demasiado astuto para eso. De repente, se le ocurrió una idea arriesgada pero brillante.

—Estoy bien —dijo con tranquila dignidad, obviamente mintiendo.

—Ajá —dijo Korum sarcásticamente— seguro que sí.

Se sentó a su lado y le levantó la barbilla para poder mirarla a los ojos.

—Ahora dime otra vez lo que está sucediendo.

Mia sintió como se le escapaba una lágrima de rabia.

—Nada —le dijo, furiosa.

—Mia —él pronunció su nombre en ese tono especial que reservaba para intimidarla—. Deja de mentirme.

Mirándole directamente a sus hermosos ojos, Mia concentró toda su ira frustrada y sus sentimientos irracionales de traición en sus siguientes palabras:

—¿Con qué frecuencia te la tiras? —le espetó, evocando sus sentimientos de celos ante su familiaridad con Ashley la camarera—. En general, ¿cuántas mujeres te follas en un día cualquiera? ¿Dos, tres, una docena?

Al ver la sorpresa reflejada en su cara, continuó, inoculando tanta amargura en su tono como le era posible:

—¿Por qué me estás forzando a estar aquí si la tienes a ella? Y a Ashley, y Dios sabe a cuántas más...

Todavía sosteniendo su barbilla con los dedos, Korum dijo despacio:

—¿Estás hablando de Leeta? ¿Crees que mantenemos algún tipo de relación?

Mia dejó que otra lágrima le rodara por la mejilla.

—¿No es así?

El negó con la cabeza.

—No. De hecho somos primos lejanos, así que sería una imposibilidad.

—Oh —dijo Mia, fingiendo avergonzarse de su arrebato. Intentó poner distancia y él la dejó ir, observando cómo se levantaba y caminaba hasta la ventana, secándose torpemente la cara con la manga del albornoz.

Mia se quedó allí, mirando hacia el Hudson. Alguna parte estúpidamente romántica de ella estaba tontamente feliz de oír eso de Leeta, aunque su numerito de celos tenía como función despistarlo. No dijo nada cuando se acercó a ella y la abrazó desde atrás. Mia notó que él no prometía nada ni hacía ninguna aclaración más. Por supuesto, ¿por qué debería intentar tranquilizarla, convencerla de que significaba algo especial para él cuando claramente no era así? Ella tampoco habría estado particularmente preocupada por los sentimientos de su perro.

—Estoy pensando en ir a dar un paseo por el parque —murmuró él, todavía abrazándola—. ¿Te gustaría venir conmigo?

¿Tenía elección? ¿Qué pasaría si ella dijera que no?

—No lo sé —dijo ella—. Hay cosas que debería estudiar, y quiero ponerme al día con mis padres. Los miércoles son normalmente nuestro día de hablar por Skype...

No podía verle el rostro, y eso la alegraba. Ahora mostraría su verdadero yo, pensó.

—Está bien —dijo él—, eso suena bien.

Mia parpadeó, sorprendida. Luego continuó:

—He hecho una reserva para nosotros esta noche en Le Bernardin a las 7. Te recogeré a las 6:30. Ya que no pareces tener ropa elegante, haré que te envíen algo apropiado a tu apartamento.

Ahora volvía a ser el dictador que ella ya conocía, y a quien realmente odiaba.

—No necesito nada de ropa —protestó Mia—. Tengo vestidos mejores. Simplemente no me los puse el otro día.

Dándole la vuelta en sus brazos, él bajó la mirada hacia ella y sonrió.

—Mia, no te lo tomes a mal, pero no te he visto llevar una sola prenda de ropa que te sentara mínimamente bien. Eres una chica muy bonita, pero tu ropa te hace parecer un niño de diez años la mayor parte del tiempo. Creo que no me equivoco al afirmar que vestirte elegantemente no es uno de tus fuertes.

Mia se ruborizó de rabia y vergüenza, pero decidió morderse la lengua. Si él quería vestirla como a una muñeca, le dejaría. De todos modos, no era lo peor que podría hacerle, ni de lejos.

Al ver su gesto soliviantado, su sonrisa se hizo más amplia, y sus ojos lanzaron destellos de oro. Levantándola por la cintura, se la acercó y la besó otra vez. Sus labios buscaban suavemente los de ella y su lengua acariciaba los recovecos de su boca de una forma tan experta que Mia sintió una chispa de deseo prender de nuevo. Aliviada por no tener que fingir más, lo abrazó por el cuello, dejó que su mente se pusiese en blanco, y se centró en las sensaciones. Su cuerpo, tan acostumbrado ya a su contacto, reaccionó con instinto animal, y le devolvió el beso con toda la pasión de la que era capaz.

Al notar su respuesta, él gimió y la apretó contra su cuerpo, frotando sus caderas contra ella y dejándola sentir la dura protuberancia que se había formado dentro de sus pantalones. Mia palpitó por dentro, y se encontró frotándose contra él como una gata en celo. De repente, él ya no tuvo bastante con solo besarla. Mia sintió el cambio gravitatorio cuando él la tumbó sobre la mesa, con su trasero cerca del borde y las piernas colgando. Colocándose entre sus piernas abiertas, Korum le abrió el albornoz con manos impacientes. Antes de darse cuenta de lo que pretendía, él ya se había desabrochado los vaqueros y estaba empujando contra la entrada a su vagina.

Mia estaba mojada, pero no lo suficiente, y él solo pudo meterle la punta antes de que ella gritara de dolor. La sacó, se acuclilló con la cabeza entre sus muslos, y lamió sus pliegues con la lengua, extendiendo la humedad por toda la entrada. Ella se arqueó, cegada por la repentina intensidad, y él le puso el dedo dentro, frotándole el punto más sensible, hasta que sus músculos internos vibraron con espasmos incontrolados. Antes de que las sacudidas empezaran a detenerse, él estaba ya encima de ella, presionando contra su entrada con su gruesa polla y empujándola dentro con un movimiento lento y agónico.

Mia se retorció debajo de él, dando pequeños gritos que escapaban de su garganta a la vez que su canal interno intentaba expandirse en torno a su anchura. A pesar del orgasmo, la penetración estuvo lejos de ser fácil, y ella vio la presión reflejada en su rostro por el esfuerzo que le costaba ir despacio.

No hubo ningún dolor esta vez, solo una sensación incómoda de invasión y plenitud extrema. Lo sentía demasiado grande, y a su pene como a una tubería caliente introduciéndose en su cuerpo. Sin embargo, había un atisbo de algo más detrás de ese malestar. Él siguió con su avance inexorable, y Mia jadeó cuando sus músculos internos cedieron, permitiéndole hundirse del todo dentro de ella. Él se detuvo, dejándola acostumbrarse a la nueva sensación, y entonces salió lentamente y volvió a entrar. Le invadió una ola de calor que corrió por sus venas al sentir su polla acariciando su punto más sensible, y gritó por el intenso placer, clavándole las uñas en los hombros.

Al sentir el contacto de sus afiladas uñas en la piel, la última pizca de autocontrol de él pareció desvanecerse. Con un largo gruñido, empezó a entrar y salir de ella en una cadencia profunda, empujándola atrás y adelante por la pulida superficie de la mesa con cada movimiento de su polla. Lejos, en la distancia, los gritos de una mujer parecían hacer eco al ritmo de sus movimientos, y Mia se dio cuenta vagamente de que esa mujer era ella. Cada célula de su cuerpo aullaba pidiendo correrse, aliviar la terrible tensión que atenazaba cada uno de sus músculos y tendones, y entonces ahí llegó de repente: un clímax tan poderoso que pareció romperla en mil pedazos y dejarla dando sacudidas incontrolables entre sus brazos al mismo tiempo que él alcanzaba su punto culminante con un rugido gutural.

CAPÍTULO OCHO

ia volvió caminando hasta su apartamento, desesperadamente necesitada de algún tiempo a solas antes de enfrentarse a Jessie y a sus preguntas.

Se sentía sensible y emocional, odiándose totalmente a sí misma. Racionalmente, sabía que responder a él de esa manera hacía su labor más fácil y tolerable. Habría sido infinitamente peor si lo hubiera encontrado repulsivo o hubiera fingido sentir una pasión que no existía. Sin embargo, la adolescente romántica sepultada en lo más profundo de su ser estaba llorando por el giro depravado de su historia de amor. No había ningún héroe en este romance, y el villano la hacía sentir cosas que nunca se hubiera imaginado que podría experimentar.

Después de haber terminado de follársela sobre la mesa de la cocina, la llevó en brazos de vuelta al baño y la limpió dulcemente. Luego le permitió vestirse e irse a casa, con un beso de despedida y la advertencia de estar vestida y lista para las 6:30. Mia había accedido obedientemente, queriendo solo marcharse, sintiendo todavía los efectos del temblor anterior en su cuerpo.

Se debatió dudando sobre cuánto contarle a Jessie. Lo último que quería era arrastrarla dentro de este caos total. Por otra parte, Jessie ya estaba involucrada a través de Jason, y se podría decir que había empeorado las cosas para Mia metiéndola sin querer en el movimiento anti-K.

Al entrar en el apartamento descubrió con sorpresa y alivio que no había nadie. Jessie debía de estar estudiando fuera o haciendo recados.

Mia suspiró y decidió usar ese rato de calma para ponerse al día con su familia. Había hablado con ellos por última vez el sábado anterior, y ahora le parecía que había pasado una eternidad desde entonces. Sus padres seguramente pensaban que estaba inmersa en los trabajos de la universidad, así que no la habían molestado más allá de enviarle un par de mensajes de texto a los que Mia había conseguido contestar con un genérico: "Todo bn-Bs".

Encendió su viejo ordenador y vio que su madre ya la estaba esperando en Skype. Su padre estaba al fondo de la habitación, leyendo algo. Al ver conectarse a Mia, una enorme sonrisa se dibujó en el rostro de su madre.

—¡Cariño! ¿Cómo estás? ¡No hemos sabido nada de ti en toda la semana!

Si había una cosa por la cual Mia estaba agradecida a los K era por el impacto que habían tenido en sus padres y otros americanos de mediana edad a lo largo de toda la nación. La nueva dieta implementada por los K había hecho maravillas por la salud de sus padres, revirtiendo la diabetes de su padre y reduciendo drásticamente los anormalmente altos niveles de colesterol de su madre. Ahora en la cincuentena, sus padres estaban más delgados, con más energía y con el aspecto más joven que ella pudiera recordar que jamás habían tenido.

Mia sonrió feliz a la cámara. Lo peor de estar en Nueva York era ver a sus padres con tan poca frecuencia. Aunque volvía a casa siempre que podía (volar a Florida para las vacaciones de primavera no era precisamente una obligación), todavía los echaba de menos. Esperaba mudarse más cerca de ellos algún día, quizás después de graduarse.

—Estoy bien, mamá. ¿Cómo estáis vosotros, chicos?

—Oh, ya sabes, lo mismo de siempre: todas las novedades vienen de vosotros los jóvenes estos días. ¿No has hablado aún con tu hermana?

—Todavía no —dijo Mia—. ¿Por qué?

La sonrisa de su madre se hizo realmente grande.

—Bueno, no sé si debería contártelo. Simplemente llámala, ¿vale?

Mia asintió, muriéndose de curiosidad.

—¿Cómo van las cosas en clase? ¿Terminaste ese trabajo? —preguntó su madre.

Mia apenas recordaba el trabajo en ese punto.

—¿El trabajo? Oh, sí, el de Sociología. Lo terminé el domingo.

—¿Y has tenido que entregar más desde entonces? —preguntó su madre con desaprobación. Sin esperar respuesta, continuó—: Mia, cielo, estudias demasiado. Tienes veintiún años: deberías salir por ahí y divertirte en la gran ciudad, y no sentarte encerrada siempre en esa biblioteca. ¿Cuándo fue la última vez que tuviste una cita?

Mia se sonrojó un poco. Esta era una vieja discusión que surgía con más y más frecuencia últimamente. Por algún motivo, a diferencia de los otros padres que había por ahí a quienes les encantaría tener una hija estudiosa y responsable, su madre se preocupaba por la falta de vida social de Mia.

Mia intentó imaginar la reacción de sus padres si les dijera lo activa que había sido su vida amorosa en la última semana.

—Mamá —le dijo exasperada—, tengo citas. No te lo cuento necesariamente todo sobre esas cosas.

—Sí, claro —dijo su madre con tono escéptico—. Recuerdo perfectamente la última cita que tuviste. Fue con ese chico de Biología, ¿verdad? ¿Cómo se llamaba? ¿Ethan?

Mia sonrió con cara de arrepentimiento. Su madre la conocía demasiado bien. O al menos conocía a la Mia que ella había sido antes del sábado pasado, cuando su mundo se había puesto patas arriba.

—Por cierto —dijo su madre—, estás muy guapa. ¿Te has hecho algo en el pelo? —Mirando detrás de ella, le dijo al padre de Mia—: ¡Dan, ven aquí y échale un vistazo a tu hija! ¿No está Mia muy guapa últimamente?

Su padre se acercó a la cámara y sonrió:

—Ella siempre está guapa. ¿Cómo te va, cariñito? ¿Ya has conocido a algunos chicos majos?

—Papá —gimió Mia—, tú también no...

—Mia, te lo estoy diciendo, todos los buenos están pillados pronto. —Una vez que su madre se enganchaba a este tema, era difícil hacerla parar—. Solo te queda un año, y ya habrás terminado la universidad, y entonces, ¿dónde vas a conocer a algún buen chico?

—En la facultad de posgrado, en la calle, online, en una fiesta, en un club, en un bar o en el trabajo —respondió Mia, enumerando lo obvio—. Mira, mamá, solo porque Marisa conociera a Connor en la universidad, no quiere decir que ese sea el único modo de conocer a alguien. —Una podía incluso conocer a un alienígena en el parque, ella era la prueba viviente.

Su madre meneó la cabeza en reprobación pero cambió sabiamente de tema. Hablaron de otros asuntos sin importancia, y Mia se enteró de que sus padres estaban pensando irse de vacaciones a Europa por su treinta aniversario de boda, y de que la búsqueda de empleo de su madre estaba yendo bien. Era una conversación maravillosamente normal, y Mia disfrutó de ella, queriendo recordar cada momento en caso de que esa fuera la última vez que hablara así con sus padres. Finalmente, dijo adiós con reluctancia, prometiendo llamar enseguida a Marisa.

Mia pensó que sus habilidades como actriz debían de haber mejorado drásticamente en los últimos días. A pesar de su confusión interna, sus padres no habían sospechado nada.

Intentar hablar con Marisa por Skype era siempre algo complicado, así que la llamó al móvil.

—¡Mia! Hola, hermanita, ¿cómo estás? ¿Has visto alguna de mis publicaciones en Facebook? —Su hermana sonaba increíblemente emocionada.

—Eh, no —dijo Mia lentamente—. ¿Ha pasado algo?

—¡Oh, Dios mío, eres tan empollona! ¡No me puedo creer que ya ni entres en Facebook! Bien, sí que ha pasado algo: ¡vas a tener un sobrino o una sobrina!

—¡Oh, Dios mío! —Mia dio un salto, casi chillando de la emoción—. ¿Estás embarazada?

—¡Claro que lo estoy! Bueno, ya sé lo que vas a pensar: que soy demasiado joven, que acabamos de casarnos y bla, bla, bla... pero estoy muy emocionada.

—No, ¡pienso que es genial! Estoy muy contenta por ti —dijo Mia con tono serio—. ¡No me puedo creer que mi hermana favorita vaya a tener un bebé!

A los veintinueve, Marisa vivía exactamente la clase de vida que Mia siempre había esperado vivir. Estaba felizmente casada con un hombre maravilloso que la adoraba, residía a una hora de sus padres en Florida, y trabajaba como maestra de música en una escuela primaria. Y ahora tenía un bebé en camino. Su vida no podría haber sido más perfecta, y Mia era verdaderamente feliz por ella. Y si sentía una pizca (vale, algo más que una pizca) de envidia, nunca dejaría que eso se interpusiera en la felicidad de Marisa. No era culpa de su hermana que la vida de la propia Mia se hubiera vuelto una cagada tan grande en la última semana.

Se pusieron al día un poco más, Mia escuchó todo lo que había que saber sobre las náuseas y antojos del primer trimestre, y entonces Marisa tuvo que salir corriendo porque su pausa del almuerzo había terminado. Mia la dejó ir, echando ya de menos su alegre voz, y decidió usar el resto de su tiempo para estudiar.

Una hora más tarde, Mia había terminado los ejercicios obligatorios de Estadística y acababa de empezar a revisar su libro de texto de Psicología Infantil, cuando apareció Jessie.

—¡Mia! —exclamó con alivio, al verla enroscada en el sofá—. ¡Oh, gracias a Dios! ¡Estaba tan preocupada cuando no volviste a casa anoche! Llamé a Jason, pero me dijo que probablemente estarías bien y que no debía preocuparme. ¿Qué pasó? ¿Te ha contado John algo útil?

Mia miró a su compañera de piso, debatiéndose de nuevo sobre cuánto compartir con la chica que había sido su mejor amiga durante los últimos tres años.

—Sí, lo hizo —dijo lentamente, intentando inventarse algo que dejara tranquila a Jessie.

—Vale, ¿y qué dijo? ¿Y dónde estabas anoche? ¿Estabas con ese K?

Mia suspiró, decidiéndose por una historia plausible.

—Bueno, John básicamente dijo que los K se interesan de esta manera por los humanos de forma ocasional. Es normalmente algo pasajero, se cansan de la relación y la dejan bastante rápido. No hay nada de qué preocuparse, y debería seguirle la corriente y disfrutarlo todo el tiempo que dure.

—¿Disfrutar el qué? ¿Acostarte con el K? —Jessie abrió mucho los ojos por la impresión.

—Más o menos —confirmó Mia—. En realidad no es tan malo. También me lleva a sitios bonitos. Esta noche vamos a Le Bernardin.

—Espera, Mia, ¿te estás acostando con él? —Jessie se alzó la voz incrédula—. ¡Pero tú nunca habías estado antes con alguien! ¿Me estás diciendo que ya has perdido tu virginidad con él?

Mia se ruborizó, sintiéndose avergonzada. En este punto estaba tan lejos de ser virgen cómo era posible. Adivinando la respuesta por el color que inundó la cara de Mia, Jessie dijo con voz queda:

—Oh, Dios mío. ¿Qué tal fue? No te hizo daño, ¿verdad?

El rubor de Mia se hizo aún más evidente.

—Jessie —dijo con desespero—, realmente no me apetece hablar de esto en detalle. Nos acostamos, y estuvo bien. Ahora, ¿podemos por favor cambiar de tema?

Jessie vaciló y luego aceptó a regañadientes. Mia podía ver que su compañera de piso se estaba muriendo de la curiosidad, pero Mia sabía que no podría continuar fingiendo valientemente por mucho más tiempo. Mia quería contarle a Jessie toda la complicada historia más que nada en el mundo, hablarle del miedo voraz que la atenazaba ante la idea de acabar como esclava sexual o ser pillada espiando para la Resistencia. Pero si hiciera eso seguramente pondría a Jessie en peligro también, y eso era lo último que Mia pretendía.

Mentir suponía un pequeño precio a pagar para mantener a sus seres queridos a salvo.

Antes de que Mia tuviera ocasión de estudiar mucho más, el timbre de la puerta la interrumpió. Al abrir, se sorprendió al encontrarse con una mujer de mediana edad elegantemente vestida y un joven extravagantemente moderno en su puerta. El hombre llevaba en la mano una funda de ropa con cremallera, casi tan grande como él.

—¿Sí? —dijo ella con cautela, esperando escucharles decir que se habían equivocado de apartamento.

—¿Mia Stalis? —preguntó la mujer con un leve acento británico.

—Eh... sí —contestó Mia—, esa soy yo.

—Estupendo —dijo la mujer—. Yo soy Bridget, y este es Claude. Somos personal shoppers del Saks de la Quinta Avenida, y estamos aquí para actualizar su guardarropa.

Se le encendió una luz. Intentando contener su genio, Mia preguntó:

—¿Les ha enviado Korum? Pensaba que solo me iba a conseguir un vestido para esta noche.

—Eso hizo. Aquí mismo está su vestido. Vamos a asegurarnos de que le venga bien y entonces tomaremos algunas medidas adicionales. —Bridget sonaba altanera, o quizás solo era su acento británico.

Mia respiró hondo.

—Vale, —accedió— pasen.

En este punto, Jessie había salido de su cuarto, estaba observando lo que pasaba con un gran interés y Mia no quería hacer una escena sobre algo tan insignificante.

Entraron y Claude abrió la funda haciendo una floritura.

—Guau —dijo Jessie con tono reverencial—, creo que he visto ese vestido en una pasarela...

El vestido era verdaderamente hermoso, hecho con un tejido azul brillante que parecía fluir con cada movimiento. Tenía mangas tres cuartos, lo cual era perfecto para un frio restaurante, y parecía que llegaba justo por encima de las rodillas. También se veía diminuto, y Mia dudaba de poder caber en él.

No obstante, se fue a su habitación y se lo probó. Al darse la vuelta frente a su espejo, se quedó asombrada al ver que realmente le quedaba como un guante. El vestido era muy recatado por delante, pero tenía un escote inmenso por detrás, así que no podía llevar sujetador. Sin embargo, lo habían confeccionado perfectamente, y le habían cosido las copas por dentro, así que no era necesario usar sujetador para alguien de la talla de Mia. La joven que reflejaba el espejo era más que simplemente bonita: parecía sexy de verdad, con sus pequeñas curvas resaltadas de la forma más favorecedora posible.

Sintiéndose tímida, Mia salió del dormitorio y e hizo un pase para su audiencia. Claude y Bridget emitieron unos murmullos apreciativos, y Jessie le silbó al verla.

—¡Vaya, Mia, estás increíble! —exclamó, andando alrededor de Mia para mirarla desde todos los ángulos.

—Tome, —dijo Bridget, con un tono menos altivo —, puede ponerse estas medias y estos zapatos con él. —Le alcanzó un par de medias de seda negra, y unos sencillos zapatos de tacón negros con las suelas rojas.

Al probarse las medias y los zapatos, Mia descubrió que también eran de su talla. Se preguntó cómo Korum conocía su talla con tanta precisión. Si hubiera elegido la ropa ella misma, nunca se hubiera decantado por ese vestido, convencida de que era demasiado pequeño y de que no le cabría. Todavía embrujada por la belleza del vestido, Mia permitió a Bridget tomar sus medidas completas sin protestar.

Al mirar la hora, Mia se sorprendió al ver que ya eran las seis en punto. Solo tenía media hora para prepararse, aunque no es que necesitara todo ese tiempo, dado que ya estaba vestida. Su pelo todavía estaba portándose misteriosamente bien, así que nada más tenía que preocuparse por el maquillaje. Dos minutos más tarde, ya había terminado, después de haberse aplicado dos capas de rímel, una ligera pizca de polvo para ocultar las pecas y un bálsamo con color para los labios. Satisfecha, se sentó en el sofá para acabar de estudiar y esperar a que Korum la recogiera.

AL RECIBIR a Korum en la puerta, se sintió complacida al ver sus ojos adquirir un brillo ambarino ante su aspecto con el vestido.

—Mia —dijo suavemente—, siempre había sabido que eras hermosa pero esta noche estás simplemente increíble.

Mia se sonrojó por el cumplido y murmuró un "gracias".

La cena fue el evento más asombroso de la vida de Mia. Le Bernardin era extremadamente pijo, con todos sus camareros anticipándose a cualquiera de sus deseos con una atención casi sobrenatural, y una comida que se podría puntuar entre divina y de otro planeta. Tomaron un menú especial de degustación, y Mia lo probó todo, desde el carpacho tibio de langosta hasta las flores de calabacín rellenas. El vino estaba maridado con sus platos y era también delicioso, aunque Korum mantuvo una estricta vigilancia sobre su consumo de alcohol esta vez, deteniendo al camarero si intentaba rellenar su copa demasiado a menudo.

Fue asombrosamente fácil mantener una conversación neutral. Korum era un buen oyente, y se mostraba genuinamente interesado en su vida, por muy simple y aburrida que le debiera de parecer.

Puesto que él lo sabía todo sobre ella de todos modos y ella no estaba intentando atraerle, Mia se encontró abriéndose a él de una manera en la que jamás lo había hecho con sus citas anteriores. Le habló del primer chico al que había besado —un niño de ocho años del que se había encaprichado cuando ella tenía seis— y de lo celosa que había estado de su perfecta hermana mayor cuando era pequeña. Le habló de las altas expectativas de sus padres y de su propio deseo de influir positivamente en las vidas de los jóvenes trabajando como orientadora escolar.

Ella también se enteró de que normalmente él vivía en Costa Rica. Supuestamente, el clima de allí era el que más se podía comparar al de la zona de Krina de donde él procedía.

—Nuestro Centro en Guanacaste es lo más parecido que tenemos a una capital aquí en la Tierra. Lo llamamos Lenkarda —le explicó. Ella recordó que era en Costa Rica donde John le había dicho que estaba retenida su hermana. Se preguntó si Korum la habría visto alguna vez por allí. Era factible: él le había contado que solo había unos cinco mil K viviendo en cada uno de sus Centros.

Conforme avanzaba la cena, ella se encontró alejándose más y más de los temas seguros. Incapaz de contener su curiosidad, le preguntó sobre la vida en Krina y sobre cómo era el planeta en general.

—Krina es un lugar hermoso —le contó Korum—. Es como una Tierra verde y muy frondosa. Tenemos muchas más especies de plantas y animales, dada nuestra más larga historia evolutiva. También hemos conseguido preservar la mayor parte de nuestra biodiversidad, evitando la extinción masiva que tuvo lugar aquí en siglos recientes—. Por la cual los seres humanos eran responsables: esa parte no la tenía que decir en voz alta.

—La mayoría, a excepción de vuestros primates parecidos a los humanos, ¿es correcto? —Mia preguntó con mordacidad, ligeramente irritada por su actitud de "somos mejores que vosotros".

—A excepción de ellos, sí, —admitió Korum—. Y de unas pocas especies más que estaban particularmente mal adaptadas para la supervivencia.

Mia suspiró y decidió pasar a otro tema menos controvertido.

—Así que, ¿cómo son vuestras ciudades? Ya que sois tan longevos, vuestro planeta debe estar muy densamente poblado ahora mismo.

El negó con la cabeza.

—De hecho, no. No somos tan fértiles como vuestra especie, y pocas parejas están interesadas en estos días en tener más de uno o dos hijos. Como resultado, nuestra tasa de natalidad en tiempos recientes ha sido muy baja, escasamente por encima del nivel de sostenibilidad de la población, y nuestro número de habitantes no ha aumentado significativamente durante millones de años. —Deteniéndose para tomar un sorbo de su bebida, continuó—. Nuestras ciudades son realmente muy diferentes a las vuestras. No nos agrada vivir los unos encima de los otros. Tendemos a ser muy territoriales, así que nos gusta tener bastante espacio que considerar como propio. Nuestras ciudades son más parecidas a vuestros barrios residenciales: los Krinar viven esparcidos por las afueras y se desplazan hasta el centro, donde hay más gente, solo para las actividades comerciales. Y dondequiera que vayas, el aire está limpio y sin polución. Nos gusta tener árboles y plantas a nuestro alrededor, así que incluso las áreas más pobladas de nuestras ciudades son casi tan verdes como vuestros parques.

Mia le escuchaba fascinada. Eso explicaba la flora que había por todo su ático.

—Suena muy bonito —dijo ella. Entonces se le ocurrió una pregunta obvia—: ¿Por qué alguien dejaría algo así para venir a la Tierra, con toda nuestra polución y sobrepoblación? Debe de ser muy desagradable para ti estar en Nueva York, por ejemplo.

Él sonrió y la cogió de la mano, acariciando su palma.

—Bueno, he descubierto recientemente algunas ventajas adicionales de esta ciudad.

—No, en serio, ¿por qué venir a la Tierra? —insistió ella—. No me puedo creer que abandonaríais vuestro planeta solo para venir hasta aquí y beberos nuestra sangre. —Lo cual él, por alguna razón, todavía no había hecho, observó ella.

Él suspiró y la miró, sopesando aparentemente si tomar alguna decisión.

—Bueno, Mia, la cosa es así: por hermoso que sea

nuestro planeta, no es inmortal. Nuestro sol, que es una estrella mucho más antigua que el vuestro, empezará a morir dentro de cien millones de años. Si seguimos en Krina por entonces, toda nuestra raza perecerá. Así que no tenemos otra opción que buscar otras alternativas.

—¿Cien millones de años? —Eso le parecía a Mia mucho tiempo—. Pero eso queda tan lejos... ¿Por qué venir aquí ahora? ¿Por qué no disfrutar de vuestro hermoso planeta durante, digamos, otros noventa millones de años?

—Porque, querida Mia, si os hubiéramos dejado la Tierra a los humanos durante otros noventa millones de años, podría no haber existido un planeta habitable al que nosotros pudiéramos venir. —Él se inclinó hacia adelante, y su expresión se hizo más fría—. Los vuestros han resultado ser increíblemente destructivos, con vuestra tecnología evolucionando mucho más rápido que vuestra ética o vuestro sentido común. Cuando empezó vuestra Revolución Industrial, sabíamos que tendríamos que intervenir en algún momento porque estabais utilizando los recursos de vuestro planeta a un ritmo sin precedentes. Así que iniciamos los preparativos para venir hasta aquí porque le vimos las orejas al lobo. —Se detuvo, y respiró hondo—. Y teníamos razón. Cada generación ha sido más y más codiciosa, cada avance sucesivo de vuestra tecnología más y más perjudicial para el medio ambiente. Como vuestras vidas son tan breves, pensáis en décadas, ni siquiera en cientos de años, y eso os conduce a no preocuparos por el futuro. Sois como un niño que destroza un juguete solo por placer y diversión, sin preocuparse de que mañana ya no podrá jugar con él, porque ya no lo tendrá.

Mia se quedó allí sentada, sintiéndose igual que una cría al ser reprendida por su profesor. Le ardían las puntas de las orejas por la rabia y la vergüenza. Quizá lo que él decía fuese verdad, pero no tenía ningún derecho a sentarse a juzgar a toda su especie, particularmente teniendo en cuenta lo que ella sabía de la suya. Los humanos podían ser primitivos y cortos de miras en comparación con los krinar, pero al menos disponían de la sabiduría y la ética necesarias para abolir la esclavitud de los seres inteligentes.

—¿Entonces vinisteis a nuestro planeta para adueñaros de él para vuestro uso propio? —preguntó con resentimiento—. ¿Todo esto disfrazándolo de rescatarlo de nuestros hábitos poco ecológicos?

—No, Mia —dijo él pacientemente, como si le explicara algo muy obvio a un niño pequeño—, vinimos a compartir vuestro planeta. Si hubiéramos querido conquistarlo, créeme, lo hubiéramos hecho. Hemos sido más que generosos con vuestra especie. Aparte de prohibir algunas prácticas particularmente estúpidas, os hemos dejado tranquilos en general, para que viváis como queráis. Lo cual es mucho mejor que el modo en el que vosotros habéis tratado a vuestra propia gente.

Viendo su gesto de terquedad, añadió:

—Cuando los europeos llegaron a América, ¿dejaron a los nativos vivir en paz? ¿Respetaron sus tradiciones y modo de vida lo suficiente para dejarles seguir con ellas, o intentaron imponerles su propia religión, valores y costumbres? ¿Les trataron como a seres humanos o como a animales salvajes?

Mia sacudió la cabeza, negándose a aceptarlo.

—Eso pasó hace mucho tiempo. Hemos cambiado, y hemos aprendido la lección. Jamás volveríamos a hacer algo así.

—Puede que no —admitió él—. Pero todavía no tenéis ningún problema en exterminar a otras especies por medio de la negligencia y la ignorancia deliberadas. Hasta hacía solo unos pocos años, tratabais a los animales que criabais para comer como si no fueran seres vivos. Y no me hagas empezar a hablar del Holocausto y de las otras atrocidades que habéis perpetrado contra otros seres humanos durante el último siglo. No sois tan avanzados como os creéis.

Tenía razón, y Mia lo odiaba por ello. Por mucho que a ella le hubiera encantado echarle en cara su propio uso de esclavos humanos, se suponía que no sabía nada de eso. Así que en vez de hacerlo, preguntó:

—Si somos tan espantosos, ¿entonces por qué me deseas siquiera? De verdad, a mí no me gustaría estar con alguien del cual tuviese tan mala opinión.

Korum exhaló un suspiro exasperado.

—Mia, nunca he dicho que fueseis espantosos. En particular, no tú, concretamente. Tu especie es todavía inmadura y necesita orientación, eso es todo.

—Además, yo soy solo tu juguete sexual, ¿verdad? —dijo Mia con amargura, no del todo segura de por qué se molestaba en sacar eso—. Supongo que lo que opines de los humanos en conjunto no tiene importancia.

Él se la quedó mirando, impasible.

—Si es así como quieres pensar en esto, de acuerdo. Ciertamente disfruto mucho follándote. —Sus ojos adquirieron un tono más profundo de dorado y él se inclinó hacia ella—. Y a ti te encanta que te follen. Así que, ¿por qué no dejas de ponerle etiquetas a todo y simplemente disfrutas de las cosas tal como son?

Reclinándose de nuevo en el respaldo, le hizo señas al camarero pidiéndole la cuenta. La mejillas de Mia ardían por la vergüenza, aun cuando su cuerpo respondió excitándose con celeridad con sus palabras.

Él pagó la cuenta y se marcharon de vuelta hacia su ático.

EN CUANTO SE subieron a la limusina, Korum la sentó sobre su regazo, y la besó profusamente, hasta que ella solo fue capaz de pensar en llegar hasta el dormitorio. Sus manos encontraron un camino bajo la falda de su vestido, presionando rítmicamente entre sus piernas hasta que ella se puso a gemir suavemente y a retorcerse entre sus brazos. Antes de que ella pudiera alcanzar su punto culminante, habían llegado a su destino.

Él la llevó en brazos velozmente a través del vestíbulo del edificio, y Mia escondió la cara contra su pecho, fingiendo no ver las miradas de sorpresa del conserje y los pocos vecinos que pasaban por allí. En cuanto estuvieron solos en el ascensor, la besó otra vez, y su lengua exploró su boca sin prisa, hasta que ella estuvo otra vez a punto de correrse. Sin detenerse a quitarle la ropa, la metió al dormitorio y la arrojó encima de la cama.

Al entrar, se habían encendido una música de fondo y una iluminación suave, creando un ambiente romántico. Mia apenas se dio cuenta, por su casi febril excitación. Lo miró con deseo mientras él se quitaba la ropa con velocidad sobrehumana, mostrando el poderoso y musculoso cuerpo de debajo. No era de extrañar que ella fuera tan adicta a él, pensó con alguna parte fría y racional de su mente. Probablemente era el hombre más atractivo con el que iba a estar en su vida.

Él se acercó a ella y le quitó el vestido, apenas deteniéndose para bajarle la cremallera. Ella se quedó allí tumbada con solo sus pantis negros y sus zapatos de tacón alto, desnuda de cintura para arriba, para deleite de su mirada hambrienta.

—Estás tan sexy —le dijo, con la voz enronquecida por la lujuria. La polla hinchada y gruesa que apuntaba en su dirección corroboraba sus palabras. Inclinándose hacia sus pechos, le puso la boca sobre el pezón izquierdo y succionó con fuerza, haciéndola arquearse sobre la cama con la intensidad de la sensación. Hizo lo mismo con su otro pezón, y a la vez presionó el punto que latía entre sus piernas, y Mia gritó, corriéndose, con todo el cuerpo temblando por la intensidad de su orgasmo.

Antes de que pudiera recuperarse, él empezó a besarla de nuevo con un gesto extrañamente intenso en el rostro. Partiendo de sus labios, su cálida boca bajó por su cara y su cuello, deteniéndose en la sensible unión entre su cuello y su hombro y haciéndola estremecerse de placer.

De repente, hubo un breve dolor cortante, y Mia se dio cuenta de que él debía de haberla mordido. La sorpresa le hizo dar un respingo, pero antes de que pudiera sentir nada más que una punzada de dolor, un cálido éxtasis corrió rápidamente por sus venas. Cada músculo de su cuerpo se tensó a la vez, e inmediatamente ella se convirtió en gelatina, y notó como si su piel se hubiera incendiado desde dentro. Su último pensamiento racional fue que tenía que ser por la sustancia química de su saliva, y entonces ya no pudo pensar más, y todo su cuerpo quedó sintonizado a la succión de su boca en su cuello y a sentir como él entraba dentro de ella con una única y poderosa embestida.

El resto de la noche se convirtió en un puñado de sensaciones e imágenes borrosas. Era vagamente consciente de que había llegado al clímax varias veces, y de que sus sentidos se habían intensificado hasta un punto casi insoportable. Todos los colores parecían más brillantes, y ella sentía como si estuviera flotando en un cálido océano, con todas las corrientes acariciando su piel y lamiendo su interior, haciéndola tensarse y liberarse de placer. Él fue implacable en su pasión, su polla entraba en ella con un ritmo salvaje y sin fin, hasta que ella no fue más que pura sensación, su esencia limitada a lo más básico, toda su persona reducida a cenizas en un arrebato que lo consumía todo.

Puede que pasaran horas, o días. Mia ni lo sabía ni le importaba. En algún momento su voz se desvaneció a causa de sus constantes gritos, y ya no pudo correrse más, su cuerpo exprimido hasta secarse por los incesantes orgasmos. Él se corrió con fuerza, también, estremeciéndose sobre ella varias veces a lo largo de la noche, y penetrándola de nuevo solo unos momentos después. Finalmente exhausta, Mia literalmente se desmayó, cayendo en un sueño profundo y sin pesadillas con el que concluyó la experiencia sexual más increíble de su vida.

CAPÍTULO NUEVE

urante el siguiente par de semanas, Mia se instaló en una rutina, si es que acostarse con un extraterrestre mientras intentaba espiarle podía recibir ese nombre tan mundano.

Él insistía en verla cada noche, para cenar y todo lo demás. Ella pasaba todas las noches en su ático, y ya no dormía en su propio apartamento. Durante el día, la dejaba ir a clase, a casa a estudiar, o a pasar el rato hablando por Skype con su familia. Su vida social —nunca particularmente activa— ahora giraba en torno a su relación con él y Jessie estaba horrorizada por ello.

—Te lo estoy diciendo, Mia, —intentaba convencerla con tono serio—, ya sé que dijiste que era solo algo pasajero, pero estoy muy preocupada por ti. Lo único que haces es ir con él: es como si ya no tuvieras vida propia. La forma en la que ha acaparado completamente todo tu tiempo libre no es sana. Apenas te veo ya, y compartimos apartamento. ¿No podrías pasar alguna noche sin verle, solo para salir por ahí con las chicas o ir a alguna fiesta en casa de alguien? ¡Estás en la universidad, por amor de Dios!

Mia se encogía de hombros, sin querer entrar en una discusión con Jessie. La dejaba pensar que simplemente estaba obsesionada con su primer amante. Era mejor que explicar la realidad de su precaria situación.

John contactó con ella el jueves, preguntando si tenía alguna información útil. Mia no tenía nada. Leeta and Rezav se habían pasado por casa de Korum unas cuantas veces, pero se habían metido en aquella habitación y Mia había tenido demasiado miedo para intentar espiarles de nuevo. Una vez, caminando por Central Park, un grupo de tres K que Mia no había visto antes se había acercado a Korum y a ella. Su actitud hacia Korum había sido algo deferente, dando a Mia una pequeña muestra del poder que supuestamente ejercía sobre los krinar de este planeta. Sin embargo, habían hablado en su propio idioma, y Mia no tenía ni idea de lo que se dijeron. Se sorprendió al verlos, sin embargo; no sabía que Manhattan era un lugar habitualmente frecuentado por los K.

Los viernes y los sábados, él la llevaba a ver obras de Broadway y películas de estreno. Mia se lo pasaba tremendamente bien. Por algún motivo, a pesar de vivir en Nueva York, había tenido escasas oportunidades de ir a esos espectáculos, y era muy divertido fingir ser una turista por una noche. Él también la llevaba a restaurantes caros o cocinaba comidas de gourmet los días que se quedaban en casa. Para un observador externo, su vida era la fantasía de cualquier chica, con un guapo y rico amante que la llevaba en limusina y la trataba generalmente como a una princesa.

Su vestuario también había experimentado un cambio radical. Los personal shoppers de Saks se habían entregado a fondo, reemplazando cada prenda de ropa de Mia por algo más agradable, más favorecedor e infinitamente más caro. Elegantes abrigos nuevos y parkas esponjosas la mantenían cómoda y caliente frente a los cambios impredecibles de la primavera. Casi toda su ropa interior era ahora mismo de seda y encaje, excepto por unas pocas prendas de algodón para hacer ejercicio e ir cómoda en el día a día. Sus enormes jerséis viejos y sus abolsados chándales habían sido cambiados por pantalones de yoga cómodos pero que marcaban la silueta y por suaves sudaderas. Incluso sus vaqueros fueron descartados por ser demasiado viejos y no muy favorecedores, y sus estantes estaban ahora orgullosamente poblados por tejanos de diseño. Y, por supuesto, los preciosos vestidos que colgaban en su armario constituían una categoría diferente en sí mismos. Tampoco sus zapatos habían escapado de la quema, y las viejas botas Ugg y las usadas zapatillas All Stars que tenía desde el instituto habían sido reemplazadas por nuevas botas, zapatillas, chanclas y zapatos de tacón de gama alta.

Las estridentes objeciones de Mia ante los

extravagantes gastos de Korum para con ella fueron completamente ignorados.

—¿Acaso crees que es esto es algo más que calderilla para mí? —le preguntó con arrogancia, levantando una ceja negra ante sus protestas—. Me gusta verte bien vestida, y quiero que te los pongas.

Y ese fue el fin de la cuestión.

El sexo entre ellos era explosivo, literal y figurativamente algo de fuera de este mundo. Korum era un amante muy voluble. Algunos días estaba juguetón y tierno, y pasaba horas dándole masajes a Mia con aceites aromáticos hasta que ella ronroneaba de gusto; otros días, se mostraba despiadado, penetrándola con fuerza implacable hasta que ella gritaba de éxtasis. Los días en los que bebía su sangre (no todos los días, porque podría ser adictivo para ambos, le había explicado) ella pensaba que podía llegar a perder la cabeza del todo fácilmente por la intensidad de la experiencia. Aunque Mia nunca había probado las drogas duras, conocía los efectos de varias sustancias en el cerebro por su asignatura de Psicología de la Adicción, e imaginaba que la combinación de sexo y sangre con Korum era probablemente como tomar heroína al mismo tiempo que éxtasis.

A menudo se sentía resentida por eso, sabiendo que nunca sentiría lo mismo con un humano ordinario. Incluso si era capaz de volver a su vida normal algún día, sabía que nunca sería la misma, que lo llevaría a él marcado a fuego en su cuerpo y su mente. Con cada día que pasaba, ella ansiaba su contacto más y más, y cada célula de su cuerpo le reclamaba dolorosamente cuando no lo tenía cerca. Lo único que él tenía que hacer era sonreír o mirarla con aquellos ojos ambarinos y ella estaba lista y su cuerpo disolviéndose y amoldándose en preparación para el de él.

La tranquila y racional Mia Stalis que había existido durante más de veinte años fue reemplazada por un inseguro despojo emocional. Cuando estaba con Korum, en contacto con sus manos y disfrutando de su presencia, Mia sentía como si estuviera flotando en el aire. En cuanto se alejaba, sin embargo, la invadían el autodesprecio y un miedo devastador: miedo a que la cogieran espiando, a no ser capaz de llevar a cabo su misión antes de que él se cansara de ella, y, sobre todo, miedo a perderle.

Era inevitable, lo sabía. Eran de especies distintas, y por si eso no hubiera sido obstáculo suficiente, su esperanza de vida era como la de una mosca de la fruta comparada con la de él. En unos pocos años, como máximo una docena, ella comenzaría a experimentar el inevitable proceso de envejecimiento, y la atracción que sentía él se desvanecería, suponiendo que hubiera durado tanto para empezar.

En sus momentos más oscuros, una pequeña voz insidiosa dentro de su cabeza se preguntaba si realmente sería tan horrible ser su charl en Costa Rica. ¿La trataría de forma diferente a lo que lo hacía hoy? Si no, ¿qué importaba entonces qué etiqueta se otorgara a su relación mientras ella pudiera continuar estando con él? Y luego estaba indignada consigo misma, asqueada de que simplemente pudiera estar considerando la idea.

A pesar de sus mejores intentos de mostrarse alegre frente a ellos, su familia había empezado a notar que estaba pasando algo. Su madre lo achacaba al estrés y a la cercanía de los finales, pero su padre era más observador.

—¿Has conocido a alguien, cariño? —le preguntó un día de improviso, sobresaltando a Mia. Ella lo había negado con vehemencia, por supuesto, pero veía que él todavía tenía algunas dudas. De entre todos los de su familia, su padre era el único que podía interpretar las sutilezas de los estados de ánimo de Mia, y estaba segura de que su sonrisa artificialmente brillante no podía ocultarle su torbellino interior a su aguda mirada.

Los únicos instantes en los que se sentía volver a su antiguo yo era aquellos en los que se encerraba en la biblioteca, absorta en sus estudios. El final del semestre se estaba acercando rápidamente, y la carga de trabajo de Mia se triplicó, con ensayos y exámenes finales avecinándose en el futuro cercano. En circunstancias normales, Mia habría estado tensa e irritable por el estrés. En esos días, sin embargo, estudiar le aportaba una válvula de escape que ella agradecía para el drama que invadía el resto de su vida, y se enfrascaba alegremente en los libros de texto y en practicar las regresiones lineales siempre que podía.

El principio de mayo trajo consigo un clima cálido inusual en Nueva York, y la ciudad entera volvió a la vida, con sus habitantes rápidamente poniéndose su nueva ropa veraniega y los turistas llegando en manadas.

Por mucho que a Mia le hubiera gustado unirse a los otros estudiantes que se tumbaban en el césped con sus libros, necesitaba cuatro paredes a su alrededor para poder concentrarse. Korum se estaba volviendo cada vez más reacio a dejarla ir a la biblioteca, dada su tendencia a olvidarse de la hora cuando estaba allí, así que ella intentó estudiar más en su ático. Él le instaló un escritorio y un cómodo sillón en una pequeña y soleada habitación junto a su propio despacho —en el que se había encontrado a Leeta y Rezav— y ella empezó a pasar las horas allí.

También estaba comenzando a pensar en el verano. Después de sus finales, se suponía que Mia iba a volar a Florida, para ver a sus padres. Había tenido la suerte de conseguir unas prácticas en un campamento para chicos con problemas en Orlando, donde sería una de las orientadoras. Como Orlando estaba solo a noventa minutos de Ormond Beach, podía visitar a sus padres fácilmente los fines de semana o cuando tuviera días libres. Aunque tratar con niños problemáticos no iba a ser ningún camino de rosas, la experiencia se consideraba valiosa para alguien en su campo, y la ayudaría mucho cuando solicitara plaza para su postgrado.

No tenía ni idea de cómo Korum reaccionaria a que básicamente desapareciera durante el próximo par de meses. Era posible que se hubiera cansado de ella dentro de dos semanas, y que entonces el asunto nunca surgiera. Hasta ese momento, no le había impedido seguir con su trabajo para la carrera, y ella esperaba que pudieran llegar a una solución factible para el verano también, si su relación duraba hasta entonces. Por ahora, decidió callarse y no liar la madeja.

Dos días antes de su examen de Estadística, cuando Mia estaba empezando a pensar y a soñar con correlaciones, avisaron a Korum para acudir a alguna emergencia desconocida. Sentada en su cuarto de estudio, escuchó voces que hablaban en krinar al otro lado de la pared. Unos minutos después él entró en la habitación y le dijo secamente que pasaría fuera el resto del día.

—Si necesitas ir a casa para estudiar o si quieres pasar el rato con tu compañera de piso, adelante —añadió, en el último momento—. Puede que no esté en casa esta noche.

Sorprendida, Mia asintió con la cabeza y lo vio marcharse con premura, después de plantarle un rápido beso en la mejilla.

Al darse cuenta de que esta podía ser la ocasión que había estado esperando, se le puso el corazón en un puño.

SE QUEDÓ SENTADA UNOS MINUTOS, asegurándose de que él se había ido de verdad. Por si acaso, caminó tranquilamente hasta el baño y se echó agua fría en las mejillas, tratando de convencerse de que no había nada de qué preocuparse... de que estaba completamente sola en casa. Al acercarse las manos a la cara, notó que le temblaban un poco, y al verse notó que sus ojos destacaban por el contraste con la inusual palidez de su rostro. *Puedes hacerlo, Mia. Lo único que tienes que hacer es echar un vistazo rápido.*

Caminó con aire indiferente hasta la oficina, preparada para correr hacia su estudio a la primera señal de su regreso. El ático estaba espeluznantemente tranquilo, y tan solo sus pasos rompían el inquietante silencio. Con el corazón retumbándole en el pecho, Mia se acercó de puntillas hasta la puerta del despacho.

Como ocurrió la vez anterior, las puertas se abrieron automáticamente cuando ella se acercó. Aunque Mia ya se lo esperaba, dio un respingo al oír el suave "zum". Entró y examinó rápidamente el terreno.

La habitación estaba completamente vacía.

Solo tenía una gran mesa pulimentada en el centro, dominando el espacio. Había algunas sillas alrededor de la mesa, y la disposición del conjunto le recordó a la configuración de una típica sala de juntas. Mia no estaba segura de lo que había esperado ver, tal vez unos cuantos papeles abandonados por ahí o un ordenador descuidadamente encendido. Pero no había nada.

Cayó en la cuenta de que por supuesto, él no usaría algo tan primitivo como el papel o una tablet. Cualquiera que fuese el equivalente K de un ordenador, probablemente ni lo reconocería, dado lo avanzado de su tecnología.

No por primera vez, Mia maldijo su propia ineptitud tecnológica. Alguien que tenía problemas para estar al día de los últimos gadgets humanos estaba particularmente mal preparada para espiar a un alienígena de una civilización mucho más avanzada.

Entró en la habitación y se acercó cautelosamente a la mesa. La superficie parecía ser la de una mesa normal, pero Mia se acordaba de la imagen tridimensional que había visto en ella la vez anterior. Intentó recordar lo que Korum había hecho para que desapareciera. ¿Un gesto con la mano?

Intentando imitar ese gesto, se puso a mover su brazo derecho. Nada. Agitó su brazo izquierdo. Todavía nada. Frustrada, dio un fuerte pisotón en el suelo. Como era de esperar, eso tampoco sirvió de nada.

Mia rodeó la mesa, estudiando cada recoveco y cada ranura. Se arrodilló y gateó por debajo, intentado explorar la parte inferior del tablero con la loca pretensión de que allí hubiera algún botón reconocible por alguna parte. No lo había, por supuesto. La superficie por encima de ella era totalmente inofensiva, hecha de nada más misterioso que madera normal.

Al intentar salir, Mia se golpeó con una de las sillas. Igual que las sillas de la oficina de alguna empresa, tenía ruedas y un asiento giratorio. Del respaldo de esa silla colgaba descuidadamente un jersey de lana que Korum se ponía de vez en cuando para estar en casa. Ella se arrastró sorteando la silla, intentando no cambiar su posición en caso de que

Korum tuviera buena memoria para la colocación de los muebles.

Sentándose en el frío suelo junto a la silla, Mia miró desalentada la habitación a su alrededor. Era inútil... John había estado loco al pensar que Mia podía ayudar de alguna manera. Si de verdad dependían de ella, estaban perdidos. Era, sencillamente, la peor espía del mundo.

Se le estaba enfriando el trasero de estar sentada y de cualquier manera, todo el asunto era un completo sinsentido.

Intentando ponerse de pie, Mia rozó la silla sin querer, y perdió por un instante el equilibrio. Al sujetarse a la silla para no caerse, tiró accidentalmente del jersey de Korum.

Genial. No solo era una espía inútil, también era torpe. Cogiendo el jersey, se lo acercó a la nariz e inhaló el familiar aroma, limpio y masculino, que la hacía derretirse por dentro. *Qué mal vas, Mia. Deja de soñar despierta con el enemigo al que estás espiando.*

Intentó volver a colocar el jersey en su posición original, y sus dedos palparon algo inusual. Una pequeña protuberancia en el puño de una manga que no parecía encajar en un suave jersey como ese.

Con el pulso acelerado por la emoción, Mia levantó la manga para echarle un vistazo más de cerca.

Había un chip diminuto insertado en el tejido, al final de la manga. Era del tamaño de un botón pequeño, y había sido por pura suerte que los dedos de

Mia hubieran ido a parar allí; si no, no lo habría visto ni en un millón de años.

Se le encendió la bombilla. Korum llevaba puesto este jersey cuando había agitado el brazo y había hecho desaparecer la imagen, recordó Mia, al tiempo que un escalofrío le bajaba por la espalda. ¡Literalmente, se había sacado un as de la manga!

Casi dando saltos de nerviosismo, Mia examinó el pequeño ordenador, puesto que eso dedujo que era, con especial atención. El aparato era diminuto y no tenía ningún botón de encendido ni apagado visible.

—Enciéndete —ordenó Mia, preguntándose si respondería a órdenes de voz.

Nada.

Mia probó de nuevo.

—¡Ponte en marcha!

Esta vez tampoco hubo respuesta.

Era frustrante. O el chip no respondía a órdenes de voz, o no entendía el inglés. Pero claro, podía estar programado para responder solamente a la voz o la mano de Korum.

¿Y si lo frotaba?

Lo intentó. Nada.

Resoplando frustrada para quitarse un rizo que le había caído sobre un ojo, Mia ponderó sus opciones. Si el trasto respondía al contacto de la mano de Korum, probablemente reconocía su firma de ADN o algo así. En cuyo caso, no tenía ninguna posibilidad de hacerlo funcionar.

Desanimada, Mia se sentó en el suelo otra vez.

Pareció serle de ayuda la última vez que se quedó atascada. Si hubiera alguna forma de comprobar su teoría, como usando un mechón de su pelo o algo…

De pronto, sus esperanzas se renovaron, y Mia se levantó de un salto y corrió hasta el dormitorio a ver si podía encontrar algún pelo perdido. Para su gran decepción, la habitación estaba completamente libre de cabellos, excepto por un par de hebras largas y rizadas que solamente podían ser suyas. O Korum era un obseso de la limpieza o simplemente no perdía el pelo de la misma forma en que lo hacían los humanos.

Reflexionando frenéticamente, Mia corrió hasta el baño y cogió su cepillo de dientes eléctrico. Puede que hubiera algún resto de su saliva o tejido de sus encías… Sostuvo el cepillo de dientes frente al pequeño artilugio con el alma en un vilo.

El aparato parpadeó, se encendió durante un segundo, y se apagó de nuevo.

Mia casi gritó de emoción.

Sostuvo el cepillo aún más cerca, casi cepillando el jersey con él, pero el chip permaneció silencioso y apagado.

Los dientes de Mia rechinaron por la frustración. Estaba por el buen camino, pero necesitaba una cantidad más grande de ADN de él. Podría haber algo en su ropa, sus zapatos, las sábanas de la cama… Pero serían probablemente restos insignificantes, como los del cepillo.

¡Las sábanas de la cama! Lentamente, Mia esbozó una

gran sonrisa. Sabía exactamente dónde conseguir esa muestra mayor que necesitaba.

Fue hasta la lavandería, y rebuscó entre el montón de toallas y ropa de cama sucia que se había ido acumulando durante la última semana. Por alguna extraña razón, Korum solía lavar su propia ropa y lo hacía normalmente los lunes. Ya que hoy era sábado, la habitación estaba hasta arriba de muestras de ADN, por cortesía de su activa vida sexual.

Mia sacó una funda de almohada particularmente manchada, sonrojándose un poco al recordar cómo se había puesto así. La llevó hasta la oficina, la levanto junto al aparatito y esperó, apenas atreviéndose a tener alguna esperanza.

Sin hacer ningún ruido, el chip parpadeó y se encendió. Sobre la superficie de la mesa apareció una gigantesca imagen tridimensional. Con el corazón en un puño, Mia volvió a colgar el jersey en la silla, lo cual no afectó para nada a la imagen, y dio una vuelta a la mesa, intentando comprender lo que estaba viendo.

CAPÍTULO DIEZ

Ante sus ojos se extendía un gigantesco mapa tridimensional de Manhattan y los barrios aledaños. Era como una versión mucho más sofisticada y realista de Google Earth.

Caminando lentamente alrededor de la mesa, Mia contempló el familiar paisaje dispuesto frente a ella. Ahí estaba Central Park, justo en el centro de la estrecha isla de rascacielos que todavía era el centro cultural y financiero de los Estados Unidos de América. Mirando hacia el otro extremo del lado oeste Mia vio el edificio de Korum, mucho más bajo, reflejado en perfecto detalle.

Fascinada, extendió la mano hacia la pequeña imagen del edificio, preguntándose si tendría algún tipo de solidez. Sus dedos lo atravesaron del todo, pero sintió un pequeño pulso eléctrico atravesarle la palma de la mano. De repente, la realidad cambió y se reajustó... y Mia gritó presa del pánico al encontrarse de pie en la calle, mirando directamente hacia el edificio mismo: no su imagen sino el objeto real.

Dando bocanadas para recuperar el aliento, trastrabilló y cayó hacia atrás, parando el golpe con las manos.

No hubo ningún dolor al contactar con la rugosa superficie de la acera; de hecho, la acera no era perceptible en absoluto. Todo parecía extrañamente apagado y silencioso. Por la calle no pasaba ningún coche, y no había ningún peatón disfrutando de su paseo.

Mia se estremeció y decidió que debía de tratarse de un sueño o de una alucinación extremadamente vívida. Quizás lo cierto fuera que se estaba muriendo por el contacto con la tecnología alienígena y este era el último adiós de su cerebro. Pero no le parecía que fuera eso, solo que todo tenía un aspecto extraño, como si ella se hubiera caído en un charco de alguna sustancia reflectante y los reflejos resultaran ser reales.

Realidad virtual.

Mia lo entendió con súbita certeza. Incluso la tecnología humana actual podría producir una versión más imperfecta, como en todas esas películas y videojuegos en 3D. Obviamente, los K sabían hacerlo mucho mejor, y hacerle sentir que ella estaba de verdad dentro de la imagen misma. Esta tenía que ser la versión que tenían los K de los mapas de Google, y en lugar de poner un simbolito anaranjado en el mapa digital para mirar a tu alrededor a base de fotos, este mapa simplemente te colocaba a ti dentro de la imagen en 3D.

La cuestión ahora era cómo salir.

Quizá si cerraba los ojos y los volvía a abrir, se encontraría de vuelta en la oficina. Apretando los párpados con fuerza, Mia probó a contar hasta cinco. Sin terminar de contar, perdió la paciencia y miró. No, seguía delante del edificio.

Su siguiente iniciativa fue pellizcarse... fuerte.

Ay.

Sí, ella había sentido ese dolor, pero su visión no cambió. Dio un pisotón contra el suelo. Su pierna también le transmitió esa sensación a su cerebro, pero Mia seguía estando en ese mundo misterioso.

Mierda. Estaba empezando a entrar en pánico. ¿Y si nunca volvía a salir de ahí, o, peor aún, y si seguía allí dentro cuando Korum volviera a casa? Él se daría cuenta de inmediato de que ella había estado fisgoneando. No había forma de darle la vuelta, o de disfrazarlo de curiosidad casual. Estaba claro que había recurrido a medidas extraordinarias para acceder a sus archivos.

Piensa, Mia, piensa. Si había entrado en ese mundo tan fácilmente, tenía que haber una forma igualmente fácil de salir. Algo tenía que ser real en este sitio surrealista, incluso aun cuando pareciese falso.

Levantando los brazos a los lados, Mia giró lentamente describiendo un círculo. Al principio, sus manos extendidas no encontraron nada más que aire. Dio un paso hacia la derecha y repitió el proceso.

Luego otro y así sucesivamente. En su quinto intento, sus dedos rozaron algo suave y reconocible. ¡El jersey! No podía verlo, pero decididamente, podía sentirlo.

Agarrándose a él con desesperación, Mia intentó encontrar el dispositivo. Y allí estaba, una pequeña protuberancia cerca del final de la manga. En cuanto Mia lo tocó, el familiar impulso eléctrico corrió por su mano. Durante un segundo, ella experimentó aquella sensación de desorientación, y entonces se encontró en tierra firme, en el suelo de la oficina de Korum, dentro del edificio que acababa de estar mirando desde fuera.

Casi temblando de alivio, contempló el mapa aún extendido frente a ella. ¡Lo había conseguido! Ella, Mia Stalis, que había sido incapaz de aprender cómo funcionaban los últimos iPads, había entrado de verdad en una realidad virtual extraterrestre y había salido bien parada.

Por supuesto, todavía no había averiguado nada útil. Por mucho que quisiera parar y volver a sentarse a memorizar la fórmula de la desviación estándar, tenía que aprovechar mejor esa oportunidad.

Esta vez, Mia sabía lo que tenía que hacer para evitar perderse en aquel extraño mundo. Se puso el jersey de Korum. Le quedaba enorme, y casi le llegaba hasta las rodillas. Su deliciosamente conocido aroma la rodeó, casi como si ella estuviera entre sus brazos. Por alguna razón, lo encontró muy reconfortante, aun sabiendo que él podría matarla si la estuviera viendo en ese momento.

Dando una vuelta alrededor de la mesa, examinó el

mapa en detalle. La imagen parecía parpadear ligeramente, y había zonas que titilaban más que otras. Un edificio de Brooklyn en particular estaba casi rodeado por una aureola brillante.

¿Una aureola brillante? Mia tenía que investigarlo más.

Extendió la mano hacia la diminuta imagen, cerró los ojos y se preparó para el cambio de realidad. Cuando los abrió, se encontraba en la calle, mirando hacia una manzana residencial rodeada de árboles, y formada por una hilera de casas adosadas de ladrillo rojo.

Para su sorpresa, la escena no estaba ni mucho menos vacía. Reprimiendo un gritito de sorpresa, vio a un hombre entrar con prisas en una de las casas. Pasó al lado de Mia, sin echarle ni una somera mirada que reconociera su presencia. Por supuesto, Mia cayó en la cuenta, ella no estaba allí de verdad desde la perspectiva de él. O estaba viendo una transmisión de video en directo (una muy realista), o, más probablemente, una grabación.

Una frase que había oído antes empezó a rondarle por la cabeza. Algo sobre la imposibilidad de distinguir la alta tecnología de la magia. Así era exactamente con los K, pensó Mia. Se sentía un poco como si fuera Harry Potter con su capa de invisibilidad, aunque su adversario era sin duda mucho más guapo que Voldemort.

Reuniendo todo su valor, siguió al hombre escaleras arriba hasta dentro de la casa. *Esto no es real, Mia. No pueden verte. Puedes salir en cuanto tú quieras.* Abrió la puerta, que por algún motivo no estaba cerrada con llave, y entró.

No había nadie en el pasillo, pero podía escuchar que había gente en el salón. Con el corazón al galope, Mia se acercó lentamente a la reunión. El enorme jersey que llevaba puesto la rodeaba como un manto de protección, dándole el coraje necesario para continuar.

Mia entró de puntillas, vacilando en el umbral, esperando a que alguien gritara: "¡intrusa!" Pero los ocupantes de la habitación no eran conscientes de su presencia. Sintiéndose mucho más tranquila, Mia empezó a observar lo que ocurría.

Había unas quince personas de diversas edades y nacionalidades allí reunidas. Solo tres eran mujeres, entre ellas una señora de mediana edad que parecía una profesora. Las otras dos mujeres eran jóvenes, más o menos de la edad de Mia, aunque su expresión tensa las envejecía de algún modo. Un hombre rubio y delgado estaba sentado de espaldas a Mia, pero algo sobre él le pareció familiar.

—John —dijo la mujer de mediana edad dirigiéndose al hombre rubio—, de verdad necesitamos elaborar esos detalles. No podemos confiar en ellos ciegamente sin más.

Él volvió la cabeza para responder, y Mia se dio cuenta con un sentimiento de desazón en el estómago de que conocía a ese John, que había hablado dos veces con él en las últimas dos semanas. Y eso solo podía significar una cosa: que lo que estaba observando tenía que ser una reunión de la Resistencia, y que si ella estaba viéndolo a través del video de realidad virtual de Korum, entonces él estaba obviamente tras su pista.

Oh Dios mío. Pensaban que estaban seguros, que no les estaban siguiendo. Si no, ¿por qué estarían todos aquí reunidos de esta forma? John le había dicho que Korum estaba específicamente en Nueva York para aplastar el movimiento de la Resistencia... porque estaban demasiado cerca de conseguir algo. Pero claramente, Korum se encontraba todavía más cerca de su meta de atrapar a los luchadores por la libertad.

Tenía que advertirles. Eran blancos seguros en esa casa de Brooklyn. Korum podía tenderles una emboscada en cualquier momento.

De repente, Mia notó como se le ponían los pelos de punta. Las piezas del puzle encajaron de golpe y se le cortó el aliento al caer horrorizada en la cuenta.

Puede que fuera ya demasiado tarde para John y sus amigos.

¿Por qué si no se habría ido Korum tan repentinamente hoy? Él sabía exactamente dónde estaban. No había ninguna razón para esperar más. La emboscada, si no había ocurrido ya, estaba a punto de ocurrir.

SIN ESPERAR ni un segundo más, Mia tocó el pequeño dispositivo de su manga y fue transportada inmediatamente de vuelta a la oficina de Korum. Agitó la mano como había visto hacer a Korum, y por poco se desmaya de alivio cuando el gesto funcionó de verdad y el mapa desapareció con un parpadeo. Se quitó rápidamente el jersey, y lo colgó del respaldo de la silla, asegurándose de no dejar ningún pelo suyo suelto por ninguna parte del tejido de lana. Entonces puso las sillas como recordaba que estaban antes y salió corriendo de la habitación. En el último momento, se acordó de la funda de almohada y la cogió también, echándola con la ropa sucia al salir del apartamento. Dos minutos después, se había puesto los zapatos y el bolso y ya estaba entrando en el ascensor.

Necesitaba contactar con John, ahora mismo.

Sacó su viejo móvil y le mandó un e-mail a Jessie, escribiendo "Hola" en el asunto. En el cuerpo del mensaje mencionó que estaría en casa esa noche y le preguntó a Jessie si quería tener una noche de chicas. Pensó que eso debería alertar a John, si estaba realmente monitorizando la cuenta de Jessie. Lo único que podía hacer ahora era esperar y rezar por que no fuera demasiado tarde.

Como quería llegar a casa tan rápido como le fuera posible, Mia paró un taxi. Era un derroche extravagante, pero si podía existir alguna buena razón para tener prisa, era esta. Subió, le dio su dirección al conductor, y se recostó contra el asiento, cerrando los ojos.

Los pensamientos y las ideas revoloteaban por su cerebro, saltando de una cosa a otra. ¿Cómo sabía Korum dónde se reunían? Seguro que había puesto micrófonos en la casa de los rebeldes sin que ellos lo supieran... Pero John le había asegurado que podía saber si una habitación tenía micros o no. O John le había mentido, o Korum estaba diez pasos por delante de cualquier conocimiento que el equipo de John creía poseer. Eso tenía sentido para ella. Los humanos nunca podrían esperar ganar contra la tecnología de los K. Si Korum quería vigilar a la Resistencia, obviamente podía hacerlo sin que ellos lo supieran.

Mia cayó en la cuenta de cuan peligroso era el juego al que estaba jugando. Dependiendo de cuánto tiempo llevara Korum espiándoles, él podría estar al tanto ahora mismo de todos sus planes... y podía conocer la implicación de Mia, aun siendo tan limitada como había sido hasta la fecha. Al pensar en eso, a Mia se le revolvió el estómago y sintió como un helado escalofrío le recorría todo el cuerpo hasta la punta de los pies. Nunca había visto a Korum enfadado de verdad, pero no tenía duda alguna de que no sería una visión agradable.

Al llegar a su destino, Mia pagó al conductor con dedos fríos y sudorosos, y subió andando los cinco tramos de escaleras hasta su apartamento. Jessie no estaba en casa, y Mia pensó con envidia que probablemente estaría fuera con sus amigos, disfrutando del hermoso día. O eso o estudiando para los finales: y para Mia ambas opciones sonaban maravillosamente.

Se dispuso a esperar.

Después de media hora, Mia casi había hecho un

agujero en la moqueta de tanto andar arriba y abajo por el cuarto de estar. Finalmente, cuando ya estaba a punto de volverse loca de frustración, sonó el timbre.

John y una de las jóvenes que había en la reunión estaban en su puerta. La chica tenía el pelo de un tono castaño claro, y lo llevaba corto, con estilo casi masculino. También parecía muy atlética. Si no hubiera sido por sus rasgos delicados, podría haber pasado fácilmente por un muchacho.

—Mia, esta es Leslie —dijo John—. Leslie, esta es Mia, la chica de la que te estaba hablando.

Mia la saludó con la cabeza, y les hizo pasar al apartamento.

—John, —dijo sin preámbulo alguno—, acabo de saber que estáis en peligro.

—No jodas —dijo Leslie sarcásticamente—. No teníamos ni idea.

Eso desconcertó a Mia. Esta chica no tenía ninguna razón para que ella no le gustara, pero su tono era casi despectivo. Sintió como eso la enfurecía.

—Exacto —dijo fríamente —. Obviamente no teníais ni idea... si no, no os habríais reunido donde Korum pudiera conseguir un precioso vídeo de todos vosotros, incluida tú, Leslie.

John abrió los ojos por la sorpresa.

—¿De qué estás hablando? ¿Qué video?

—Ni siquiera estoy segura de si "video" es la palabra adecuada. Es más un show de realidad virtual.

Les contó exactamente lo que había visto hoy. Para cuando hubo terminado, John parecía pálido y la arrogante sonrisita de suficiencia de Leslie se había borrado de su cara.

—No lo entiendo —dijo, despacio—. ¿Cómo sabía dónde encontrarnos? Hacemos un barrido diario en todos nuestros lugares de reunión habituales para buscar micrófonos o aparatos de rastreo. También usamos un escáner con frecuencia.

—Obviamente, eso no es suficiente —dijo Leslie—. O eso, o nos han traicionado.

Se miraron consternados.

—¿Cómo hacéis incluso eso? —preguntó Mia—. ¿Cómo sabéis lo que tenéis que buscar cuando hacéis vuestros escaneos? Pueden esconder sus aparatos de rastreo en cualquier cosa. Incluso me contaste que yo los llevaba dentro...

—Eso es cierto —John asintió—, pero aun así podemos encontrarlos...

—Normalmente —dijo Leslie.

—Correcto, normalmente, porque no dependemos solo de nuestra propia tecnología moderna...

—John —dijo Leslie con tono de advertencia.

—Leslie, Mia tendría que saberlo. Claramente se ha arriesgado mucho para conseguir hoy esta información para nosotros.

—Pero ¿cómo puedes confiar en ella? ¡Se acuesta con él todos los días!

—¡No tiene elección! ¿Y cómo podría haber averiguado todo esto si no? Deberías estar besándole los pies por haber arriesgado así su vida.

—Perdón —interrumpió Mia, roja de furia y vergüenza—, ¿qué es eso que creéis que debería saber?

Leslie la miró furiosa, con pinta de querer golpear a John. Él la ignoró y dijo:

—Mira, Mia... No quiero que pienses que somos solo un puñado de idiotas incompetentes que no se entera de nada. Quizás fuera así al principio del movimiento, cuando no teníamos ni idea de lo que eran ni de lo que eran capaces. Ahora es diferente. Conocemos bien a nuestro adversario. Y contamos con ayuda...

—¿Ayuda de los K? —le interrumpió Mia, con el corazón acelerándosele al pensarlo.

—De los K —confirmó John—. Como ya te había contado, no son todos iguales. Algunos de ellos creen que está mal la forma en que han venido los K a este planeta para robárnoslo... para esclavizar a nuestra gente. Quieren ayudarnos, compartir su tecnología con nosotros, para ayudarnos a avanzar hasta que seamos sus iguales.

—Son como una versión K de los PETA, la organización "Personas por la Ética en el Trato a los Animales" —dijo Leslie, rindiéndose a lo inevitable, aunque todavía con el ceño fruncido—. Los llamamos los KETHS, los K por la Ética en el Trato a los Humanos.

—Keths, o kets, que es más fácil de escribir —aclaró John.

Mia lo miró asombrada. Él había implicado antes

que tenían poderosos aliados, pero claramente esto iba más allá que uno o dos K actuando en solitario.

—¿Qué tipo de influencia tienen los kets dentro de su sociedad? —preguntó, intentando ponerlo todo en perspectiva.

—No demasiada —admitió John.

—Por lo que sabemos, se trata de un grupo marginal —añadió Leslie—. Pero tienen acceso a la tecnología K y nos proporcionan lo que necesitamos para mantenernos un paso por delante: las herramientas de escaneo que usamos, la tecnología de escudos de protección...

—¿Pero con qué fin? —preguntó Mia, sin entenderlo todavía—. Así que vais por ahí sin ser vistos, o no, dado lo que hemos averiguado hoy, pero, ¿qué puede hacer un grupo minoritario para marcar la diferencia de verdad? Todavía no podéis luchar contra ellos, aunque tengáis algunos aparatos para detectar micrófonos. A menos que...

Al caer en la cuenta, dio un grito ahogado.

—A menos que nos estén proporcionando algo más que algunos aparatos de detección, eso es —completó John, amablemente.

—Es suficiente, John —dijo Leslie con aspereza—. Ahora ella sabe tanto como la mayoría de los miembros de nuestro grupo. Si le cuentas algo más y la cogen...

John suspiró:

—Leslie tiene razón. Tu amante ya sabe todo lo que te hemos contado hasta ahora. No puedo contarte nada más sin ponerte en peligro. Sin ponerte más en peligro todavía, quiero decir...

Mia asintió al entenderlo. No había ninguna razón para que ella conociera los detalles de los planes de la Resistencia. Lo último que le hacía falta era que la torturaran para sacarle información. Por supuesto, no tenía ni idea de si podría soportar incluso la amenaza de ser torturada. Tan solo la idea de que Korum estuviera enfadado con ella era aterradora en sí misma.

—Entonces, vale —dijo ella—. Tengo que preguntaros una cosa... Ya que vuestros sistemas de seguridad no son tan buenos como creíais, ¿hay alguna posibilidad de que Korum sepa lo mío? ¿Hablasteis de mí en algún momento en ese lugar de Brooklyn? Porque si lo hicisteis...

—No, Mia estás a salvo —John entendió inmediatamente a dónde quería ir a parar—. Siempre hay alguna posibilidad de que lo pueda saber... pero francamente, lo dudo. Eres nuestra arma secreta. No le he hablado a nadie acerca de ti. Exceptuando a Jason, y a Leslie, que estaba conmigo por casualidad cuando vi tu correo, nadie más sabe que estás trabajando para nosotros.

Al ver el rostro de sorpresa de Mia, le explicó:

—No quería ponerte en peligro innecesariamente. Si nos cogieran y nos interrogaran, tu nombre no aparecería.

Se detuvo, al parecer eligiendo sus siguientes palabras.

—Y, francamente, no estaba seguro de que pudieras

encontrar nada útil. Lo que nos has contado hoy sobrepasa tanto mis expectativas... Ni siquiera sé cómo decirte lo agradecidos que estamos. Verás, se suponía que esta noche tendríamos una reunión final de puesta en común, a la que iban a asistir más de treinta de nuestros mejores combatientes. Korum debe de saber eso... Hablamos de ello en la última reunión, la que tú has visto en parte. Si nos hubiera tendido una emboscada esta noche, habría asestado un tremendo golpe a nuestro movimiento. Probablemente hoy hayas salvado muchas vidas, Mia.

Mia lo miró con las mejillas ardiendo por una mezcla de sentimientos contradictorios. Estaba contenta por poder ayudar a la Resistencia y tremendamente aliviada porque su secreto estaba a salvo por ahora. Pero también estaba algo ofendida por el mal concepto que él tenía de sus capacidades. Sin embargo, era por pura suerte que hoy se hubiera topado accidentalmente con esta información. Antes de esto, ella había sido realmente inútil para el movimiento, así que no podía culparle demasiado por pensar eso.

—Bien —dijo ella—. Espero que podáis cambiar lo que fuera que estuviera planeado para hoy. Korum dijo que tal vez no volvería a casa esta noche, así que sea lo que sea lo que esté haciendo, probablemente es algo grande.

CAPÍTULO ONCE

—¡*E*h, forastera, bienvenida!

Aparentemente Jessie había recibido su correo electrónico y había vuelto a casa, pletórica de efervescente entusiasmo.

Mia le respondió con una sonrisa y le dio un gran abrazo a su compañera de piso, verdaderamente feliz de ver su alegre rostro. Su encuentro con los combatientes de la resistencia la había dejado inquieta, y Jessie era exactamente la distracción que necesitaba.

—Así que, cuéntame: ¿cómo es que el K feroz te ha dejado salir una noche? —bromeó Jessie—. Estaba convencida de que te tenía allí encerrada.

Mia se sonrojó. Eso estaba peligrosamente cerca de la verdad. Encogiéndose de hombros, dijo:

—Creo que tiene que trabajar esta noche o algo. No estaba seguro de si estaría en casa ni nada, así que sugirió que pasáramos un rato juntas.

—Vaya, que considerado por su parte —dijo Jessie,

abriendo mucho los ojos en son de burla—. ¿Sabes lo que esto significa?

—No ¿el qué? —dijo Mia, riéndose del gesto dramático en el rostro de Jessie.

—¡Significa que vamos a salir! ¡Es sábado por la noche y nos vamos de fiesta!

Mia arrugó un poco la nariz.

—¿En serio? ¿Justo antes de los finales?

—¡Vaya que sí! Oh, no me mires con esa cara. Sé que llevas semanas empollando. Una noche de marcha no le hará a tu nota ni bien ni mal. Pero ya que tu amo y señor K ha decidido dejarte salir solo por esta noche, ¡vamos a darle caña!

Mia sonrió. El entusiasmo de Jessie era contagioso, y de repente la idea de coger una buena borrachera y bailar toda la noche sonaba casi perfecta.

Dos horas después, las chicas empezaron a prepararse para salir. Mia se duchó y se afeitó cada milímetro del cuerpo, se lavó el pelo y se puso acondicionador concienzudamente. El uso regular del champú de Korum lo había vuelto suave y sedoso, infinitamente más manejable, y al secarlo con el secador conseguía una masa de rizos oscuros bien definidos que le caían en cascada hasta la mitad de la espalda.

Lo siguiente era el maquillaje, y Mia se decidió por el look dramático de ojos ahumados, manteniendo natural el resto de la cara. Sin embargo, su vestuario le suponía un dilema, para el cual precisaba consejo experto.

—¡Jessie! —reclamó a la susodicha experta a gritos.

Su compañera entró, vestida de punta en blanco. Con su corto vestido rojo y sus tacones kilométricos, estaba absolutamente increíble.

—Déjame adivinar. ¿Todavía no sabes qué ponerte? —preguntó con una enorme sonrisa.

—Necesito tu ayuda. —Mia le echó una mirada desvalida, señalando su armario.

—Vale, vamos a ver qué tenemos aquí... Prada, Gucci, Badgley, Mischka... ¡oh, pobrecita, de verdad no tienes nada que ponerte! —Jessie sacudió la cabeza con un regocijado aire de desaprobación— Esto es increíble, Mia: vaya si te está malcriando. No es de extrañar que ya nunca vengas por casa.

Revolviendo en el guardarropa de Mia, Jessie sacó un atrevido vestido de Dolce & Gabbana y se lo tiró.

—Vamos, pruébate este.

Mia lo miró dubitativa.

—¿No tendré frío? —No es que hubiera demasiado vestido. Parecía ser dos retales de tejido de color púrpura que se mantenían unidos por unos cuantos corchetes y cremalleras.

—¿Bailando en un club caluroso y abarrotado? Oh, por favor —resopló Jessie despectivamente—. Y si te pones esto, te garantizo que no tendremos que hacer cola en la puerta.

Mia decidió hacerle caso a la experta. Culebreó para

meterse en el vestido y salió del cuarto para enseñárselo a Jessie.

—¡Vaya! —Casi se había quedado sin palabras—. No sé qué te ha estado dando de comer, pero estás alucinante. Quiero decir, siempre has sido mona, pero esto está totalmente a otro nivel.

Mia se sonrojó un poco. El vestido era decididamente sexy, enseñaba sus piernas, y dejaba al aire sus hombros y su espalda. Era un poco demasiado provocativo para el gusto de Mia, con esas endebles tiras alrededor de su cuello como única sujeción para mantener parte de arriba en su sitio. Dado el escote bajo de la espalda, no podía llevar sujetador, y sentía como se le notaban los pezones bajo la tela ceñida. Para completar el look, se puso un sexy par de tacones y cogió un diminuto bolso brillante.

Estaba lista para la fiesta.

EN CUANTO AL CLUB, eligieron el local más de moda del Meatpacking District. Era una elección popular entre las celebridades, los modelos, las aspirantes a modelo y cualquier otra gente guapa a la que le gustara ir de fiesta. Antes de lo de Korum, Mia nunca habría ido a un sitio así, segura de no poder entrar por la puerta sin pasar dos horas de frio esperando en la cola. Sin embargo, su nuevo yo seguro de sí mismo y bien vestido no dudaba en hacerlo.

Mia y Jessie se aproximaron al portero, y le

dedicaron unas enormes sonrisas seductoras. Él les echó un vistazo cargado de apreciación puramente masculina y levantó la cuerda, dejándolas pasar sin decir una palabra.

—Bien hecho —susurró Jessie mientras bajaban los peldaños en dirección a la ensordecedora música.

Incluso a las once de la noche el club estaba abarrotado y en ebullición. La música era excelente, una mezcla de los temas de hip-hop más clásicos y algunos de los últimos éxitos dance. La pista de baile no era especialmente grande, y cada milímetro de ella estaba repleto de bellísimas chicas rozándose unas con otras y con los pocos tipos afortunados que habían logrado pasar la criba del portero hasta el momento. A veces era estupendo ser una chica, pensó Mia. La única forma en que la mayoría de los hombres podían entrar en un sitio como este era gastándose una absurda cantidad de dinero, mientras que a las mujeres las dejaban entrar gratis; por supuesto, como reclamo.

Las chicas se acercaron al bar, encontraron rápidamente dos taburetes libres y pidieron cuatro chupitos de vodka. Un par de tíos se ofrecieron inmediatamente a pagarles las copas, y Jessie se negó con una risita.

—Es demasiado pronto para eso —le dijo a Mia—. Queremos bailar, no pasar el rato toda la noche con esos payasos.

Mia estuvo de acuerdo entre risas, y se tomaron el primer chupito de un trago, mordiendo después un limón.

La noche se hizo aún más prometedora, con ese brillo especial que solo podían causar el primer trago de alcohol y la expectativa de una noche de diversión. Mia se sintió joven y hermosa, y por el momento, totalmente despreocupada. Mañana ya se preocuparía otra vez, pero esta noche... esta noche iba a divertirse.

—¡Salud!

El segundo chupito le cayó aún mejor, y todo se nubló con un agradable y cálido resplandor en la mente de Mia. La pista de baile la reclamaba, el ritmo palpitante de la música reverberaba en sus huesos. Agarrando a Jessie de la mano, la arrastró hacia la multitud que bailaba enérgicamente.

Durante la siguiente hora, bailaron sin parar. Se escuchaba una buena canción tras otra, llevando al frenesí a la pista entera. Mia bailó con Jessie, con otras dos chicas que se habían acercado a bailar con ellas, con un grupo de tipos de Wall Street que no dejaban de intentar acariciar su espalda desnuda, y otra vez con Jessie. Bailó hasta estar acalorada, sudorosa y sin aliento, hasta que los músculos de sus piernas temblaban por todos los movimientos arriba y abajo que requería hacer bien el perreo. Bailó hasta que ya no pudo recordar por qué se había sentido tan mal ese día ni qué podría depararle el mañana.

—¡Necesito agua! —aulló Jessie, intentando hacerse oír por encima música. Riendo, Mia la acompañó de vuelta a la barra. Se bebieron un vaso de agua cada una y otra ronda de vodka. Esta vez, Jessie estaba demasiado achispada como para negarse cuando un chico guapo que les parecía vagamente familiar (alguien de un reality televisivo, quizás) se ofreció a pagar sus chupitos.

Edgar, quien resultó ser un actor de una serie recientemente cancelada, hizo inmediatamente buenas migas con Jessie. Su compañera de piso, halagada por la atención de una celebridad, flirteó y soltó todas las risitas de las que era capaz. Sintiéndose algo dejada de lado, Mia se fue sola al cuarto de baño.

Cuando regresó, un par de amigos de Edgar se habían unido a ellos en el bar. Los dos eran monos de esa forma ligeramente adolescente que ahora estaba de moda, y parecían estar en excelente forma física. Se presentaron, y Mia se enteró de que eran también de la serie. Peter era un doble de acción, y Sean era uno de los actores de reparto.

—¿Qué es esto, la serie *El séquito?* —bromeó Mia, y todos se echaron a reír, admitiendo que sus vidas tenían mucho en común con aquella vieja serie televisiva.

Aparentemente dándose cuenta de que se estaban entrometiendo en una noche de chicas, los chicos pidieron otra ronda para todos. Esa vez fue tequila, y a Mia por poco le entran arcadas por el fuerte sabor que se quedó en su boca incluso después de morder su lima. El barómetro de alcohol de su nariz ya había pasado hacía rato el punto de advertencia del picor, y ella sabía que probablemente iba a lamentarlo al día siguiente. Pero en ese momento en particular, con el vodka y el tequila sobrecargando su sistema, no podía obligarse a hacer que le importara.

Mia no tenía planes de tratar de ligar con ningún tío, pero Peter resultó ser un conversador sorprendentemente bueno. Su voz era lo bastante grave para que le pudiera oír por encima de la ruidosa música y ella se enteró de que compartían sus orígenes polacos. Al parecer, sus padres habían llegado a este país hacía bastante poco, aunque él era ciudadano americano y no tenía acento alguno. Se acababa de graduar en la Universidad de Nueva York (en la Facultad de Artes Escénicas Tisch) y quería ser productor cinematográfico a largo plazo. Ya que siempre había sido atlético, hacer de especialista era la mejor forma que tenía para meter cabeza en ese mundillo y empezar a conocer gente, y había tenido la suerte de conseguir un trabajo en la serie que acababan de cancelar.

También se mostraba genuinamente interesado en Mia, y sus ojos azules centelleaban cada vez que la miraba. Con su pelo rubio y rizado, parecía un ángel travieso, y Mia no podía evitar reírse por algunos de los exagerados cumplidos que le iba lanzando. En circunstancias normales, un chico divertido y extrovertido como ese jamás se habría interesado por alguien tan tímido y estudioso como Mia, y ella no podía evitar sentirse halagada por sus atenciones. Así que cuando Peter le pidió su número, ella se lo dio sin pensarlo, con el alcohol que le corría por las venas ralentizando su cerebro lo bastante como para eliminar cualquier precaución.

Volvieron a la pista de baile, y Edgar y Peter se unieron a ella y a Jessie. Sean, probablemente sintiéndose un aguantavelas, se alejó para juntarse con otro grupo de chicas. Primero bailaron en grupo, y después Peter comenzó a bailar más cerca de Mia, con movimientos gráciles y atléticos. Ella sonrió, cerrando los ojos y dejándose llevar por el ritmo machacón, y no se le ocurrió apartarse cuando él le puso las manos en la cintura.

Se sentía bien simplemente bailando con un tipo normal que le gustaba, y cuyas intenciones no tenía necesidad de adivinar. Eso no podía llevarla a ninguna parte, por supuesto, pero una estúpida y borracha parte de ella esperaba que tal vez, si sobrevivía a todo esto y seguía en Nueva York cuando Korum inevitablemente se cansara de ella, pudiera buscar a Peter en Facebook algún día. De todos los chicos que había conocido en los últimos años, era el que más le había gustado, y podía verse a sí misma entablando fácilmente amistad con él... y tal vez algo más.

Sonó una nueva canción, con una letra aún más explícita. La multitud lanzó un grito de alegría, y el movimiento en la pista se hizo todavía más frenético. Peter se le acercó más, haciendo que sus caderas se rozaran provocativamente. Era de mediana altura, y gracias a sus tacones altos, Mia le llegaba más o menos a la frente. Él le sonrió, con los ojos chispeantes, y Mia le devolvió la sonrisa, experimentando una agradable y ligera atracción, nada parecido a la enloquecedora y absorbente excitación que Korum la hacía sentir. Y aunque su estúpido cuerpo deseaba que fuera Korum el que la estaba abrazando así, disfrutó del sensual baile con un chico atractivo... con el que, en circunstancias diferentes, podría haber salido.

—Eres realmente hermosa —dijo Peter, casi aullándolo por encima de la música.

Mia sonrió, siguiendo el ritmo. Siempre era bueno recibir cumplidos.

—Gracias —respondió con otro grito—¡también tú!

Le daba vueltas la cabeza por efecto de la bebida, y toda la noche empezó a parecerle algo surrealista, incluyendo el chico de belleza angelical que bailaba con ella. Todavía bailando, cerró los ojos por un segundo mientras se agarraba a la cintura de Peter para combatir un ligero mareo. Interpretando mal su gesto, él se inclinó hacia ella y su boca le rozó los labios durante una décima de segundo.

Sobresaltada, Mia empujó a Peter, dando un paso hacia atrás. Avergonzada, giró la cabeza y se quedó helada de repente, paralizada por el terror.

Mirándola directamente desde el borde de la pista había un familiar par de ojos ambarinos. Y la fría rabia que mostraban era lo más espantoso que había visto en su vida.

CAPÍTULO DOCE

Él lo sabía.

Atrapada por el sofocante pánico que la engullía, Mia tenía solo clara una cosa: Korum lo sabía. De alguna manera había descubierto lo que ella había hecho hoy por los de la Resistencia, y había venido hasta aquí a buscarla.

Su instinto de supervivencia se activó, y una descarga de adrenalina disipó de su mente la niebla inducida por el alcohol. Luchó contra el desesperado impulso de correr, sabiendo que él la atraparía en cuestión de segundos. En vez de eso, se quedó allí parada, mirando como él se iba aproximando con un sinuoso movimiento animal a través del gentío de la pista de baile, con los ojos casi amarillos por la furia.

Escuchó su nombre por encima de la música rítmica y del aterrorizado palpitar de su propio corazón,

—¡Mia! ¡Mia! —Era Peter, y le estaba hablando a ella
—. Eh, Mia, escucha, no pretendía avasallarte...

Se detuvo en medio de su disculpa y siguió su
mirada.

—¿Qué demonios... es ese tu novio o algo?

—O algo, —dijo Mia, sombría, mirando cómo
Korum se abría camino con facilidad a través de la
normalmente impenetrable multitud. El estómago se
le revolvió de miedo y angustia. ¿La mataría allí
mismo o se la llevaría a otro sitio para interrogarla
antes?

Y entonces él ya estaba allí, de pie frente a ella.

—Escucha, tío, creo que ha habido un
malentendido... —Peter se interpuso valientemente
entre ellos, sin darse cuenta por la oscuridad reinante
de contra qué se estaba enfrentando. En un abrir y
cerrar de ojos, la mano de Korum envolvió la garganta
de Peter.

—¡No! —gritó Mia, a la vez que Peter se levantaba
en el aire, pataleando y agarrando inútilmente el puño
de hierro que rodeaba su garganta—. No, por favor,
suéltalo...

—¿Quieres que lo suelte? —Preguntó Korum con
calma, como si no estuviera matando a un hombre
adulto con una sola mano en medio de un club
abarrotado.

—¡Por favor! Él no ha tenido nada que ver —suplicó
Mia, con lágrimas de terror corriendo por su cara.

—¿En serio? —dijo Korum, con su voz inundada de
sarcasmo—. Así que mis ojos me han engañado. No ha

sido él quien estaba manoseándote ahora mismo... ¿Era otra persona?

¿Manoseándola? ¿Estaba Korum enfadado porque ella había bailado con Peter? Su cerebro apenas podía procesar las implicaciones.

—Por favor, Korum —volvió a intentarlo—, estas enfadado *conmigo*. Él no ha hecho nada.

—Ha tocado lo que es mío. —Sus palabras sonaron como un veredicto.

—¡Korum, por favor, él no lo sabía! Ha sido todo por mi culpa...

El resto de bailarines notó que estaba pasando algo inusual, y comenzaron a formar un círculo de espectadores a su alrededor.

—¡Por favor, no lo mates! —suplicó, cogiendo desesperadamente el brazo de Korum—. Por favor, haré lo que sea...

—Sí, lo harás —dijo él con calma—, harás lo que yo quiera, sin importar lo que haga yo.

La cara de Peter se estaba poniendo morada, y sus frenéticos intentos por soltarse iban haciéndose más lentos. De la gente brotaron algunas exclamaciones de pánico, pero nadie se atrevía a intervenir.

—¡POR FAVOR! —gritó Mia histérica, tirando inútilmente de su brazo. Él ni siquiera la miró.

Y entonces soltó a Peter de repente, dejando caer su cuerpo al suelo con un ruido sordo.

La muchedumbre contuvo el aliento al tiempo que Peter respiró de nuevo, atragantándose y dando arcadas.

Sollozando, Mia casi se desmaya de alivio. Sus manos todavía sujetaban el antebrazo de Korum, y dando un paso atrás lo soltó.

Él no la permitió alejarse. Estiró la mano rápidamente y la cogió por el antebrazo con dedos de acero.

—Vámonos —dijo con voz queda, en un tono que no dejaba lugar a la discusión.

Y Mia se fue con él, ignorando las miradas de conmoción de la gente de alrededor.

Ahora estaba segura de que no sobreviviría a esa noche.

No había ninguna limusina esperándoles. En vez de eso, él cogió un taxi y le dio lacónicamente la dirección de su edificio al conductor.

El trayecto por suerte era corto. Él no le dirigió la palabra, y el único sonido que rompía el silencio del taxi eran sus propios sollozos suaves.

Ella siempre había sabido que los K tenían una gran capacidad para la violencia, pero nunca lo había visto en persona. Korum siempre había sido tan cariñoso, tan amable con ella... A Mia le había resultado difícil imaginárselo despedazando a un ser humano, como aquellos K habían hecho con los saudíes. Pero ahora sabía qué él no era diferente, que podía destruir una vida humana con tanta indiferencia como si aplastara a una mosca.

Ella no quería morir. Sentía que apenas había empezado a vivir. Los pensamientos se arremolinaban en su mente, intentando frenéticamente buscar una salida sin conseguir encontrar ninguna. ¿La interrogaría antes? No sabía nada importante, pero él podría no creerla. Se estremeció ante la idea de la tortura. Jamás había experimentado un dolor real, y no sabía si podría soportarlo. Lo último que quería era morir así, lloriqueando y rogando por su vida. Ojalá fuera más valiente...

Llegaron al edificio y el la arrastró fuera del taxi, todavía sujetándola por el brazo. El miedo hacía que le flojearan las piernas, y tropezó en las escaleras. Él la cogió y la levantó, llevándola en brazos a través del vestíbulo hasta el ascensor del ático. El calor de su cuerpo era un placer en contraste con su helada piel, y le recordó a la otra noche en que él la había llevado así, en circunstancias infinitamente diferentes.

Una vez dentro del apartamento, la dejó en el sofá y se acercó al armario a colgar su chaqueta. Por supuesto, pensó Mia resentida, quería estar lo más cómodo posible para los subsiguientes actos de mutilación y tortura.

Para su total humillación, tenía unas ganas inmensas de hacer pis, y la vejiga a punto de estallar por todo lo que había bebido. Quería aferrarse a los últimos retazos de su dignidad desesperadamente; morir a la vez que se orinaba encima parecía la humillación definitiva.

—Por favor —susurró, con voz temblorosa—, ¿puedo ir al baño?

Él asintió con la cabeza, esbozando una sonrisita burlona.

Mia se fue tan rápido como sus piernas temblorosas fueron capaces de llevarla. Una vez dentro, se alivió con rapidez, y se lavó las manos. Notó que sus uñas tenían un ligero matiz azulado, y que el agua caliente casi parecía escaldar sus manos heladas.

Mientras terminaba, miró fijamente a la puerta cerrada y su endeble cerrojo. Era inútil, ya lo sabía. Pero no quería salir ahí afuera. Por alguna extraña razón, el pensamiento de su sangre derramándose sobre los muebles de color crema era demasiado perturbador. Decidió que esperaría allí. Sin duda vendría a buscarla en pocos minutos. Pero cuando esos podían ser sus últimos momentos de vida, cada segundo contaba.

Se sentó en el borde del jacuzzi y esperó. Pareció pasar una eternidad. Su reflejo en la pared de espejos no se parecía en nada a su yo normal, desde el provocativo vestido violeta hasta los círculos de mapache que formaba la máscara corrida alrededor de sus ojos. Era extrañamente adecuado que muriera con ese aspecto, en absoluto pareciéndose a la Mia Stalis de Florida que su familia conocía y amaba. Al pensar ellos y en su pena futura, un dolor agudo atravesó su pecho, tan intenso que casi hizo retorcerse a Mia. Ahora no podía pensar en eso. Si lo hacía, se derrumbaría y suplicaría por su vida, y era extrañamente importante para ella mantener al menos una apariencia de orgullo.

Se oyó un golpe en la puerta.

Mia sofocó una risita histérica. Él se comportaba educadamente justo antes de matarla.

—¿Mia? ¿Qué estás haciendo? Abre la puerta y sal.

Sonaba enfadado. Mia no respondió, y siguió con los ojos fijos en la entrada.

—Mia. Abre la puñetera puerta.

Ella esperó.

—Mia, si me haces abrir esta puerta, lo lamentarás.

Ella le creyó, pero se negaba a irse mansamente, como un cordero camino al matadero. Al menos, quería que él tuviera que ocuparse de algunas reparaciones domésticas después.

La puerta salió volando de sus goznes, y cayó de golpe al suelo. Aunque se lo esperaba, Mia dio un respingo por lo repentino de la violenta acción.

Korum se quedó en el umbral, magnífico e iracundo. Sus pómulos altos estaban llenos de color, y sus ojos eran casi oro puro.

—¿En serio te estás escondiendo de mí en mi propio cuarto de baño? —preguntó, con un tono peligrosamente tranquilo.

Mia asintió, temerosa de que le temblara la voz si hablase en voz alta. A pesar de todos sus esfuerzos, los lagrimones no dejaban de caerle por las mejillas.

Él se acercó entonces, y Mia cerró los ojos, esperando que fuera rápido. En cambio, sintió unas manos sobre sus hombros desnudos, acariciando suavemente su piel.

Abrió los ojos de golpe y lo miró.

—Métete en la ducha —dijo—. Tienes su asqueroso olor por todo el cuerpo.

¿En la ducha? Quería que estuviese limpia. A Mia se le revolvió el estómago por las náuseas al darse cuenta de que quería acostarse con ella, quizás por última vez, antes de matarla.

Ella negó con la cabeza.

Su expresión se ensombreció. Antes de que Mia pudiera considerar la sensatez de sus actos, su vestidito ya estaba hecho trizas en el suelo y él la estaba llevando en brazos, desnuda y retorciéndose, hasta la cabina de ducha. Le recorrió una oleada de adrenalina, y se arqueó llena de un insensato pánico, dando patadas y arañazos a todo lo que había a su alcance. De repente, se encontró de pie dentro de la ducha, y él se alzaba imponente sobre ella con una expresión de incredulidad.

—¿Te has vuelto loca? —preguntó con voz queda—. ¿Todo ese alcohol te ha jodido el cerebro?

Jadeando por el esfuerzo y el miedo, ella levantó la vista hacia él a través de las lágrimas que nublaban su visión.

—¡Si vas a matarme, simplemente hazlo ya! ¡No quiero que me folles primero!

Sus cejas se arquearon y pareció genuinamente sorprendido.

—¿Crees que voy a matarte? —le preguntó

hablando despacio, como si no creyera lo que estaba oyendo.

—¿No? —era el turno de Mia de sorprenderse. Su corazón galopaba como si hubiera corrido una maratón, y apenas podía pensar.

Él dio un paso atrás. Entonces ella se dio cuenta de que él todavía llevaba la ropa puesta. Tenía una expresión extraña en el rostro. Si ella no hubiera sabido de qué iba todo, habría pensado que se habría sentido herido de alguna manera por ella.

—Mia —dijo él con desaliento—que esté enfadado contigo no significa que te vaya a hacer ningún daño, ni mucho menos matarte.

—¿No?

Le costó procesar eso. Desde que puso los ojos en él en el club, había estado muy segura de que no iba a sobrevivir al hecho de haber sido descubierta.

—Por supuesto que no —dijo, todavía mirándola con aquella expresión extraña—. Has traicionado mi confianza esta noche, pero estabas borracha y comportándote como una estúpida...

Mia parpadeó. Algo no le cuadraba.

—...y debería haber sido más listo y no haberte dejado salir así un sábado por la noche.

Ella lo miró, confusa, apenas atreviéndose a sentir esperanza.

—¿Estás enfadado porque he salido a bailar?

—Enfadado es un término demasiado suave para lo que siento ahora mismo —dijo él con frialdad—. Dejaste que ese precioso gusano te pusiera las manos encima y lo besaste justo en mis narices. No, Mia, enfadado ni siquiera se aproxima.

Él no lo sabía.

Sus rodillas casi se doblaron por el alivio, y se agarró a la pared de la ducha para sostenerse. Por increíble que pareciera, su furia de esa noche se debía a unos celos mal entendidos y no tenía nada que ver con el movimiento de la Resistencia.

Era una idea alucinante, y Mia deseaba con desesperación poder ver más allá de la niebla que parecía impregnar cada uno de sus pensamientos. Sacudió la cabeza intentando pensar con claridad.

—Lo siento —dijo con cautela—. No pensé que te importara que saliera por ahí esta noche. Solo quería divertirme con Jessie y... ¡no creí que te importara en absoluto! Lo único que quería era bailar, lo juro...

Él continuó mirándola, como si intentara descifrar sus pensamientos.

—Muy bien, Mia —dijo con calma—ahora solamente dúchate, ¿vale? Hablaremos cuando termines.

Y luego salió, rodeando la puerta rota que yacía en el suelo.

CAPÍTULO TRECE

*E*lla iba a vivir. Él había dicho que no le haría daño, a pesar de su furia.

Korum no conocía su auténtica traición. Había tenido una suerte increíble.

Le daba vueltas la cabeza, y cada músculo de su cuerpo temblaba a consecuencia de la descarga de adrenalina. Allí de pie, sintió retorcerse su estómago con una súbita náusea. Lanzándose velozmente hacia el váter, Mia lo alcanzó justo antes de que el contenido de su estómago saliera despedido, al verse su organismo incapaz de manejar la mezcla tóxica de alcohol y terror residual.

Mortificada, se arrodilló desnuda delante de la taza, temblando descontroladamente. Tiró de la cadena para librarse del asqueroso revoltijo y usó las fuerzas que le quedaban para arrastrarse hasta la cabina de ducha y abrir el agua, estremeciéndose de alivio al sentir el agua caliente derramarse sobre su cuerpo helado.

La ducha caliente obró milagros. En unos minutos, Mia se encontró lo bastante bien como para levantarse del suelo. Se lavó y enjabonó cada centímetro de su cuerpo, limpiando cualquier rastro de la horrible noche. Cuando terminó, se secó, se puso un albornoz suave y cálido, y se cepilló dos veces los dientes para eliminar el desagradable sabor de su boca. Ya estaba lista para enfrentarse de nuevo a Korum, aunque lo único que le apetecía era perder el conocimiento y dormir durante las siguientes diez horas.

Él estaba esperando en la sala de estar, mirando una vez más algo que tenía en la palma de su mano. Cuando ella entro cautelosamente, levantó la vista y le hizo un gesto para que se acercara. Mia se acercó con precaución, desconfiando todavía.

—Toma, bébete esto.

Él había cogido un vaso lleno de un líquido rosado de la mesa junto a él, y se lo estaba ofreciendo.

—¿Qué es eso? —preguntó Mia, visiblemente nerviosa.

—No es veneno, puedes relajarte. —Como ella seguía recelando, añadió—: solo algo para reducir los estragos que toda la porquería que te has bebido esta noche le ha causado a tu hígado.

Mia se sonrojó avergonzada. Obviamente, la había oído vomitar antes. Sin más discusión, cogió el vaso y probó el líquido. Sabía como agua un poco dulce y era maravillosamente refrescante. Vació el resto del vaso.

—Bien —dijo Korum—. Ahora vamos a sentarnos y a hablar de las expectativas de nuestra relación...

específicamente, de mis expectativas con respecto a tu comportamiento.

Mia tragó saliva con nerviosismo y se sentó a su lado. El líquido estaba abriéndose camino por su organismo, y sintió como las telarañas se desvanecían de su mente.

Él se volvió hacia ella y le cogió la mano, acariciando suavemente su palma. Sus ojos casi habían vuelto a su color ambarino normal, con solo algunos vestigios de las peligrosas motas amarillas.

—Me perteneces, Mia —le dijo, mientras su pulgar le acariciaba el interior de la muñeca—. Me has pertenecido desde el momento en que te vi en el parque aquel día. Yo no comparto lo que es mío. Nunca. Si osas siquiera mirar a otro hombre, humano o krinar, te arrepentirás. Y cualquiera que te ponga las manos encima estará firmando su propia sentencia de muerte. ¿Me he expresado con claridad?

Mia asintió, incapaz de hablar por la volátil mezcla de emociones que se estaban gestando en su pecho.

—Bien. El niño bonito con el que bailabas esta noche tiene mucha suerte de haber salido por su propio pie. Si hay una segunda vez, no seré tan magnánimo. —Su mano libre se cerró en un puño sobre el sofá—. Esta noche te has comportado como una insensata. Dos chicas hermosas saliendo por ahí vestidas de esa forma... os podían haber pasado un montón de cosas malas. Y beber hasta vomitar... igual podrías pedir cita para un trasplante de hígado en el futuro cercano. Tu cuerpo humano es frágil de por sí, y no te permitiré que abuses de él de este modo.

Mia clavó las uñas en su palma conteniendo su enfado. Que le echaran la bronca así, como si fuera una adolescente estúpida, era más que humillante.

—Si quieres salir a bailar, yo te llevaré. Y se acabaron las noches de juerga con tu compañera de piso: está claro que no se puede confiar en vosotras dos.

Mia simplemente lo miró con gesto soliviantado.

—Y ahora —dijo él con voz queda—, deberíamos hablar de ese pequeño concepto erróneo tuyo de antes... del hecho de que hayas pensado que de verdad te mataría por besar a un chico en un club.

—Por poco has matado a Peter —dijo Mia, buscando frenéticamente alguna explicación para su pánico anterior—. ¿Por qué estás tan sorprendido de que estuviera asustada?

—*Peter* se merecía exactamente lo que consiguió por tocar lo que es mío. —Se inclinó hacia ella—. *Tú*, por otra parte, no tienes nada que temer con respecto a mí. ¿Cuándo te hecho daño yo, aparte de cuando perdiste la virginidad?

Era cierto. Él nunca le había causado ningún dolor físico, al menos no uno desagradable. Siempre tenía mucho cuidado en no hacerle daño con su fuerza superior. Por supuesto, él no sabía que ella estaba ayudando a la Resistencia.

—Mia, sé que venimos literalmente de mundos diferentes, pero hay cosas que son universales y trascienden a ambas especies. Duermo contigo cada noche, beso y acaricio tu cuerpo, practicar sexo contigo me da gran placer... ¿y tú piensas que yo podría acabar con tu vida así como así, sin mirar atrás?

Todavía era posible, si descubría su auténtica traición.

Interpretando su silencio como una afirmación, él sacudió la cabeza decepcionado.

—Mia, realmente no soy el monstruo en que tú me has convertido en tu mente. No te haría daño jamás, bajo ninguna circunstancia. ¿Me entiendes?

—Sí —susurró ella, tratando de contener un ligero bostezo. El agotamiento había hecho mella en ella durante la conversación, y se sentía completamente exhausta. Incluso después de la poción reconstituyente que él le había dado, estaba más que dispuesta a irse a dormir. Mañana analizaría con agrado todos los pormenores de su charla, pero por esa noche ella estaba completamente extenuada.

—Vale —dijo él—, veo que estás cansada. Vámonos a la cama. Te sentirás mucho mejor después de haber descansado un poco.

Mia asintió agradecida, y él la cogió en sus brazos y la llevó hasta el dormitorio.

ENTRÓ en la habitación y la puso dulcemente sobre la cama. Demasiado exhausta para moverse, Mia se quedó ahí mismo, observándolo quitarse la ropa. Su cuerpo era verdaderamente hermoso: todo músculo, cubierto con aquella suave piel dorada. Todos sus movimientos eran inhumanamente elegantes y cuidadosamente medidos. Por primera vez, Mia se dio cuenta de que probablemente le costaba mucho esfuerzo controlar la enorme fuerza que ella había presenciado hoy.

Se acercó hasta ella, con el pene ya erecto, y le abrió el albornoz.

—Eres tan adorable —murmuró, estudiando su cuerpo con evidente apreciación. A pesar del agotamiento, ella notó como sus músculos internos se tensaban expectantes.

Él se puso encima, se inclinó y besó la zona sensible de su cuello. Mia contuvo el aliento, esperando el familiar subidón de éxtasis inducido por su mordedura, pero él siguió besuqueando el resto de su cuerpo hacia abajo, solo tocándola con los labios y la lengua. Ella gimió suavemente, pidiendo más, pero él era implacablemente lento, marcando con su boca cada centímetro de su piel.

Alcanzó sus pies, y Mia soltó unas risitas al sentir sus labios envolviéndole uno de los dedos. Y entonces sus cálidas manos tocaron su pie, masajeándolo con una presión ligera pero firme, y Mia se arqueó con un inesperado placer cuando su pulgar encontró un lugar que envió sensaciones directamente hasta sus zonas íntimas. Y entonces ya no tuvo ganas de reírse por la tensión que empezó a acumularse en su sexo. Él hizo lo mismo en su otro pie, y ella gritó, sintiendo como si en vez de eso le estuviera tocando el clítoris.

Él la puso boca abajo y le quitó del todo el albornoz. Cogiendo una almohada, la colocó debajo de sus caderas, elevándole el trasero. Por algún motivo, Mia se sintió muy vulnerable, allí tumbada boca abajo, con su espalda expuesta al depredador con el que se acostaba.

Inclinándose sobre ella, Korum levantó la oscura melena de pelo rizado de sus hombros, revelando el punto más sensible de su nuca. Se inclinó y lo besó suavemente, con su boca transmitiendo calor a su piel sensible. Ella se estremeció por la sensación y él se movió hacia abajo, besando cada una de sus vértebras a su paso, hasta que alcanzó el último hueso de su espalda. Sus manos le tocaron el trasero, apretando ligeramente los globos pálidos y ella notó su boca abriéndose camino sin prisas hacia la apertura de su sexo, jugueteando al bajar por la hendidura entre sus glúteos con la lengua. Ella dio un respingo, sorprendida por la sensación poco familiar, y él se rio suavemente ante su reacción.

—No te preocupes —le susurró—, dejaremos eso para otra ocasión.

Y entonces se acabó el juego.

Se puso sobre ella, empujando con las piernas para separar más aún las suyas. Mia se quedó sin aliento cuando sintió la gran fuerza de su polla empujando para entrar en ella. A pesar de su humedad, lo sentía imposiblemente grande en esta posición, y exhaló suaves quejidos, con sus músculos temblorosos intentando ajustarse a la invasión. Notando sus dificultades, él se detuvo por un segundo y le metió la mano bajo sus caderas, aplicando una firme presión a su clítoris al mismo tiempo que movía su pelvis en empellones pequeños y poco profundos, abriéndose camino más adentro de ella. Con ese cuerpo mucho más grande encima del suyo, se sintió totalmente dominada, incapaz de moverse un milímetro, y gimió de frustración, casi al borde de llegar, pero sin alcanzar el clímax. Él se movió aún más adentro, tocando su cérvix, y ella se quedó paralizada, con todos los nervios en tensión, esperando algo: placer, dolor... no le importaba qué si podía alcanzar el evasivo momento cumbre.

Él se retiró a medias y entonces volvió entrar lentamente en ella. La tensión se estaba haciendo insoportable y Mia recurrió a la súplica, rogándole que hiciera algo, que la hiciera correrse.

—Todavía no —le dijo él, moviéndose con ese enloquecedoramente lento ritmo que la mantenía en un agónico nivel de intensidad. Cada vez que él notaba que ella estaba a punto de llegar al orgasmo, se ralentizaba un poco más, y luego empujaba más deprisa cuando la sensación disminuía un poco. Era literalmente una tortura, y Mia se dio cuenta de que ese iba a ser su castigo por lo de esa noche.

—Korum, por favor —le pidió, pero él era inflexible. El lento entrar y salir de su polla la estaba volviendo loca. En cualquier otra postura, ella habría podido hacer algo, mover sus caderas de alguna manera que acelerara su clímax. Pero así tumbada, con el pesado cuerpo de él inmovilizándola, solo podía gritar de frustración.

—Me perteneces, ¿lo entiendes ahora? —dijo él con voz ronca, todavía manteniendo el ritmo despiadadamente lento—. Solo yo puedo darte esto, lo que tu cuerpo ansía. Nadie más... ¿Lo entiendes?

—Sí. Por favor, déjame...

—¿Dejarte qué? —jadeó él, la tortura también haciendo mella en él.

—¡Déjame correrme! ¡Por favor!

Y él lo hizo. Sus movimientos adquirieron gradualmente velocidad, enloqueciéndola todavía más, y sus gritos se hicieron aún más fuertes... y entonces ella se corrió, con el cuerpo entero palpitando e invadido por los espasmos en una culminación tan potente que hizo temblar cada músculo de su cuerpo. Su orgasmo había propiciado también el de él, que se corrió en lo más profundo de ella, con un gruñido áspero, su semilla rociando el interior de su vientre en cálidas explosiones.

Mia se quedó allí tumbada, sintiendo su peso encima de ella. No podía respirar con facilidad, pero le daba igual. En cualquier caso, se sentía débil, incapaz de moverse. Y entonces Korum se dio la vuelta, y la liberó. La sensación del aire frío en su espalda sudorosa y desnuda la hizo estremecerse levemente. Él la levantó y la llevó a la ducha de nuevo, esta vez para un lavado rápido. Y finalmente se quedaron dormidos, con él abrazándola posesivamente incluso en sus sueños.

CAPÍTULO CATORCE

A la mañana siguiente, Mia se despertó sintiéndose sorprendentemente bien. La boca seca, el horrible dolor de cabeza y la sensación de estar hecha una mierda que siempre tenía a la mañana siguiente de salir a bailar... ninguna de esas cosas había hecho su aparición aquella mañana, probablemente debido a la poción mágica de Korum.

Como era habitual, estaba sola en la habitación. Ya sabía que los K necesitaban dormir significativamente menos que los humanos, algunos apenas un par de horas cada noche, así que Korum solía levantarse muy temprano. Era mejor así. No estaba segura de tener muchas ganas de encontrarse con él esa mañana.

Por algún motivo, nunca había esperado qué él fuese celoso. Con su atractivo y su habilidad en la cama, no podía imaginar que ninguna mujer prefiriera a otro hombre. Su despreocupado flirteo con Peter de la noche anterior había sido solo eso: un entretenimiento inofensivo que no les habría llevado a ninguna parte.

La mayor parte del tiempo, era complicado para ella descifrar las emociones de él. Normalmente parecía muy tranquilo y sereno, con esa expresión ligeramente burlona en su hermoso rostro. Sabía que muchas veces le resultaba graciosa, y él le lanzaba puyas a menudo solo para ver cómo sus ánimos se exaltaban. Imaginaba que para él era como un gatito, una pequeña criatura que disfrutaba acariciando y jugando con ella de vez en cuando. Sin embargo, su reacción de la noche anterior no andaba a la par con esa actitud relajada. La extrema posesividad que había exhibido no tenía sentido a la luz de lo que era en verdad su relación. Indudablemente le gustaba acostarse con ella, pero no podía imaginarse significar nada más que eso para él.

Pero por otra parte, aunque pudiera ser que ella hubiera malinterpretado su expresión la noche anterior, parecía haber estado verdaderamente dolido porque ella lo creyera capaz de matarla. ¿Era posible? ¿Realmente le importaba como persona, como algo más que su juguete humano? Al pensar eso, un raro dolor surgió de su pecho. No podía ser, claro, pero si él realmente sentía algo por ella...

Y entonces recordó un pequeño detalle sobre la vida en Krina. Eran territoriales, le había dicho él, y no les gustaba vivir los unos encima de los otros.

Y le entraron ganas de llorar.

Ahora estaba todo claro. Por supuesto que había estado furioso con Peter la noche anterior: el pobre chico había invadido sin darse cuenta el territorio de Korum. Por lo que a Korum respectaba, ella le pertenecía, hasta que él quisiera conservarla.

Ella era otra más de entre sus posesiones. Y no le gustaba compartir.

~

Por mucho que ella quisiera hacer el vago y pasarse el día en la cama, tenía algunas cosas que hacer. Su examen final de Estadística era al día siguiente y aún no se sentía del todo preparada. Lo último que necesitaba era distraerse con su jodida vida amorosa.

Mia se levantó, se lavó los dientes y desayunó. Korum no estaba en casa, y ella se preguntó adónde había ido.

Antes de ponerse cómoda para estudiar, decidió comprobar su teléfono para asegurarse de que Jessie había llegado a casa sana y salva la noche anterior. Por supuesto, había una docena de llamadas perdidas de su compañera de piso y un número igual de mensajes de texto y correos electrónicos, mostrándose progresivamente más preocupados. Mia gimió. Tendría que haberle escrito un mensaje a Jessie ayer por la noche antes de dormirse, pero en ese momento era lo último en lo que podía pensar.

No había forma de evitarlo. Estudiar tendría que esperar. En vez de eso, llamó a Jessie.

Su compañera de piso lo cogió al primer timbrazo.

—Oh, Dios mío, Mia, ¿estás bien? ¿Qué cojones

pasó ayer por la noche? Si ese extraterrestre hijo de puta te hizo alguna clase de daño...

—¡No, Jessie, no lo hizo! Mira, estoy completamente bien.

—¿Bien del todo? ¡Todo el mundo estaba hablando de eso ayer por la noche, de cómo se te llevó a rastras después de casi cargarse a Peter! Volví del baño y te habías ido, y el pobre tipo estaba todavía medio asfixiado en el suelo...

—¿Está ya bien ahora? —la interrumpió Mia, súbitamente consumida por la culpa.

—Lo llevaron al hospital, pero dijeron que sobre todo tenía moratones e hinchazón. Probablemente le cueste hablar durante unos días, y estoy segura de que estaba muerto de miedo...

—Oh, Dios mío, lo siento tanto —gimió Mia—, jamás debí haberle puesto en peligro de esa manera...

—¿A él? ¿Y qué hay de ti? ¡Mia, ese K tuyo está loco! Estuvo a punto de matar a una persona por bailar contigo...

—Por besarme, de hecho...

—¡Da igual! No es como si te hubieras acostado con el pobre chico, pero aunque lo hubieras hecho... ¡es una locura!

Mia suspiró.

—Lo sé. Me enteré demasiado tarde de que aparentemente son muy territoriales y posesivos. Si lo hubiera sabido antes, obviamente jamás habría ido al club para empezar.

—¿Territoriales y posesivos? ¡Más bien homicidas!

Mia... de verdad que tienes que dejarle. Tengo miedo por ti...

—Jessie —dijo Mia suavemente, buscando las mejores palabras para expresarlo—, no estoy segura de que pueda dejarle aún.

—¿Qué quieres decir? ¿Qué te obligaría a quedarte de alguna manera?

—No lo sé seguro, pero no creo que romper con él sea la mejor idea ahora mismo...

—Oh, Dios mío, ¡lo sabía! *Tienes* miedo de él! ¿Te ha hecho algún tipo de amenaza?

—No, Jessie, no es eso... Dijo que nunca me haría daño. Solo creo que es mejor dejar que la relación se desarrolle de forma natural. Estoy segura de que se aburrirá pronto y se irá a por otra cosa.

—¿Y eso te parece bien? ¿Quedarte ahí esperando a que se canse de ti? Espera, ¿y qué hay del verano, cuando te vayas a casa a Florida?

—Eh... no estoy segura de cómo va a ir la cosa todavía... No he hablado con él de eso, realmente.

—¡Bueno, pues deberías, porque está a la vuelta de la esquina! Los finales son la semana que viene, y luego te marchas. ¿Qué va a hacer entonces? ¿No dejarte ir a casa?

Jessie tenía algo de razón en eso. Mia no tenía ni idea de lo que pasaría al final de la semana siguiente. Por algún motivo, había pensado que Korum se habría aburrido antes de que lo de Florida se convirtiera en un problema. Lo que había hecho la noche anterior, sin embargo, no era lo que haría alguien que se estuviera aburriendo de su nuevo juguete; en realidad, parecía muy empeñado en aferrarse a dicho juguete. Mia estaba empezando a preocuparse, pero Jessie no necesitaba saber eso.

—No, estoy segura de que lo arreglaremos. Mira, Jessie, sé que suena fatal, pero de verdad que no me está maltratando ni nada. Si yo soy un poco más considerada, todo irá perfectamente bien. Volverá a su Centro K pronto, y yo tendré montones de historias interesantes que contarles a mis nietos...

—No lo sé, Mia. Esto está empezando a sonarme como si te tuviera prisionera.

—¡No seas tonta! ¡Por supuesto que no!

—Ajá, —dijo Jessie con escepticismo— seguro que no. Puedes ir a donde quieras, hacer lo que quieras...

—Bueno, no —admitió Mia—, no exactamente.

—¡Para nada! Te tiene allí encerrada.

—No, de verdad —protestó Mia. Después de respirar profundamente, añadió—: pero si fuera así, nadie podría hacer nada al respecto. Tú lo viste anoche: pueden estar a punto de matar a alguien en público y nadie abriría el pico. Nos guste o no, no están sujetos a nuestras leyes. Jessie, por favor, déjalo estar... Sé cómo manejar mi relación con él. Obviamente, no es cómo salir con otro estudiante de la uni, pero no está mal del todo.

—¿No está mal del todo? ¿Quieres decir que el sexo es bueno?

Mia se sonrojó, y se alegró de que Jessie no pudiera verla ahora.

—Bueno, definitivamente eso... es realmente bastante alucinante... pero también pasar el rato con él. Puede ser muy divertido... y romántico, y es un gran cocinero.

—Oh, no me lo digas... ¿te estás enamorando de él?

—¡No! ¡Claro que no! —Mia esperaba sinceramente no estar mintiendo—. Ni siquiera es humano...

—¡Exacto! ¡No es humano! Mia, es peligroso. Por favor, ten cuidado, ¿vale? Si sientes que no puedes romper con él todavía, pues no lo hagas... pero por favor, no te enamores, ¿vale? No quiero ver cómo te hacen daño...

—Claro, Jessie. Por favor, no te preocupes tanto... estoy perfectamente bien. Pero ya vale de hablar de mi —dijo Mia con falso entusiasmo—. ¿Qué hay de ese actor tan sexy con el que estuviste flirteando toda la noche?

—Oh, era un encanto. Le di mi teléfono y dijo que me llamaría hoy...

Y Jessie le contó todo sobre el chico guapo, y como se iba a quedar en la ciudad al menos unos meses, y como a los dos les gustaba la comida china y coincidían en su gusto por la música de los noventa... Era todo tan simple, que Mia sintió envidia de su compañera por ser capaz de emocionarse por algo tan normal como saber si Edgar la llamaría ese día tal como había prometido.

Fueron terminando la conversación, y Mia prometió verse con Jessie al día siguiente, después de su examen de estadística. Y entonces se preparó para pasar estudiando el resto del día.

CAPÍTULO QUINCE

El lunes por la mañana, Mia salió de su examen de Estadística sintiéndose como si hubiera conquistado el mundo. Había respondido a todas las preguntas y había terminado el examen en la mitad del tiempo. Ahora solo le faltaba entregar tres trabajos, y el año escolar habría acabado oficialmente.

Exultante, le mandó un mensaje a Jessie para contarle que ya había acabado. Su compañera de piso estaría probablemente todavía haciendo su final de Bioquímica, así que Mia decidió relajarse un rato en el parque y esperar a que Jessie terminara.

Se sentó en un banco y sacó su teléfono para llamar a sus padres y contarles que el examen le había ido bien. Pero antes de que pudiera pulsar un botón siquiera, un hombre se sentó a su lado, y Mia se encontró de frente con un par de ojos azules que ya conocía.

—¡John! ¿Qué estás haciendo aquí? —preguntó Mia

sorprendida. Siempre le había visto en el apartamento, y era algo chocante verle así al aire libre.

—Quería hablar contigo de algo importante, y no estaba seguro de cuándo volverías a estar en casa —dijo—. Pero primero, déjame preguntarte... ¿estás bien?

—Bueno, sí. —Mia se sonrojó un poco—. ¿Por qué? ¿Jessie ha vuelto a hablar con Jason otra vez?

—No, hemos oído lo que pasó. Tu aventura de la noche del sábado llegó a los periódicos locales.

Mia se estremeció. Eso era embarazoso. Se le ocurrió algo terrible.

—¿Estaba mi nombre en el periódico? Si se enteraran mis padres...

—No, solo había una descripción. Dudo que tu familia ate cabos con eso.

Mia exhaló aliviada.

—Vale, bueno, como ves, estoy estupendamente bien.

—¿Por qué atacó así a ese tipo?

Mia se encogió de hombros.

—Supongo que solo porque es posesivo. Estaba realmente asustada, de hecho, porque pensé que había descubierto que os estaba ayudando. Al parecer me equivocaba, pero pasé una hora muy desagradable convencida de que iba a matarme.

John la contempló con una mirada tranquila y serena.

—Es un riesgo que corremos todos, por desgracia —dijo.

Mia tembló ligeramente. No quería ni acordarse del

terror casi paralizante que la había invadido aquella noche. Para cambiar de tema, le preguntó con tono animado:

—Así que, ¿cómo arreglasteis las cosas este fin de semana? Trasladasteis la reunión, ¿verdad?

—Lo hicimos. Por eso estoy aquí hoy hablando contigo. Hay un cambio de planes.

—¿Qué clase de cambio? Pero, espera, primero, ¿habéis averiguado como os estaban grabando?

—¿Recuerdas a los kets que te mencionamos la última vez?

Mia asintió.

—Ellos pudieron encontrar los dispositivos. Estaban incrustados en la tela de las cortinas y del sofá, y hasta en las ramas de los árboles de fuera. Era una tecnología nueva y distinta, algo que deben de haber desarrollado recientemente. Tenemos suerte de que uno de los kets proceda del mundo del diseño y fuera capaz de averiguar que esas cosas estaban basadas en su nueva nanofirma.

Mia le escuchaba fascinada.

—¿Y ahora qué?

—Tuvimos mucha suerte de que te toparas con esa información. Los kets también pensaron lo mismo…

—¿Ahora saben que existo? —Mia no estaba segura de si debía preocuparse por ello.

—Sí. En primer lugar, tuvimos que explicarles cómo nos enteramos de que nos grababan. —Su cara debía haber mostrado su preocupación, porque él añadió—: mira, te prometo que no todos son iguales. Los kets creen de verdad en nuestra causa, no harán nada que te ponga en peligro.

—Hay una cosa que no entiendo —dijo Mia—. Esos kets, ¿van por ahí por sus comunidades hablando de lo que opinan y del hecho de que os están ayudando, chicos?

—¡No, claro que no! Si Korum supiera quienes son, les neutralizaría rápidamente. Tienen mucho que perder si se descubren sus identidades antes de que pongamos en marcha nuestro plan.

—Vale —dijo Mia—, así que, ¿cuál es el plan? Y, ¿de verdad debería conocerlo, dada mi proximidad a ya sabes quién?

—Por desgracia, debes conocerlo... porque ahora mismo tú eres una parte fundamental de ese plan.

A Mia le dio un vuelco el corazón.

—Está bien —dijo lentamente—, soy toda oídos.

—¿Recuerdas cuando te dije que Korum es una de las principales razones de que ellos vinieran aquí? ¿Que su compañía básicamente controla los Centros K?

Mia asintió.

—Bueno, la razón por la cual él tiene todo ese poder es porque su empresa desarrolló un montón de tecnología clasificada y patentada que no es accesible para el resto de la población de Krinar. No sabemos mucho de su ciencia, pero creemos que probablemente dispongan de una nanotecnología madura.

—¿Qué significa lo de nanotecnología madura? —preguntó Mia.

—Básicamente, pensamos que pueden manipular la

materia a nivel atómico. Como los kets nos han contado, pueden crear casi cualquier cosa usando la tecnología que hay en sus propias casas, siempre y cuando tengan unas sencillas materias primas y el diseño necesario. Sus diseñadores, que son un poco como nuestros ingenieros informáticos, crean los nanopatrones para fabricar todas las cosas que usan a diario, así como para sus armas, naves, casas, etc. ¿Entiendes lo que te estoy diciendo?

Mia no lo entendía del todo, pero asintió igualmente.

—Korum es uno de sus diseñadores más brillantes. Muchos de los planos que su compañía y él han creado no están disponibles para el público en general. Eso incluye el diseño de sus naves, que es alto secreto, y muchos de sus detalles de seguridad, incluyendo los escudos y las armas de los Centros K. Si eres un K del montón, puedes entrar en el equivalente krinar al internet y conseguir un plano de sus armas y tecnologías estándar. Así es como los kets nos han estado ayudando hasta ahora, proporcionándonos las herramientas básicas que necesitamos para evitar ser capturados, y algunas armas sencillas. En última instancia, nuestra meta era usar sus propias armas para atacar los Centros y echarlos a patadas de nuestro planeta.

Pero, como te he dicho, los Centros K están protegidos por una tecnología a la que solamente tienen acceso Korum y sus lugartenientes de mayor confianza. Uno de los kets se ha pasado meses intentando infiltrarse entre sus filas... pero sin éxito. Pensábamos que estábamos acercándonos a conseguir atravesar sus defensas, pero este fin de semana nos hemos enterado de que estábamos más lejos que nunca. Korum continúa desarrollando diseños más novedosos y complicados, como los dispositivos que utilizó para espiarnos, que son particularmente ingeniosos...

—¿No pueden los kets hacer ingeniería inversa con esos diseños? —le interrumpió Mia. No es que ella supiera gran cosa de tecnología, pero eso le parecía lógico.

—La mayoría de las creaciones de Korum contienen un sistema de autodestrucción que se activa cuando intentas desmontar el aparato a nivel molecular, que es lo que tendrías que hacer para averiguar qué estructura tiene. Así es como mantiene el monopolio de sus invenciones: la patente o la protección de derechos de autor están incorporados dentro del diseño mismo.

—Vale, déjame ver si lo entiendo... ¿Los kets quieren ayudaros a atacar sus propios Centros, pero no pueden descifrar el código de la tecnología que protege los asentamientos? ¿Lo estoy captando correctamente?

—Exacto. Hay cincuenta mil K y miles de millones de nosotros. Pueden ser más fuertes y más rápidos, pero los podríamos vencer fácilmente si no tuvieran su tecnología. Si pudiéramos desconectar sus escudos de algún modo y echar mano a algunas de sus armas, podríamos recuperar nuestro planeta.

Mia se frotó las sienes.

—Pero, ¿por qué os ayudarían tanto los kets en

contra de los suyos? Quiero decir, entiendo que ellos piensan que no está bien como se ha tratado a los humanos... ¿Pero poner en peligro la vida de otros cincuenta mil K para ayudarnos? Eso no tiene sentido para mí...

—Prometimos minimizar las bajas de los krinar tanto como nos fuera posible, y garantizarles su vuelta a Krina sanos y salvos. También prometimos que los kets, y cualquier otro en que ellos crean que podamos confiar, podrían quedarse en la Tierra y vivir entre los humanos, siempre y cuando obedezcan nuestras leyes. Mira, Mia, serían nuestros maestros, nuestros guías... llevándonos a una nueva era tecnológica y acelerando nuestro progreso natural. Serían unos héroes para toda la humanidad, y su nombre se recordaría durante siglos. Nos ayudarían a curar el cáncer y otras enfermedades, y nos darían modos de ampliar nuestra esperanza de vida. —Su cara resplandecía de fervor—. Mia... serían como dioses aquí en la Tierra, cuando todos los otros K se hayan ido. ¿Por qué no querrían eso en lugar de seguir viviendo sus vidas normales, tal como llevan viviéndolas durante miles de años?

Mia estaba sacando su propia conclusión.

—¿Entonces están aburridos y pretenden hacer algo épico?

—Si quieres verlo así. Yo creo que son sinceros en su deseo de ayudar a nuestra especie a evolucionar hasta un nivel superior.

—Vale, retrocedamos un segundo. Si no pueden robar los archivos, entonces ¿qué vais a hacer? Me da la sensación de que Korum está ganando la guerra antes incluso de que hayáis tenido la ocasión de luchar en una sola batalla.

—No del todo —dijo John, con los ojos echando chispas de entusiasmo—. No podemos piratear sus creaciones, pero aun así podemos robar la información.

A Mia no le gustaba adónde iba a parar esa conversación.

—¿Robarla cómo? —preguntó lentamente.

—Bueno, corre el rumor de que Korum lleva siempre consigo la mayoría de sus diseños más confidenciales. Por ejemplo, ¿le has visto alguna vez mirándose la palma de la mano o el antebrazo?

—Le he visto mirar la palma de su mano —dijo Mia con reluctancia, empezando a tener un mal presentimiento.

—Pues allí es entonces donde tiene incrustado uno de sus ordenadores. Estoy usando el término "ordenador" en términos generales, por supuesto. Tiene tan poco en común con los equipos humanos como nuestros ordenadores con el ábaco original. Aun así tiene la información almacenada allí: literalmente en la palma de su mano. Ni soñaríamos llegar hasta ella porque incluso contando con que lo capturáramos y lo inmovilizáramos, lo cual es una tarea casi imposible, probablemente sería capaz de eliminar los datos en cuestión de segundos.

—Entonces, ¿qué podéis hacer? —preguntó Mia confusa.

—*Nosotros* no podemos hacer nada... pero *tú* sí. Eres la única que se acerca a él lo suficiente para poder conseguir acceso a esa información...

—¿Qué? ¿Estás loco? Está en la palma de su mano ¿cómo puedo acceder a ella? ¡No es que vaya a dármela, precisamente!

—No, por supuesto que no —suspiró John—. Pero tenemos esto...

Él sostenía un pequeño anillo de plata.

—¿Qué es eso? —preguntó Mia con cautela.

—Es un dispositivo que escanea datos. Los kets lo han hecho parecerse a una joya a propósito, para que lo pudieras llevar sin levantar sospechas. Si pudieras sostenerlo junto a la palma de la mano de Korum más o menos un minuto, debería ser capaz de acceder a sus archivos y conseguirnos los planos.

—¿Sujetarlo durante un minuto entero contra la palma de su mano? ¿Cómo, y que no lo encuentre sospechoso?

—No si estuviera distraído con otra cosa... —dejó su voz en puntos suspensivos con tono sugerente.

—Oh, Dios mío, ¿es en serio? ¿Quieres que le robe los datos mientras practicamos sexo? —A Mia se le revolvió el estómago de pensarlo.

—Mira, el cuándo depende de ti. Podría estar durmiendo...

—Él solo duerme unas horas y normalmente yo ya he perdido el conocimiento en ese punto.

—Vale, entonces, ¿vas alguna vez a algún sitio con él donde te coja de la mano?

Mia se quedó pensando. Cuando iban a pasear juntos a alguna parte, ella normalmente le cogía del brazo. O a veces él le ponía la mano en la parte baja de la espalda. Las pocas veces que la cogía de la mano era solo por periodos de tiempo muy breves.

—En realidad no.

—Bien, entonces tiene que ser cuando no se le haga raro que tú le toques...

—¿Quieres decir durante el sexo?

—Si ese es el único momento, entonces sí.

Mia miró a John en estado de shock, incapaz de creer que le estuviera pidiendo hacer esto.

—John —dijo ella lentamente—, no soy ninguna mujer fatal capaz de hacer fácilmente cosas de estas. La última vez, cuando creí que Korum me había pillado, casi me da algo. No estoy hecha para ser una espía, ni de lejos. Y Korum ya me conoce, si de repente empiezo a actuar de forma extraña, se dará cuenta al instante...

—Mira, entiendo que no va a ser fácil. Tienes razón: tú no eres una agente experimentada. Pero eres literalmente nuestra última esperanza. Los kets creen que Korum está cada vez más cerca de desenmascararlos. Él sabe que hay alguien que nos está ayudando desde dentro, y los kets piensan que su consejo de gobierno no mirará con buenos ojos a quienes se conviertan en una amenaza para los Centros de aquí. En el mejor de los casos, se enfrentan a la deportación forzosa a Krina y a ser severamente castigados allí. En el peor de los casos, bueno...

—John —dijo Mia con cansancio, notando el principio de un dolor de cabeza—, Es que no puedo…

—Mia, por favor, tan solo ponte el anillo. Es todo lo que te voy a pedir. Si tienes ocasión, genial. Si no, al menos lo habremos intentado.

—¿Y si me pillan llevando este dispositivo? Si Korum es tan brillante como dices, ¿no reconocerá su tecnología a un kilómetro?

—No tiene ningún motivo para sospechar de ti. Solo eres su charl. No esperará que supongas ninguna amenaza. Y mira esto, el anillo es bonito de verdad. Podrías decir que es un regalo de tu hermana si te pregunta.

Mia miró fijamente al dispositivo. El pequeño círculo de plata era fino y elegante, y probablemente no parecería fuera de lugar en su dedo. Para confirmar su teoría, extendió la mano.

—Vale, déjame probármelo y ver si es de mi talla, al menos.

John le dio el anillo con una sonrisa de alivio. Mia lo deslizó en el dedo corazón de su mano derecha. Le quedaba perfecto. Si no hubiera sabido para qué servía, nunca hubiera pensado que se trataba de nada más que una sencilla pieza de joyería. Esperaba que Korum se dejara engañar tan fácilmente.

Con su misión cumplida, John se puso en pie.

—Mia —le dijo—, espero que te des cuenta de que si esto funciona, si tienes éxito, toda nuestra especie entrará en una era completamente nueva. Recuperaremos nuestro planeta y nuestra libertad. Y tendremos muchos más conocimientos: ciencia y tecnología que no habríamos podido alcanzar hasta dentro de cientos o tal vez miles de años. Serás una heroína, tu nombre quedará escrito en los libros de historia de las generaciones venideras...

Mia sintió escalofríos recorriéndole la espalda.

—... y no tendrás nada que temer de él, nunca más. Y jóvenes como mi hermana se reunirán por fin con sus familias, y podrán llevar vidas normales de nuevo, igual que tú.

Él le describía una imagen cautivadora, pero Mia no podía ni imaginarse como ella podría hacer que algo así pasara.

—John —le dijo—, lo intentaré. Es todo lo que puedo prometerte.

—Eso es todo lo que quiero. —Él le puso la mano en su hombro y le dio un apretón de ánimo—. Buena suerte.

Y luego se alejó, dejando a Mia con el dispositivo alienígena que supuestamente iba a determinar el futuro de la humanidad inocentemente colocado en su dedo.

CAPÍTULO DIECISÉIS

Jessie se reunió con Mia en el parque unos minutos después.

—Uf —dijo ella—, odio la Bioquímica. Estoy tan contenta de que la tortura haya terminado…

Mia le sonrió.

—Nadie dijo que el programa de acceso a Medicina iba a ser fácil.

—Sí, claro, no todos cogemos el camino fácil haciendo una especialidad en Psicología.

—¡Calma, chica! ¡Tengo que escribir tres trabajos para el jueves y de momento solo llevo uno hecho!

—Me destrozas el corazón… de verdad…

—Oh, cállate —dijo Mia, y las dos intercambiaron sendas sonrisas.

—Así que, ¿qué vas a hacer ahora? ¿Ir a la biblioteca? —preguntó Jessie, haciendo un gesto de asco con la nariz.

—No, creo que volveré a casa de Korum. Tengo allí todos los libros y demás...

La expresión de Jessie se oscureció inmediatamente.

—Por supuesto. Tendría que haberlo sabido.

—Jessie —dijo Mia con tono de cansancio—, por favor, no me eches la bronca. De una forma u otra, estoy segura de que esta relación se acabará pronto...

—Mia, ¿hay algo que no me estés contando? —Jessie la estaba mirando con cara de sospecha.

—¡No! Quería decir que me iré a casa, a Florida, y que él puede que no quiera seguir viéndome cuando vuelva, eso es todo.

—¿Has hablado ya de esto con él?

Mia sacudió la cabeza.

—Lo haré esta noche.

—Vale, buena suerte. Cuéntame qué tal va. —Hizo una pausa y luego añadió—: Oh, por cierto, Edgar dice que Peter ha estado preguntando por ti.

—¿Qué? ¿Por qué?

Jessie se encogió de hombros.

—Supongo que es un suicida. O eso, o es que le gustas de verdad. Es difícil de decir, ¿sabes?

—¿Ya se encuentra mejor?

Jessie asintió.

—Parece estar bien, salvo por algunos moretones residuales.

—Bien, me alegro. Escúchame: dile a Edgar que Peter debería simplemente olvidar que existo. Si en algún momento no hay peligro, cuando este rollo con

Korum se haya acabado, yo me pondré en contacto con él.

Jessie prometió hacerlo, y charlaron un poco más sobre Edgar. Jessie había quedado con él esa noche, y Mia envidió de nuevo la tranquilidad y la sencillez de la vida de su compañera de piso.

Mia estaba literalmente llevando en su dedo el destino de toda su especie, y la carga era infinitamente más pesada que lo que el ligero aro de plata podía serlo jamás por sí solo.

Aquella noche, Korum volvió a preparar la cena. Después de darle muchas vueltas a cuál era la mejor manera de abordar el asunto de sus planes para el verano, Mia decidió decírselo directamente. Primero, sin embargo, quiso asegurarse de que él estuviera de buen humor y fuera receptivo a la idea.

La cena fue deliciosa, como de costumbre. Mia devoró satisfecha otra ensalada creativa, por las cuales definitivamente había desarrollado el gusto, y una crepe de alubias envueltas en algas con una salsa picante de setas.

Si tenía éxito en su misión, se acabarían las cenas como esta. Korum sería obligado a volver a Krina, contando con que sobreviviera al ataque contra sus asentamientos.

Al pensar en eso, Mia sintió una extraña sensación de opresión en el pecho. No quería que lo mataran.

Puede que él fuera el enemigo, pero no quería ver cómo le hacían daño en modo alguno.

Pensando intensamente en eso, decidió pedirle a John que le garantizara que iba a salir sano y salvo, si ella conseguía echar mano a los datos. Por supuesto, incluso la idea de que él simplemente dejara el planeta era extrañamente angustiosa. *Ay, estúpida, ha conseguido meterse bajo tu piel.*

—¿Qué tal por la luna? —bromeó Korum, aparentemente notando la expresión introspectiva de Mia.

—Eh... estaba pensando en todas las cosas que todavía me quedan por hacer antes de que acabe la semana: entregar todos esos trabajos y después empezar a hacer las maletas... —Mia dejó que su voz quedara en suspenso. Parecía una buena transición hacia lo que quería discutir hoy.

—¿Hacer las maletas? —un leve ceño frunció su tersa frente.

—Sí, bueno, ya sabes que pronto terminará el semestre —dijo Mia con cautela, notando como empezaba a acelerársele el corazón—. Después de los finales, tengo que irme a casa, a Florida, a ver a mis padres, y luego tengo unas prácticas en Orlando...

Su expresión se ensombreció visiblemente.

—¿Y cuándo tenías previsto hablarme de esto? —Su voz era engañosamente tranquila.

Mia masticó lentamente el último bocado de su cena y se lo tragó.

—Pensé que lo sabías todo acerca de mí, incluyendo

mis planes para el verano. —La neutralidad de su tono igualaba a la de él, a pesar del palpitar de su corazón.

—La comprobación de antecedentes que te hice hace un mes no abarcaba lo suficiente, supongo —dijo, todavía peligrosamente tranquilo.

Mia se encogió de hombros.

—Supongo que no. —Estaba orgullosa de la valentía con la que estaba manejando la discusión. Quizá llegara a ser una espía bastante decente y todo.

—No quiero que te vayas —dijo él con suavidad. Sus ojos estaban adquiriendo ese tinte dorado que ella asociaba ahora con todo tipo de emociones intensas.

—Korum, tengo que hacerlo. —Mia intentó pensar en formas de convencerle—. Tengo que ver a mis padres y a mi hermana, que por cierto, está embarazada, y luego tengo previstas unas prácticas realmente buenas en un campamento local, donde seré orientadora para niños en situaciones de desigualdad.

Él solo se quedó mirándola impasible, y su inexpresividad la asustó más que cualquier furia que pudiera exteriorizar.

—Muy bien —dijo él–. Te llevaré a ver a tu familia este verano... pero no la semana que viene. Aún no puedo dejar Nueva York. Y si quieres, te encontraré unas prácticas aquí también, algo dentro de tu campo que pueda gustarte.

Mia sintió como una sensación de frío la invadía partiendo de sus entrañas hasta alcanzarle los dedos de los pies. Hasta ahora, aunque ella sabía que la consideraba su juguete sexual, su relación había tenido una apariencia de normalidad. Puede que él la estuviera considerando su mascota humana, pero ella todavía podía fingir que era su novio, un novio bastante arrogante y dominante... pero aun así, simplemente un novio. Ahora esa ilusión se había roto. Si de verdad llegaba tan lejos como para ignorar sus planes para el verano, previstos con meses de antelación, es que él no tenía ningún respeto en absoluto por sus derechos como persona, y probablemente tampoco ningún escrúpulo en mantenerla indefinidamente como charl, hasta que se aburriera de ella.

Se dio cuenta de que tenía los puños firmemente apretados sobre la mesa, y se obligó a relajar los dedos antes de proseguir.

—Y cuando hayas acabado lo que tengas que hacer en Nueva York, —preguntó con voz queda—, ¿entonces, qué?

Él la miró con una expresión neutra.

—¿Por qué no cruzamos ese puente cuando lleguemos a él? —sugirió suavemente—. Puede que eso no ocurra durante un tiempo.

—No —dijo Mia, superando el punto de ir con cuidado—. Quiero cruzar ese puente ahora. Si tu trabajo aquí se termina la semana que viene, ¿qué pasa entonces?

Él no respondió.

Mia sintió aumentar el frio de su interior. Se levantó lentamente de la mesa, y trató de encontrar algo qué decir. Pero no lo había. Quería gritar, y chillarle, y tirarle algo, pero con eso no conseguiría nada. La Mia que se suponía que era no podría deducir nada particularmente siniestro de su silencio. Tan solo Mia la espía sabría lo que podía pasarle a una chica que un K considerara su charl.

Así que actuó como él esperaría que cualquier chica normal actuara cuando su novio estaba siendo poco razonable.

—Korum —le dijo con una expresión terca en su rostro—, me voy a Florida este verano… y punto. Tengo una vida que no gira simplemente a tu alrededor. Hice esos planes meses antes de conocerte, y no puedo cambiarlo todo solo porque tú quieras que lo haga…

—Mia —dijo él con voz queda—, tú *puedes* cambiarlo todo y lo harás. Si intentas marcharte a finales de esta semana, te detendré. ¿Me entiendes?

Sí. Ella le entendió perfectamente. Pero la Mia que fingía ser no lo entendería.

—¿Cómo, vas a evitar que me suba al avión? Eso es ridículo —dijo, aunque el miedo le atenazaba el estómago.

—Por supuesto —dijo él—. Lo único que tengo que hacer es marcar un número de teléfono y tu nombre estará en una lista de prohibición de vuelo en todos vuestros aeropuertos humanos.

Ella lo miró en shock. De algún modo, no había esperado que él llegara tan lejos para detenerla. Se había figurado que la encerraría en el apartamento o algo así. Pero eso tenía todo el sentido… ¿Por qué hacer algo tan primitivo como contenerla físicamente cuando podía sencillamente hacer valer su influencia con el gobierno de los Estados Unidos?

Sintió como las lágrimas amenazaban con brotar de sus ojos, y las contuvo con un gran esfuerzo.

—Te odio —le dijo, apenas capaz de hablar por la opresión que sentía en el pecho. Y en ese momento lo odiaba de verdad. Si había albergado cualquier duda sobre ayudar a la Resistencia, esta se disipó con una mirada a su expresión intransigente. No tenía derecho a hacerle esto, a controlar su vida de esta forma. Su gente se merecía exactamente lo que iban a obtener. Si Mia podía marcar de verdad la diferencia en la lucha contra los K, tenía la obligación de hacerlo, incluso aunque eso significara perder la vida en el proceso.

Él se levantó y se acercó hasta ella.

—Tú no me odias —dijo con voz aterciopelada—. Desearías poder hacerlo, pero no... —Él la cogió por la barbilla, obligándola a mirarle a los ojos. Sus ojos estaban casi amarillos en ese punto—. Eres mía —le dijo suavemente—, y no vas a ir a ninguna parte sin mí. Cuanto antes te acostumbres a la idea, querida, más fácil será para ti.

Así que se había quitado la máscara. No iba a ocultar más sus auténticas intenciones.

Mia apretó los puños con rabia e impotencia.

—No pienso acostumbrarme a nada —le dijo entre dientes—. Soy un ser humano. Tengo mis derechos. No puedes manejarme así...

—Eso es verdad, Mia, —dijo él con ese mismo tono

peligrosamente dulce—. Eres un ser humano, una creación de mi especie. Nosotros os hicimos. Si no fuera por los krinar, tu especie ni siquiera existiría. Tu gente se ha inventado todo tipo de dioses imaginarios para adorarles, para explicar cómo es que empezasteis a existir en esta tierra. Las cosas que habéis hecho en nombre de esos mal llamados dioses han sido simplemente absurdas. Pero *nosotros* somos vuestros auténticos creadores, *nosotros* os hicimos a nuestra imagen y semejanza. La única razón de que tengas los derechos que crees tener es porque nosotros decidimos permitirte tenerlos. Y hemos sido extremadamente indulgentes con tu especie, interfiriendo lo menos posible desde que llegamos a vuestro planeta. —Se inclinó más hacia ella—. Así que si quiero tener a una jovencita humana conmigo, y tengo que controlarla porque es demasiado poco experimentada para darse cuenta de que lo que tenemos es muy especial, bueno, pues así van a ser las cosas.

Mia apenas podía pensar más allá de la furia que nublaba su cerebro. Mirando su hermoso rostro, sintió un ramalazo de odio tan fuerte que le habría encantado apuñalarlo en ese momento, si hubiera tenido un cuchillo a mano.

—Que te jodan —le dijo con amargura, dando un paso atrás para alejarse de su contacto—. Tú y los tuyos tendríais que volver al agujero de donde salisteis y dejarnos en paz de una puta vez.

Él sonrió sardónicamente como respuesta, y la dejó ir por el momento.

—Eso no va a ocurrir, Mia. Estamos aquí y aquí nos vamos a quedar: sería mejor que te fueras haciendo a la idea.

No, no se quedarían. Mia se aseguraría de eso.

Pero él todavía no podía enterarse de eso, así que no dijo nada y solo se quedó mirándolo desafiante.

—Y, Mia, —añadió él con dulzura—, puedo ser muy amable... o no: realmente depende de ti.

—Jódete —le dijo ella con rabia, y vio como sus ojos se incendiaban aún más.

—Oh, eso lo harás tú. Y con ganas. —Sonrió de pensarlo.

Mia quería pegarle. Si pensaba que iba a derretirse a su contacto, le esperaba algo muy distinto. A menos que...

—Bien —dijo ella al final—, pero esta noche yo llevo las riendas—. Y le devolvió la sonrisa, ignorando el frenético latido de su corazón.

Sus ojos centellearon con súbito interés.

—¿En serio? ¿Y eso por qué?

—Porque esa es la única manera en la que me acostaré contigo esta noche... por propia voluntad, quiero decir. —Su sonrisa adquirió un tinte provocativo—. Siempre puedes forzarme, por supuesto; incluso hacer que lo disfrute. Pero te odiaría para siempre por ello... y al final te arrepentirías.

—Vale —dijo él lentamente, y el bulto de sus pantalones aumentó por momentos— supongamos que tú llevas las riendas. ¿Qué te gustaría hacer?

Mia se humedeció los labios repentinamente secos

con la punta de la lengua y observó cómo sus ojos seguían ese movimiento con expresión de deseo.

—Vayamos al dormitorio, —dijo ella con voz sensual, y empezó a andar hacia allí con la seguridad de que él la seguiría.

CAPÍTULO DIECISIETE

Entraron en la habitación.

Mia se acercó a la cama y se sentó, completamente vestida. Él estaba a punto de hacer lo mismo, pero ella le detuvo haciendo un gesto con la cabeza.

—Todavía no —murmuró ella, y observó cómo se detenía en respuesta.

—Quiero que te quites la ropa —susurró, y esperó a ver qué pasaba.

Para su sorpresa y creciente excitación, él hizo lo que ella le decía, y se quitó la camiseta con un movimiento suavemente contenido. Ella cogió aire bruscamente, la visión de su cuerpo semidesnudo y poderoso hizo palpitar de deseo a sus músculos internos. Mirándola con una medio sonrisa burlona, se desabrochó los vaqueros, los dejó caer al suelo, y dio un elegante paso para librarse del todo de ellos. Su erección solo estaba cubierta por un par de calzoncillos, y Mia podía sentir como iba poniéndose aún más mojada por dentro.

—Está bien —dijo suavemente—, ¿ahora qué?

El corazón de Mia se le había desbocado en el pecho.

—Túmbate en la cama —dijo, con la esperanza de no sonar tan nerviosa como se sentía.

Él sonrió y la obedeció, tumbándose sobre su espalda, con las manos detrás de la cabeza.

Mia se levantó y empezó a quitarse su propia ropa, viendo aumentar el bulto de sus calzoncillos mientras se contoneaba para salir de los vaqueros y desabrochaba su camisa. Todavía con el sujetador y las bragas puestas, se subió encima de él, a horcajadas sobre sus caderas. De repente, él ya no parecía estar de broma, y su cuerpo entero se tensó cuando el sexo de ella entró en contacto con su erección, con solo dos capas de ropa interior entorpeciendo el paso de su polla.

Mia sonrió triunfalmente y le puso las manos en el pecho, sintiendo como los poderosos músculos se apretujaban bajo sus dedos. El juego al que estaba jugando era increíblemente peligroso, pero no podía evitar sentirse excitada por el control que estaba ejerciendo sobre su amante normalmente dominante. Pasándole las manos por el pecho, se inclinó hacia delante y tocó el plano pezón masculino con su lengua, encantada por la manera en que su polla saltó debajo de ella por esa simple acción.

—Dame tus manos —susurró ella, con el pelo

acariciándole el pecho desnudo. Él intentó tocarla, pero ella lo interceptó, cogiéndole por las muñecas. Sus cejas se arquearon por la sorpresa, pero él la dejó sujetarle, observando sus movimientos con una mirada ambarina y los párpados entornados.

Ella hizo que sus dedos se entrelazaran y le empujó las manos contra la almohada por encima de su cabeza, como si sus pequeñas manos humanas fueran capaces de contener por un segundo su fuerza krinar. Sus ojos ardieron más brillantes por la lujuria, pero él no se resistió, dejándola tenerle cautivo por el momento. Ella se inclinó más hacia él, le besó el cuello, y él se arqueó debajo de ella dando un fuerte bufido. Deleitándose con su respuesta, arañó un poco la zona con los dientes y recibió un suave rugido como respuesta. Se levantó un poco y repitió la operación al otro lado de su cuello. Para entonces, su cuerpo casi vibraba por la tensión, y ella se preguntó vagamente cuánto tiempo le permitiría jugar con él de este modo. Todavía sujetando sus manos, le besó en los labios, metiendo cautelosamente la lengua en su boca. Él le devolvió el beso con una fiereza apenas controlada, y ella le chupó suavemente la lengua, haciéndole corcovear debajo de ella. Abandonando su boca, ella mordisqueó su cuello otra vez, enfocándose en el músculo tenso y fibroso que lo conectaba con su hombro, y él gimió como si sintiera dolor.

Mia adoraba su recientemente hallado poder, y lamió el lateral de su cuello y su oreja, mordiendo suavemente su lóbulo. Sus caderas le empujaron respondiéndola, pero la ropa interior le impedía la penetración. Ella gimió, y sus braguitas se empaparon con sus jugos mientras la erección le frotaba el clítoris.

—Mantén los brazos en alto —susurró, soltándole las manos por fin.

Él lo hizo, y Mia pudo notar por el sudor que perlaba su frente el esfuerzo que le costaba no tocarla. Ella descendió por su cuerpo, lamiendo y besando cada milímetro de piel a su paso hasta que su boca alcanzo su liso vientre. Sus músculos abdominales se agitaron anticipándose, y ella sonrió excitada, apretando suavemente sus pelotas por encima de los calzoncillos, mientras sus labios seguían la oscura línea de vello desde el ombligo hasta donde desaparecía dentro de su ropa interior. Él dijo su nombre con un gemido, y ella metió los dedos en sus calzoncillos, bajándoselos lentamente. Cuando él levantó las caderas para ayudarla, su polla dio un salto hacia ella, con el tronco erecto y la punta brillante por el líquido preseminal.

Mia tragó saliva nerviosa y excitada, preguntándose qué pasaría si él perdiera el control, si ella lo volviera tan loco cómo fuera capaz.

Cogiendo su verga con una mano, bajó la cabeza y lamió lentamente la parte inferior de sus pelotas, que estaban apretadas contra su cuerpo con extrema excitación. Él exhaló un siseo, con el torso arqueándose y la polla dando un salto en su mano, y Mia la soltó, y usó sus manos para coger sus pelotas en su lugar. Al mismo tiempo, cerró los labios rodeando la punta de su polla, y se movió para metérsela más en la boca, deteniéndose solo al alcanzar el fondo de su garganta. Podía notar el sabor salado del líquido seminal, y su sexo se contrajo por la excitación. Con el cuerpo vibrando por la tensión, él emitió un grave y profundo gruñido, y sus caderas empujaron hacia ella pidiéndole sin palabras que se la metiera aún más adentro, pero Mia se resistió, moviendo sus labios arriba y abajo por su polla en un movimiento tortuosamente lento y poco profundo.

Y entonces él ya no pudo más.

Antes de darse cuenta siquiera de lo que había ocurrido, la tenía boca arriba, con las bragas hechas jirones y su polla penetrándola con un fuerte empellón. Ella gritó por la sorpresa, y le clavó las uñas en los antebrazos mientras él la penetraba hasta el fondo sin darle tiempo para ajustarse a su gran tamaño. Ella estaba empapada, pero daba igual, y sus músculos internos temblaron intentando desesperadamente adaptarse a la invasión. En el martilleo despiadado y absorbente de sus caderas había dolor, pero también placer. Ella gritó, de agonía, de éxtasis, de lo uno o de lo otro, no sabía de cuál, y sintió como su erección crecía aún más, haciéndose imposiblemente más dura y gruesa, y entonces él se corrió, echando la cabeza hacia atrás con un rugido y con la pelvis taladrando su sexo. Mia gritó de frustración, su propia liberación a pocos segundos de distancia, y luego él le hundió los dientes en el hombro, y todo su mundo explotó por la súbita oleada de éxtasis caliente que corrió por sus venas.

No fue suficiente para él, enloquecido por supuesto

por el sabor de su sangre, y su polla se puso dura otra vez dentro de ella antes de que sus sacudidas terminaran. Y Mia ya no fue capaz de pensar más, embriagada por esa saliva que hacía de su cuerpo un puro instrumento de placer, a su piel insoportablemente sensible a su contacto, y a sus entrañas arder de líquido deseo. Él la penetraba implacablemente y ella estuvo gritando por la insoportable tensión hasta que llegó al clímax, una y otra vez, en una cascada interminable de picos y valles orgásmicos que convirtieron la noche en una maratón imparable de sexo y sangre.

Casi al amanecer, desmayándose al fin, Mia se durmió, con el cuerpo todavía enlazado al de él, y su mente vacía de cualquier pensamiento.

MIA SE DESPERTÓ al día siguiente al notar la mano de alguien jugueteando suavemente con su pelo.

Sorprendida, abrió los ojos solo un poquito y vio a Korum sentado al borde de la cama, con rostro extrañamente preocupado.

—¿Qu-qué estás haciendo aquí? —murmuró ella soñolienta, parpadeando para intentar centrarse.

—¿Cómo te encuentras? —preguntó él con voz suave, apartando un rizo suelto que le caía sobre un ojo.

—Eh... —Mia trató de pensar. Al moverse un poco,

fue consciente de varios dolores y molestias, y también de unas agudas punzadas entre los muslos.

Evidentemente insatisfecho con su respuesta, Korum tiró de la manta, dejando a la vista su cuerpo desnudo. Con la mente todavía confusa, Mia siguió su mirada que se detuvo en los ligeros moratones que le cubrían los pechos y el torso, muchos con la forma de huellas de dedos.

Su cara se nubló por la culpa, y gimió.

—Mia, siento tanto todo esto... No debería haberte dejado que jugaras a ese juego conmigo anoche. Normalmente puedo controlarme contigo porque sé lo pequeña y frágil que eres, pero anoche me perdí del todo... Nunca quise hacerte tanto daño, por favor, créeme...

Mia asintió, todavía tratando de entender lo que había pasado. Todo lo que podía recordar era el sexo alucinante, mezclado con el subidón de éxtasis de su mordisco.

Él le pasó la mano suavemente por el hombro, acariciando la suave piel.

—Lo siento de verdad —murmuró—. Eres tan delicada... Nunca debí haber perdido el control así. Haré que te encuentres mejor, lo prometo...

Los acontecimientos de la noche anterior fueron volviendo poco a poco a la memoria de Mia. Cerró el puño al recordar lo que la había llevado a provocarle así, y la sensación del anillo en su dedo se hizo tremendamente reconfortante.

Puede que estuviera dolorida esa mañana, pero

estaba también esperanzada de que el pequeño aparato hubiera funcionado como se suponía. No había garantía alguna, por supuesto, pero la proximidad de su dedo a la palma de la mano de Korum debería de haber bastado para conseguir el acceso a los necesarios planos. Ahora solo tenía que llevarle el anillo a John y, para eso, necesitaba que Korum la dejara sola.

—No pasa nada —murmuró ella, intentando pensar en algo apropiado que decir. Él se sentía obviamente culpable por dejarle algunos cardenales en el cuerpo. Le chocó lo hipócrita de su extrema preocupación por su bienestar físico, ya que evidentemente no tenía problema alguno en causarle daños emocionales cambiando drásticamente toda su vida. Por otro lado, el que ella estuviera magullada podía interferir con su vida sexual, y probablemente él no quisiera eso.

—Te traeré algo, ¿vale? —dijo él, y desapareció de la habitación a velocidad inhumana.

Mia enterró la cabeza en la almohada mientras esperaba su regreso, pensando desesperadamente en maneras de hacer llegar la información a John con rapidez. Todavía tenía que escribir sus ensayos, así que quizás podría decirle a Korum que tenía que sacar algunos libros de la biblioteca.

Él volvió en un minuto, llevando el conocido artilugio que la había "iluminado" y algo más que ella no había visto antes. El segundo objeto se parecía más a una barra de labios, pero estaba hecho de algún material extraño.

—Ejem, estoy bien, de verdad, no hay necesidad de

todo esto —Mia dijo rápidamente, no queriendo que él le colocara más aparatos de rastreo. Por lo que sabía, la siguiente tanda de nanotecnología en su cuerpo podría retransmitirle cada uno de sus pensamientos, y eso era lo último que ella quería.

—Hay una necesidad absoluta —dijo él, obviamente sorprendido ante su reluctancia—. Estás herida, y puedo curarte. ¿Por qué no?

Ciertamente, ¿por qué no? No tenía ninguna buena respuesta para eso, y protestar más podría hacer que él sospechara. Que la cogieran tan cerca de completar su misión sería estúpido, y no era como si ella no tuviera ya los dispositivos de seguimiento incrustados en sus palmas. ¿Qué más daba unos cuantos más?

Así que ella solo respondió encogiéndose de hombros, dejándole hacer lo que quería.

Él activó el aparato de "iluminación" y pasó la cálida luz roja sobre sus magulladuras. Verlo funcionar por segunda vez seguía resultando increíble, las marcas en su piel desapareciendo como si nunca hubieran estado allí. Él fue muy minucioso, inspeccionando cada centímetro de su piel, y Mia se ruborizó un poco porque alguien le prestara tanta atención a su cuerpo desnudo a plena luz del día. Una vez que hubo terminado, él cogió el dispositivo cilíndrico y lo llevó hacia sus muslos.

—¿Qué vas a hacer con eso? —preguntó ella recelosa, mirándolo con desconfianza. Quedaba solamente un lugar en su cuerpo todavía sin curar, y la luz roja del dispositivo no podría llegar hasta allí. Ella esperaba que el tubito no iba de verdad donde parecía que podía encajar.

Korum suspiró y dijo:

—Es algo que utilizamos para el daño interno profundo, cuando tienes que sanar varios órganos antes de que puedas reparar la capa externa de la piel. Sé que es excesivo para lo que tú tienes, pero es lo único de que dispongo en este apartamento que pueda alcanzar dentro de ti y ayudarte con el dolor.

Así que sí, era para allí. Mia se puso aún más roja. La cosa era más o menos del tamaño de un tampón, y la idea de que le insertaran un aparato médico como ese a plena luz del día era embarazoso.

—¿En serio? —preguntó él con incredulidad—. ¿Después de lo de anoche, vas a ruborizarte por esto?

Mia se negó a mirarle.

—Pues hazlo ya —murmuró, dejándose caer y escondiendo la cara en la almohada.

Él rio suavemente e hizo lo que ella le pedía, deslizando el pequeño dispositivo dentro de su dolorida e hinchada vagina. Se introdujo con facilidad y durante unos segundos Mia no sintió nada, hasta que comenzó a notar una sensación de hormigueo.

—La sensación es rara —se quejó, todavía enrocada en la almohada.

—Se supone que debe serlo —eso significa que está funcionando.

El hormigueo se prolongó durante un par de minutos y luego se detuvo. Ya no se sentía dolorida, lo cual era bueno, aunque la sensación del objeto extraño dentro de ella era desconcertante.

—Ya debería estar listo —dijo Korum, metiendo sus largos dedos en ella para sacar el tubo—. Eso es. Todo listo. Puedes dejar de esconderte.

—Está bien, gracias —murmuró Mia, todavía negándose a mirarle a los ojos—. Creo que ahora voy a ducharme.

Él rio y besó su hombro expuesto.

—Adelante. Tengo algunas cosas que hacer, así que estaré fuera el resto del día. Seguramente cenaremos tarde, así que asegúrate de tomar un buen almuerzo.

Y entonces salió del cuarto, dejando por fin a Mia sola para llevar a cabo el resto de su plan.

CAPÍTULO DIECIOCHO

En cuanto Korum se fue, Mia se puso en acción, con el corazón latiéndole con fuerza ante la magnitud de lo que estaba a punto de hacer.

Antes saltar a la ducha, envió un rápido email con un "'Hola" para Jessie, comentándole que se pasaría por el apartamento y preguntando cómo le había ido a Jessie el final de Anatomía. Si había suerte, John vería el correo y se pondría rápidamente en contacto con Mia. Ya era algo más de mediodía; debido a su absoluto agotamiento, Mia había dormido hasta más tarde de lo previsto, y tenía un montón de cosas que hacer antes de la noche.

Korum había tenido la amabilidad de dejarle un sándwich para el almuerzo, y Mia lo engulló agradecida antes de salir por la puerta. Cuando él hacía cosas así, tener pequeños detalles, casi podía creerse que él se preocupaba de verdad por ella, y notaba una punzada indeseada de culpa por traicionar su confianza. Incluso hoy, después de todo lo ocurrido la noche anterior, la enfermaba pensar que a él pudiera pasarle algo. Era ridículo, por supuesto; seguro que él estaría bien, e incluso si no, sería culpa suya por invadir la Tierra y tratar de esclavizar a su especie. Sin embargo, preferiría con mucho verlo deportado sano y salvo a Krina, para poder continuar con su vida normal sabiendo que él estaba miles de años luz de distancia y que nunca volvería a molestarla.

O eso se decía a sí misma.

En su fuero interno, alguna estúpidamente romántica parte de ella quería llorar ante la idea de no volver a ver a Korum, ni sentir su contacto ni escuchar su risa, ni jamás alcanzar a ver otra vez el hoyuelo imposible que hacía tan atractiva su mejilla izquierda. Él era su enemigo, pero también su amante, y ella se había encariñado con él a pesar de todo. El placer que él le daba iba más allá de lo sexual; solo el hecho de estar con él la hacía sentirse emocionada y viva y, cuando conseguía olvidarse de la naturaleza exacta de su relación, extrañamente feliz.

No podía imaginarse acostándose con otro después de haber experimentado las técnicas amatorias de Korum. Sería como estar el resto de su vida comiendo serrín después de haber probado la ambrosía. Tenía mucho sentido que él fuera un buen amante, claro; aparte de esa química especial que él decía que había entre los dos, Korum también tenía miles de años, y había tenido muchísimo tiempo para aprender exactamente cómo hacer disfrutar a una mujer. ¿Cómo podía compararse un humano con eso? Y ni siquiera quería pensar en cómo la hacía sentirse cuando bebía su sangre. No estaba segura de si era sano sentir un placer tan intenso, pero la idea de no volverlo a experimentar nunca más era casi más de lo que podía soportar.

Por primera vez, se preguntó por los xenos de los que había oído hablar. Los motivos de esas personas, que supuestamente se anunciaban online para tener relaciones sexuales con los Krinar, siempre habían supuesto un misterio para ella. Pero ahora se preguntaba si quizás serían adictos de verdad... Si habían probado un poco del paraíso y sabían que cualquier otra cosa sería un pálido reflejo en comparación. Korum le había advertido que la adicción era una posibilidad para los dos si bebía su sangre con demasiada frecuencia. Mia se estremeció ante la idea. Eso era lo último que necesitaba, desarrollar de verdad una dependencia física de él. Ya era bastante que probablemente le echaría de menos con cada fibra de su ser cuando él estuviera fuera de su vida por fin; lo último que necesitaba era tener mono de algún escurridizo subidón que solo podía obtener con él.

No había alternativa para ella, tenía que completar la misión. Su relación estaba abocada a terminar, era solo cuestión de tiempo. Aunque estuviera dispuesta a soportar su naturaleza autocrática, o incluso a ir tan lejos como para aceptar ser su charl, él se cansaría de ella en unos pocos años y entonces ella se quedaría sola igualmente, destrozada por completo y desconsolada por su abandono.

No, tenía que hacerlo. No había otro modo. No podría haber vivido consigo misma sabiendo que había tenido la oportunidad de marcar una diferencia real en el curso de la historia humana y que no lo había hecho a causa de su debilidad por un K en particular, por alguien que la consideraba poco más que su juguete.

Al llegar a su apartamento, Mia se sorprendió al ver que John ya estaba allí. También estaban Jessie y Edgar, el actor con el que su compañera de piso al parecer había comenzado a salir.

En cuanto entró por la puerta, John preguntó si podían hablar en privado. Mia asintió y se lo llevó a su habitación, cerrando la puerta tras de sí. Antes de que la puerta se cerrara del todo, Mia escuchó a Edgar preguntándole a Jessie si su compañera de piso estaba saliendo también con John, pero la respuesta de Jessie ya fue inaudible.

—Creo que lo tengo —dijo Mia sin preámbulo alguno.

El rostro de John se iluminó por completo.

—¿En serio? ¡Eso es genial! ¿Cómo lo has conseguido tan rápido? —Al ver el color inundando su rostro, añadió apresuradamente —: da igual, eso no importa.

Mia se encogió de hombros y se quitó el anillo del

dedo. En su piel quedó una pequeña marca. Esperaba sinceramente que Korum no fuera particularmente observador con respecto a la joyería femenina; si no, podría preguntarse por qué se había puesto aquel anillo una sola vez.

—Necesito que me prometas algo —dijo Mia lentamente, todavía sosteniendo el anillo.

—¿Qué?

—Prométeme que Korum no sufrirá ningún daño en lo que sea que estéis planeando hacer. —John vaciló, y Mia entornó los ojos—. Prométemelo, John. Me lo debes.

—¿Por qué? Él no se lo merece...

—No importa lo que él se merezca o no. Esta es mi condición para ayudarte. Korum será enviado a casa sano y salvo.

John la miró y luego suspiró pesadamente.

—Está bien, Mia, si eso es lo que realmente quieres. Nos aseguraremos de que sea deportado en buenas condiciones.

Mia asintió y le entregó el anillo.

—¿Y ahora qué? —preguntó —. ¿Cuánto tiempo crees que tardarán vuestros kets en hacer algo con esta información?

Él le dirigió una sonrisa, con la expresión de un niño en Navidad.

—Tendrán que estudiarla y asegurarse de que no es más complicado de lo que piensan, pero si tienen razón... podríamos estar hablando de un ataque potencial en cuestión de días.

¿Días? Era mucho más rápido de lo que Mia jamás hubiera creído posible.

—¿No les costará un poco fabricar... bueno, lo que sea que haya en esos planos? —preguntó vacilante.

El negó con la cabeza.

—No, no tanto. ¿Recuerdas lo que te dije sobre cómo lo fabrican todo utilizando nanotecnología, y cómo pueden producir cosas casi al instante si tienen el diseño para ello?

Mia recordaba vagamente algo de eso, así que asintió.

—Bien, ahora tendrán los planos, y ya disponen de la tecnología para fabricar esos diseños. Solo necesitan llevar esa tecnología a un lugar seguro fuera de sus asentamientos, y entonces pueden hacernos las armas necesarias para atravesar las defensas de los centros K. Una vez que desaparezcan sus escudos, las fuerzas humanas estarán listas.

¿Fuerzas?

—¿Está el gobierno metido en esto? —preguntó Mia con sorpresa.

John vaciló.

—No exactamente. Pero hay algunos miembros del gobierno que creen que estuvo mal firmar el Tratado de Coexistencia, y permitirles construir los asentamientos. Esas personas simpatizan con nuestra causa, y tienen la capacidad de hacernos llegar refuerzos. Algunos de ellos son militares de alta graduación del ejército y la marina, y también miembros de la CIA y de otras agencias homólogas de todo el mundo.

Mia lo miró en estado de shock. Ella no había sido consciente del alcance real del movimiento anti-K. Por algún motivo había visualizado a la Resistencia como a unos pocos cientos de individuos suicidas, u otros como John, que tenía motivos personales para vengarse de los K, ayudados por un puñado de alienígenas simpatizantes de los humanos. Pero por supuesto, tenía sentido que los luchadores por la libertad no habrían podido llegar tan lejos, ni obtener la ayuda de los kets, si no hubieran tenido al menos alguna posibilidad decente de éxito.

—¡Vaya! —dijo suavemente—, así que, entonces, ¿va a suceder de verdad? ¿Vamos a echarlos de nuestro planeta?

John asintió con apenas contenido regocijo.

—Está ocurriendo, Mia. Si la información de este anillo es tan buena como esperamos que sea, seremos testigos de la liberación de la Tierra dentro de una semana, de o un par de semanas como máximo.

Era una locura. Mia trató de imaginar qué sucedería cuando los K se enteraran de que estaban siendo atacados. Se acordó de los días del Gran Pánico y se estremeció.

—John —dijo quedamente—, ¿realmente se macharían sin plantear una lucha tremenda? Ya sabes lo que pasó antes... cuánto daño podrían hacer incluso con las manos desnudas.

—Eso es verdad —admitió John—, podrían responder luchando contra nosotros, y eso podría convertirse en algo muy sangriento para ambos bandos. Por eso es tan crucial la información que nos has conseguido. Mira, si los kets están en lo cierto, esos planos contienen también el diseño de una de sus armas más avanzadas. Una vez los escudos hayan caído y hagamos saber a los K que disponemos de esta arma, sería un suicidio para ellos hacer cualquier cosa que no sea rendirse. Porque si luchan, nosotros *sí* la utilizaremos, y todos los K de sus colonias se convertirán en polvo.

—¿Convertirse en polvo? ¿Qué tipo de arma puede hacer eso? —preguntó Mia horriblemente sorprendida.

—Es nanotecnología a una escala masiva aplicada al armamento. Puede ser programada con parámetros muy específicos, así que podemos configurarla para destruir tan solo a los K dentro de un radio concreto, y para que no afecte a ningún humano que pueda haber allí en ese momento.

Mia abrió más los ojos, y John prosiguió:

—Por supuesto, todavía esperamos que algunos K intenten escapar de sus colonias cuando sepan lo del ataque, así que tendremos a nuestros soldados apostados a su alrededor para capturarlos y contenerlos, y eso puede volverse sangriento. Todavía podríamos terminar sufriendo muchas bajas, pero con esto tenemos una posibilidad muy real de ganar.

Mia tragó saliva, sintiendo náuseas ante la idea de cualquier derramamiento de sangre. Al comprender que algo que ella había hecho podía causar un gran número de víctimas, o el exterminio de miles de seres inteligentes, no supo cómo enfrentarse ese tipo de responsabilidad.

Pero ya no había elección, ni es que la hubiera habido antes para ella. Desde que había puesto los ojos en Korum en el parque, su destino estaba decidido. Su única elección había sido o aceptar resignada ser su charl o pelear, y ella había elegido pelear. Y ahora aquella decisión podría resultar en la pérdida de muchas vidas, tanto humanas como krinar.

Mia deseó amargamente no haber ido al parque ese día, y no haberse enterado de lo que ocurría en los Centros K. Si hubiera alguna forma de poder hacer retroceder el reloj y regresar a su vida normal, sin saber casi nada de los K, lo haría sin dudarlo, y dejaría la liberación de la Tierra para alguien más preparado para afrontarla. Pero ella sí sabía cosas, y esa carga le parecía insoportablemente pesada ahora mismo, mientras miraba el rostro resplandeciente de John y se imaginaba la sangrienta batalla que se aproximaba.

—Mia —dijo John, al parecer percibiendo su angustia—, por favor no lo olvides: *ellos* vinieron a nuestro planeta, *ellos* nos impusieron sus reglas y mataron a miles de personas durante el proceso, hasta que no tuvimos más opción que rendirnos. ¿Te acuerdas de cómo eran las cosas durante el Gran Pánico?

Mia asintió, pensando en el terrorífico caos y las sangrientas luchas callejeras de esos meses oscuros.

Satisfecho, John continuó,

—Sé que tu única experiencia de ellos ha sido a través de Korum, y probablemente él te haya tratado bien hasta la fecha... porque piensa en ti como su actual mascota favorita. Pero no son en absoluto agradables. Son depredadores por naturaleza. Evolucionaron como parásitos, como vampiros, sobrevivieron consumiendo la sangre de otras especies. De hecho, desarrollaron a los humanos con ese fin, el de satisfacer sus propias necesidades perversas con nosotros...

Eso no era exactamente lo que Korum le había contado, pero no tenía ganas de discutir sobre ello justo ahora.

—... y no tienen ningún respeto por nuestros derechos. La mayoría de ellos nos ven como inferiores, y no dudarían en esclavizarnos por completo si fuera conveniente para sus propósitos.

—Lo sé —dijo Mia, frotándose las sienes para librarse de la tensión—. Sé todo eso, y es por lo que os estoy ayudando, John. Solo desearía que hubiera otro modo... alguna forma de que pudiéramos hacerles marchar sin derramar ni una gota de sangre.

—A mí también me gustaría —dijo John, suspirando profundamente—. Pero no lo hay. Ellos invadieron nuestro planeta con violencia, y ahora lo vamos a recuperar de la misma manera. Y si algunas vidas han de perderse en el proceso... bueno, solo tenemos que esperar que no demasiadas pertenezcan a nuestro bando. Es la guerra, Mia: la auténtica *Guerra de los mundos*.

JOHN SE MARCHÓ, y Mia se sentó en su cama para digerirlo todo.

¿Cómo había conseguido ella, una universitaria corriente, involucrarse en una guerra? El espionaje era algo que ella siempre había asociado con agentes secretos glamurosos, hombres y mujeres que habían tenido un entrenamiento intensivo en todas las disciplinas, desde las artes marciales hasta desactivar una bomba. Un grado en Psicología de la Universidad de Nueva York simplemente no cuadraba. Sin embargo, aquí estaba ella, supuestamente ayudando a la Resistencia en su batalla más importante contra los K.

Se le ocurrió un pensamiento aterrador. Una vez Korum se enterara de lo que estaba pasando, de que sus asentamientos estaban siendo atacados, ¿se daría cuenta de que ella era la única responsable? ¿Haría la conexión entre el robo de sus planos cuidadosamente guardados y la chica humana con quien dormía cada noche? Porque si lo hacía, y si en ese momento todavía estaba en Nueva York, entonces ella también tenía los días contados.

Un vacilante golpe a su puerta interrumpió sus oscuras reflexiones.

—¡Sí, pasa! —gritó, aliviada de tener una distracción de esa línea de pensamiento.

Para su sorpresa y consternación, no era Jessie. En lugar de eso, en la entrada a su dormitorio estaba Peter, con su pelo rubio y ondulado y sus ojos azules haciéndole parecer todavía más angelical a la luz del día. Todavía tenía marcas negras y azuladas en la garganta.

—¡Peter! —exclamó—. ¿Qué estás haciendo aquí?

—He venido a verte —dijo él—. Tu compañera de cuarto le dijo a Edgar que hoy estarías en casa, y solo quería asegurarme de que estabas bien después de lo que pasó la otra noche...

—Oh, cielos, Peter, eso es muy amable por tu parte —dijo Mia, intentando desesperadamente pensar en la forma más rápida de librarse de él. Se podía imaginar que Korum no se alegraría mucho si supiera que Peter estaba cerca de ella en esos momentos, y menos aún en su dormitorio. Probablemente no se iba a enterar, pero no quería arriesgarse. Ya era suficiente que casi consiguiera que lo mataran en aquel club.

Peter la estaba mirando con gesto preocupado.

—¿Qué pasó esa noche, Mia? ¿Te hizo ese monstruo algún daño?

—No, claro que no —trató de tranquilizarlo ella—. Solo se puso celoso, nunca imaginé que reaccionaría así, créeme. Lo siento de verdad por todo lo que ocurrió. Nunca tendría que haber bailado contigo aquella noche. Te hicieron daño por mi culpa.

Él agitó su mano desdeñosamente.

—Eso no fue nada. Una vez me dieron una paliza en el instituto porque el quarterback estrella creyó que estaba flirteando con su novia. Créeme, esto no ha sido nada en comparación. —Y le sonrió, con una sonrisa irresistiblemente contagiosa.

Mia le devolvió débilmente la sonrisa. Era bueno escuchar que no albergaba ningún resentimiento contra ella. Pero aún era necesario que se marchase por su propia seguridad.

—Escucha, Peter, gracias por asegurarte de que estoy bien —dijo—. Ha sido encantador por tu parte, de veras. Pero ahora sabemos que mi novio no está demasiado entusiasmado por nuestra amistad, y realmente sería mejor que él no se enterara de que has estado aquí...

—Mia —dijo serio Peter, su sonrisa desaparecida del todo—, ¿de verdad estás saliendo con esa criatura? Nunca me imaginé que fueras una xeno...

—¡No lo soy!

—Tampoco eres krinariana, ¿verdad?

—¡Por supuesto que no! ¡No soy religiosa en absoluto!

—Entonces, ¿por qué estás saliendo con él?

Mia suspiró.

—Mira, Peter, eso no es realmente de tu incumbencia. Él es mi novio, eso es todo lo que necesitas saber. Lamento no habértelo dicho cuando nos conocimos. Solo estaba pasando un buen rato en una noche de chicas. Realmente no quise confundirte en modo alguno...

—Eso son gilipolleces —dijo Peter con vehemencia—. Un novio... es un humano, no algún alienígena sanguinario que te arrastra fuera de un club así. —Se detuvo un segundo y preguntó suavemente—: Mia, ¿te está obligando a estar con él?

—¿Qué? ¿Qué te hace pensar eso? —Mia se lo quedó mirando, cuestionándose qué podría hacerle preguntarle algo así.

Él le devolvió la mirada con las cejas fruncidas en un ceño.

—No pareces el tipo de chica que va tras uno de estos monstruos.

—¿Y qué tipo es ese? —preguntó Mia, auténticamente curiosa por oír la respuesta.

El tiró de su oreja, frustrado.

—Bueno, en realidad un montón de gente de la industria del entretenimiento... modelos, actrices, cantantes... se aburren y buscan algo que dé chispa a sus vidas... Son superficiales, y muchas de ellas son estúpidas: todo lo que ven son caras hermosas y no el mal que reside en su interior...

—¿El mal que reside en su interior? —inquirió Mia, sorprendida de que él albergara esos sentimientos tan fuertes contra los krinar. Antes de su contacto cercano con Korum, ella había tenido cero exposición a los invasores y carecía de una opinión real acerca de ellos. ¿Tal vez Peter fuera religioso y creyera en la afirmación de que los K eran demonios?

Él hizo una mueca.

—Mia, he visto a personas que desaparecen cuando se involucran con estas criaturas. O eso, o al final acaban totalmente destrozadas. No es natural para nosotros estar con los de su especie. Nunca termina bien...

Mia respiró hondo y dijo con firmeza:

—Peter, mira, agradezco tu preocupación, pero realmente no es necesaria en este caso. Yo sé lo que hago. No soy superficial ni estúpida...

—Nunca he dicho que lo fueras —protestó Peter.

—... y realmente no me agrada que des a entender nada acerca de mi relación. Yo estoy con Korum porque quiero estar, y eso es todo.

Ella sinceramente esperaba que eso fuera suficiente para que Peter se marchara. Lo último que necesitaba era un torpe caballero blanco que intentase salvarla del malvado monstruo, un caballero blanco que definitivamente terminaría siendo asesinado en el proceso. Tal vez más adelante, si ella sobrevivía al siguiente par de semanas, le pediría disculpas a Peter por ser tan dura. Él le gustaba, y estaría bien que llegaran a ser amigos, especialmente si su vida volvía alguna vez a la normalidad.

Él parecía ligeramente dolido.

—Por supuesto, lo siento, no quería dar a entender nada. Obviamente, puedes estar con quien tú elijas. Solo quería asegurarme de que estabas bien, eso es todo.

Mia asintió y le ofreció una débil sonrisa.

—Lo entiendo. Gracias de nuevo por venir. —Alcanzando su bolsa, sacó el portátil y un par de libros.

Peter pilló inmediatamente la indirecta.

—Claro. Ya nos veremos, ¿vale? —dijo, y salió de la habitación. Mia le oyó hablar con Jessie y Edgar durante un minuto, y luego marcharse, la puerta de entrada cerrándose con decisión tras él.

Mia se dejó caer sobre su cama con alivio. ¿Cómo había sucedido que un chico guapo, con quien tenía de verdad una conexión decente había aparecido en un momento tan poco apropiado de su vida? Si lo hubiera conocido dos meses atrás, no le cabía ninguna duda de que habría estado exultante de que él le prestara ese tipo de atención... pero ahora era demasiado tarde.

Como esa gente que él conocía, probablemente ella acabaría destrozada al final: o eso o asesinada por las manos de su amante alienígena.

CAPÍTULO DIECINUEVE

oco después de irse Peter, Edgar también se marchó. Mia oyó los besuqueos y las risitas junto a la puerta, y luego se hizo el silencio. Casi inmediatamente después, Jessie entró en su habitación.

—Así que —dijo Mia, sonriendo a su compañera—, ¿debo entender que las cosas con Edgar marchan bien?

Jessie le sonrió de oreja a oreja.

—Marchan *muy* bien. Es tan amable, tan divertido, y tan mono...

Mia se echó a reír y dijo:

—Me alegro por ti. Te mereces a un buen tipo como ese.

—Pues sí, —dijo Jessie sin ningún tipo de falsa modestia, todavía sonriente. Y entonces su expresión se volvió seria abruptamente—. Lo mismo que tú, Mia...

"Ay, no", pensó Mia, "ahora viene el sermón".

—...y claramente no es lo que tienes.

—Jessie, por favor, no hagamos más leña del árbol caído...

—¿Más leña? ¡Un leñazo me gustaría a mí darle a cierto K!—Jessie respiró hondo, visiblemente furiosa por Mia—. Peter es un chico tan majo, y pareces gustarle de verdad... venir hasta aquí después de todo lo que ocurrió... ¡Y tú enganchada a ese monstruo!

Mia se frotó la nuca para eliminar algo de tensión.

—Jessie, por favor, deja de preocuparte por mi relación... todo se solucionará a su debido tiempo.

—Hablando de asuntos por resolver, ¿hablaste con él sobre el verano?

Mia se mordió el labio. Odiaba mentirle a Jessie, y tenía unas ganas tremendas de hablar con alguien sobre todo el enloquecedor asunto. Si John tenía razón en cuanto a lo que iban a tardar los kets, su viaje a Florida simplemente se retrasaría, e incluso no demasiado. Por supuesto, eso suponiendo que todavía estuviese viva por entonces. Mia se decidió por una versión ligeramente editada de la verdad.

—Sí —dijo suavemente.

—¿Y?

—Y acordamos que iría después, más entrado el verano, y que en vez de eso haría unas prácticas aquí en Nueva York.

Jessie, la miró anonadada.

—¿Qué prácticas?

—Todavía no estoy segura. Korum prometió encontrarme algo en mi campo.

—Oh Dios mío, no te permite ir, ¿verdad? —Jessie parecía completamente horrorizada.

—No exactamente —admitió Mia—. Sí que me dijo que nos iríamos juntos a Florida una vez terminado su asunto en Nueva York.

—¿Juntos? Cómo, ¿va a conocer a tu familia? —La expresión del rostro de Jessie era de total incredulidad.

—No tengo ni idea —dijo Mia, y de verdad que no la tenía. No había tenido ocasión de pensar en ello, con todo lo que había estado pasando, pero no se podía imaginar a su normal y sensata familia interaccionando tranquilamente con su amante alienígena—. No llegamos tan lejos como para discutir los detalles...

—¡Ese hijo de puta! ¡No me puedo creer que te haga eso! Con razón estás ayudando a la Resistencia, probablemente le aborrezcas.

Mia no podía creerse lo que estaba oyendo.

—¿Qué? ¿Qué acabas de decir?

—Oh, vamos, Mia —dijo Jessie tranquilamente—. No soy idiota. Puedo sumar dos y dos. John estaba esperándote aquí en el apartamento, incluso antes de que aparecieras. Claramente, sabía que ibas a venir. Estás en contacto con ellos, ¿verdad?

Maldita sea. A veces Mia olvidaba lo astuta que podía ser su guapa y jovial compañera de piso. Era inútil seguir negándolo, pero Jessie no podía saber el grado de implicación de Mia: sería mucho más peligroso para ambas.

Mia le lanzó una mirada penetrante.

—Jessie, escúchame, no vuelvas a decir una cosa

así...y no hables de esto con nadie, ni siquiera con Edgar. ¿Me lo prometes?

Jessie asintió, entornando los ojos.

—Yo nunca diría nada. Cuando Edgar me preguntó si John y tú estabais saliendo, le dije que era un viejo amigo de tu familia.

—Eso está bien —dijo Mia con alivio. Luego añadió —: mira, no estoy haciendo ninguna locura tremenda, te lo prometo. John simplemente me pidió que echara un ojo a las actividades de Korum y lo informara ocasionalmente. Eso es lo que estaba haciendo hoy. Korum se reunió con otro par de K recientemente, y solo quería contárselo a John. Resulta que él ya lo sabía, así que al final no era gran cosa. —Mia no tenía ni idea de dónde había aprendido a mentir tan bien.

—¿Que no es gran cosa? Mia... estás tratando con un extraterrestre que no tiene ningún respeto por la vida humana. Viste lo que le hizo a Peter, ¡y eso fue solo por bailar contigo! ¡Si te pilla espiándole, te matará seguro! ¡Claro que no es poca cosa! —Jessie soltó un resoplido de frustración.

No había nada que Mia pudiera responder a eso, así que solo se encogió de hombros.

—¡Y todo es por mi culpa, por haberme ido de la lengua con Jason! No puedo creer que esos cabrones decidieran utilizarte así.

Mia se masajeó la nuca otra vez.

—Solo vieron la ocasión y decidieron aprovecharla. Realmente eso no cambia mi situación. Sigo estando con Korum, esté o no espiándole. Así que por lo menos podría intentar serles de utilidad, ¿sabes?

Jessie le lanzó una mirada de frustración.

—No me puedo creer que toda esta mierda te esté pasando a ti. Eres la persona más centrada y formal que conozco... y estás acostándote con un K y espiándole.

Mia suspiró profundamente.

—Lo sé. Estoy tan jodida, Jessie... y no solo en el buen sentido.

Jessie esbozó una sonrisita, y meneó la cabeza con desaprobación.

—Mia...

Mia le sonrió.

—Lo sé, lo sé, ese chiste ha sido muy malo.

—No ha estado a la altura de James Bond, eso seguro. —Y Jessie le devolvió la sonrisa.

Aquella noche, Korum llegó a casa sobre las ocho. Mia ya estaba de vuelta y trabajando frenéticamente en su ensayo.

Él entró en su cuarto de estudio y se acercó a darle un beso.

—Bueno, parece que alguien trabaja duro por aquí, —bromeó, rozando brevemente su mejilla con los labios.

Mia frunció un poco el ceño.

—Sí, tengo que acabar este trabajo esta noche. Eso,

y el trabajo de Psicología Infantil para el jueves, y no he terminado ninguno de los dos.

—Suena terrible —dijo Korum, la ligera curva de sus labios delatando su regocijo.

—¡Lo es! —dijo Mia, frunciendo aún más el ceño. ¿No podía ver que estaba estresada? No tenía por qué reírse de ella solo porque sus preocupaciones a él le parecieran poco importantes.

—¿Quieres que te eche una mano? —preguntó él, haciendo que Mia le lanzara una mirada de incredulidad.

—¿Una mano con mis trabajos? —¿Lo decía en serio?

—¿No es eso lo que te está estresando? —No parecía decirlo en broma.

—Eh... —Mia se había quedado sin habla. Encontrando por fin su lengua, murmuró—: No pasa nada, gracias... Debería de ser capaz de apañármelas.

Conteniendo una sonrisa, se imaginó entregar un trabajo sobre los factores del entorno en el desarrollo temprano, escrito desde la perspectiva de un extraterrestre de dos mil años. La cara del profesor Dunkin no tendría precio.

—Sé escribir en inglés, ¿sabes? —dijo Korum, aparentemente ofendido por su reticencia.

Mia sonrió con cierta condescendencia.

—Claro que sabes. —Esta era la conversación más rara que había mantenido nunca—. Pero hace falta algo más que simplemente conocer el idioma para escribir un ensayo académico. Tienes que haber leído todos estos libros y asistido a las clases... —Ella hizo un gesto hacia la gran pila de libros que había en la esquina de su escritorio.

—¿Y? —dijo Korum encogiéndose despreocupadamente de hombros—, puedo leerlos ahora mismo.

Mia le miró anonadada.

—Hay unos diez... —tragó saliva para librarse de la repentina sequedad de su garganta—. ¿Co-Con qué rapidez lees?

—Bastante rápido —dijo él—. También tengo lo que tú llamarías memoria fotográfica, por lo que no necesitaré leer el material más de una vez.

Mia lo miró estupefacta.

—Así que, ¿puedes leerte todos estos libros en cuestión de unas horas?

Él asintió.

—Probablemente necesitaría unas dos horas para acabármelos todos.

Eso era increíble.

—¿Es eso algo normal para los tuyos? —preguntó Mia, todavía digiriendo esa sorprendente información.

—Algunos de nosotros tenemos esa habilidad de forma natural, mientras que otros eligen mejorarla con tecnología para estar a la altura. Yo nací así.

Mia podía sentir como se le aceleraba el pulso. Siempre había sabido que él era muy inteligente, por supuesto, y John le había dicho que Korum era uno de los mejores diseñadores entre los K. Simplemente no se esperaba que él tuviera lo que resultaba ser una inteligencia sobrehumana.

—Entonces, probablemente yo te parezca estúpida, —dijo Mia con voz queda—, dado lo mucho que me cuesta hacer todo esto...

Él suspiró.

—No, Mia, claro que no. Solo porque carezcas de ciertas habilidades, eso no quiere decir que no seas lista.

Sí, claro.

—¿Qué más sabes hacer? —preguntó Mia, al darse cuenta de lo poco que todavía sabía sobre su amante alienígena.

Él se encogió de hombros.

—Probablemente puedo realizar mentalmente algunas operaciones matemáticas para las que tú necesitarías una calculadora.

Era fascinante y aterrador al mismo tiempo.

—¿Cuántos son 10.456 veces 6.345? —preguntó ella, simultáneamente cogiendo su teléfono para comprobar la respuesta.

—66.343.320.

Eso era totalmente correcto. Y le había dado la respuesta incluso antes de que ella hubiera tenido tiempo de teclear los números en la calculadora del teléfono. Mia tragó saliva otra vez.

—Así que ¿quieres mi ayuda con el ensayo o no? —Korum empezaba a parecer impaciente.

Mia sacudió la cabeza.

—Eh... no. Está bien, gracias. Estoy segura de que

podrías escribir un gran ensayo, probablemente mejor que yo, pero aun así tengo que hacerlo yo misma.

—Está bien, vale, lo que prefieras —dijo, sacudiendo la cabeza ante su terquedad—. ¿Tienes hambre? ¿Quieres que prepare algo?

Mia había estado picando todo el día, así que no estaba demasiado hambrienta.

—No sé —dijo dubitativa—. No creo que tenga tiempo para sentarme a comer hoy. —Levantó la mirada hacia él, esperando que lo entendiera.

—Por supuesto —dijo él—, te traeré algo para comer aquí. —Con una sonrisa fugaz, salió de la habitación.

Mia se quedó mirando la puerta, llena de frustración. ¿Por qué tenía que ser hoy tan agradable con ella? Sería mucho más fácil si la tratara con crueldad o indiferencia. La culpa que la abrasaba por dentro no tenía sentido; sabía que estaba haciendo lo correcto al ayudar a la Resistencia. Los K habían invadido su planeta, y no al revés; liberar a su especie no debería hacerla sentirse así, como si estuviera traicionando a alguien que le importaba.

Respiró hondo e intentó volver a concentrarse en el ensayo. Era misión imposible. Sus pensamientos seguían vagando, saltando de un tema desagradable a otro. ¿Había puesto en marcha algo que tendría como consecuencia la pérdida de miles de vidas? ¿Y sería Korum una de las bajas? El impacto potencial de sus acciones todavía no le parecía del todo real.

Korum regresó unos minutos después. Había hecho

con lechuga crujiente y pimientos una especie de rollitos con pinta de sushi, y de postre un plato de manzanas con nueces.

Mia le dio las gracias, y se lanzó hacia la comida con ganas, dándose cuenta de que sí que tenía bastante hambre después de todo.

Él sonrió y se inclinó para besar su frente.

—Buen provecho. Estaré aquí al lado, si me necesitas.

Y se fue, dejándola trabajando en sus ensayos, y luchando contra sus propios pensamientos negativos.

CAPÍTULO VEINTE

Aquella noche, él fue increíblemente tierno con ella.

Masajeó cada centímetro de su cuerpo, encontrando infaliblemente con los dedos cada nudo y cada contractura hasta que ella acabó allí estirada hecha una masa informe y satisfecha. Una vez quedó convencido de que estaba del todo relajada, la volvió boca arriba y empezó a besarla, empezando por las puntas de los dedos. Sus labios eran suaves, sentía su calidez en la piel de su mano y cuando se puso su dedo índice en la boca, y lo lamió jugueteando con la lengua por toda su superficie, Mia gimió por la sensación inesperadamente erótica.

Dejando los dedos, su boca viajó hasta la palma de su mano, lamiendo el punto sensible del interior de su muñeca, y luego subiendo por su brazo, hasta que alcanzó la curvilínea columna de su garganta. Mia contuvo el aliento, esperando el familiar dolor punzante, pero él simplemente le dio una serie de besos ligeros, haciendo aparecer carne de gallina en sus piernas brazos, y mordisqueó suavemente el lóbulo de su oreja. Mia gimió de nuevo, abrumada por el placer de su contacto, y le enterró los dedos en el cabello, bajando la cara para darle un profundo beso de tornillo.

Él le devolvió el beso, apasionada e intensamente, y Mia notó la fuerza de su deseo en la firme erección que le rozaba el muslo. Sus manos buscaron sus senos, apretando y masajeando suavemente las pequeñas esferas, y su pulgar jugueteó con su pezón izquierdo, haciendo que se endureciera todavía más.

Apoyándose en los codos para levantarse, bajó la vista hacia ella con una cálida mirada dorada.

—Eres tan hermosa... —murmuró, mirándola a los ojos, y la tierna expresión de su rostro hizo que ella quisiera echarse a llorar. ¿Por qué le estaba haciendo esto hoy de entre todos los días? Esta podía ser la una de las últimas veces que se acostaba con él, y no quería recordarla así: como la experiencia de hacer el amor que nunca podría ser.

Él la besó otra vez, y ella succionó su lengua, con la esperanza de hacerle perder el control, para poder olvidarse de todo en medio de un éxtasis que destrozara su pensamiento consciente, y finalmente apagar su cerebro. Él gruñó en respuesta y sintió como su polla le daba un salto contra la pierna, pero el contacto con su cuerpo seguía siendo extremadamente suave, sin rastro de la lujuria salvaje de la noche anterior.

Frustrada, Mia le empujó por los hombros.

—Quiero ponerme encima —le dijo con voz ronca. Claramente estaba haciendo penitencia por su dureza del día anterior, pero eso no era lo que Mia deseaba esa noche.

Sus ojos se abrieron un poco, sorprendidos, pero él se dio la vuelta y se tumbó de espaldas. Mia se subió sobre él y le cogió la cara con las dos manos, acercando sus rostros para darle un beso profundo con lengua, mientras al mismo tiempo frotaba sus sexos sin permitir realmente la penetración. Como respuesta, él la rodeó con sus brazos, tan fuerte que apenas podía respirar y le devolvió el beso con la intensidad que ella estaba buscando. Podía ver una fina capa de sudor en su frente mientras su cuerpo se tensaba con el esfuerzo de contenerse a sí mismo. Mia movió las caderas sensualmente, restregándose contra su pene, y él levantó las suyas, intentando conseguir más. Su abrazo se aflojó un poco, y Mia metió la mano derecha entre sus cuerpos y rodeó con los dedos su verga. Él siseó, su cuerpo se tensó, y ella guio cuidadosamente su polla hasta su vagina, empezando a inclinarse hacia él con un movimiento lento y enloquecedor.

De su garganta surgió un gruñido bajo, y sus caderas empujaron hacia arriba, penetrándola en un solo movimiento poderoso. Mia gritó, sintiendo sus músculos temblar, ajustándose a la extrema plenitud. Él la agarró por las caderas, su pulgar encontró su clítoris a través de los pliegues cerrados y presionó sobre él, su toque tortuosamente ligero, acercándola al punto deseado sin hacerla llegar a él. Mia gemía, con su sexo palpitante envolviendo su polla. Quería más, más de la locura, del ciego éxtasis que solo él podía hacerle sentir.

—Muérdeme —le dijo, y vio cómo sus ojos se volvían más amarillos aun mientras él negaba con la cabeza.

—No sabes lo que estás pidiendo —murmuró roncamente, y se dio la vuelta para estar otra vez encima de ella, con sus cuerpos todavía unidos.

Antes de que ella pudiera decir nada más, él giró ligeramente sus caderas y la cabeza de su pene empujó el punto sensible de su zona más profunda. Mia gimió, arqueándose hacia él, y él repitió la acción, una y otra vez, hasta que la monstruosa tensión retenida dentro de ella se hizo insoportable y ella gritó, clavándole las uñas por toda la espalda hasta que el clímax tan esperado finalmente la atravesó, borrando a su paso todo pensamiento racional.

Pero él todavía no había terminado con ella. No se había corrido, a pesar de la presión palpitante de los músculos internos de ella, y su polla seguía dentro, tan dura y gruesa como siempre. Enterrando las manos en su pelo, él la besó profundamente y comenzó a empujar, alternando un movimiento superficial con uno más profundo, hasta que la tensión comenzó crecer de nuevo y cada una de las células de su cuerpo estaba pidiendo a gritos la liberación. Ella intentó mover las caderas, forzarle a mantener el ritmo constante que ella necesitaba para alcanzar su clímax, pero él no la dejaba, sujetándola contra la cama con su cuerpo grande y poderoso. Su beso era implacable, su lengua violaba su boca, y Mia sintió como si fuera a explotar por la intensidad de sus sensaciones. Y, de repente, llegó, con el cuerpo entero convulsionándose entre sus brazos, y con él corriéndose también, empujando con fuerza la pelvis contra ella mientras su polla le palpitaba dentro, lanzando su semen en ráfagas cortas y cálidas.

Después, él salió de ella, y la acercó contra sí, dejándola parcialmente encima de él, con la cabeza apoyada en su pecho y su pierna izquierda rodeándole las caderas. Estaban los dos resbaladizos de sudor, y Mia podía escuchar el rápido latido de su corazón gradualmente empezando a ralentizarse y su respiración volviendo a su ritmo normal.

Ella no sabía exactamente qué decir, así que no dijo nada. El sexo había sido increíble, y ella odiaba el hecho de que él pudiera hacerle sentirse así, incluso sin potenciadores químicos.

Pensó con amargura por qué tenía que ser él, mirando su estómago plano y bronceado subir y bajar con cada respiración. ¿Por qué no podía haberse enamorado de un chico humano normal en vez de hacerlo de un genio alienígena cuya raza estaba invadiendo su planeta?

Sintió el hormigueo caliente de las lágrimas detrás de sus párpados y los apretó firmemente, sin permitir que se escapara ni una gota. Notaba el cuerpo cansado y lánguido después de la sesión de sexo, pero su mente seguía dando vueltas, trabajando horas extras, buscando una solución aun cuando no había ninguna. Incluso si él se preocupaba por ella a su manera, esos sentimientos se convertirían en odio en cuanto conociera la profundidad de su traición, y era probable que las manos que ahora la sujetaban tan suavemente terminaran rodeándole la garganta.

Debía de haberse puesto tensa al pensarlo, porque él se apartó para mirarla a la cara y le preguntó con curiosidad:

—¿Qué te pasa?

Cuando ella vaciló, un ceño de preocupación apareció en su rostro.

—¿Mia? —¿Qué pasa? No te he hecho daño, ¿verdad?

Mia negó con la cabeza, intentando no mirarle directamente a los ojos.

—No, por supuesto que no —dijo con voz ronca—, ha sido maravilloso... eso lo sabes...

—Entonces, ¿qué? —insistió él, cogiéndola por la barbilla para obligarle a encontrarse con su mirada.

Mia intentó controlarse, pero las estúpidas lágrimas no la dejaban en paz, inundando sus ojos.

—No es nada — mintió Mia, maldiciendo en silencio el hecho de que le temblara la voz—, yo solo... m-me pongo así cuando estoy estresada...

Su ceño se hizo más pronunciado.

—¿Por qué estás tan estresada? ¿Es por tus trabajos? —preguntó, estudiándolo con una mirada perpleja.

Mia asintió suavemente, cerrando con fuerza los ojos e intentando calmarse. Él podría sospechar si sus lágrimas no tenían una buena explicación. A menos que...

Abriendo los ojos, lo miró, sin importarle ya que notara el brillo de sus lágrimas.

—Echo mucho de menos a mi familia —confesó, y era la verdad. En aquel momento, deseaba desesperadamente volver a ser una niña, a salvo en casa de sus padres, con su madre haciendo sopa de pollo con bolas de matzá y su padre leyendo un periódico en el sofá. Quería hacer retroceder al reloj y regresar a la década anterior, a una época previa a que la gente supiera que había vida en otros planetas y que su propio planeta no iba a pertenecerles por mucho más tiempo. A una época anterior a conocer al alienígena que la miraba ahora con sus preciosos ojos ambarinos, el amante al que a ella no le habían quedado más opciones que traicionar.

Korum pareció aceptar su explicación.

—Mia —dijo suavemente, soltándole la barbilla—, les verás pronto, lo prometo. Estoy a punto de terminar lo que tengo que hacer aquí y entonces te llevaré allí...

—Ni siquiera les he dicho todavía que no voy —dijo Mia, con la voz ronca por las lágrimas—. Esperan que llegue este sábado, y mi billete de avión no es reembolsable...

Él parecía exasperado.

—¿Ahora te preocupas por el dinero? Te devolveré lo que te haya costado el billete...

—Mis padres fueron los que lo compraron.

—Vale, entonces les devolveré a tus padres lo que les costó. —Respirando hondo, añadió—: Mia, nunca has de preocuparte por esos asuntos logísticos cuando estés conmigo. Siempre cuidaré de ti y de tu familia, no tendrás que preocuparte por el dinero nunca más. Sé que la economía de tus padres no es muy boyante, y estaría más que encantado de ayudarles financieramente, o de cualquier otra forma que precisen.

Mia sofocó un sollozo, sintiendo como si un puño de hierro le atenazara el corazón. Por arrogante y prepotente que fuera esa afirmación, no tenía duda alguna de que su oferta era sincera.

—Gr-gracias —susurró, quebrándosele la voz— eso es muy... generoso por tu parte.

—Mia —dijo él suavemente—, me importas, ¿vale? Quiero que seas feliz conmigo, y haré todo lo que esté en mi mano para hacer que eso suceda.

Cada una de sus palabras era como una puñalada para ella, y ya no pudo contenerse más. Enterrando la cara en la almohada, le dio la espalda y se echó a llorar, con el cuerpo entero sacudiéndose por la fuerza de sus sollozos.

—¿Mia? —su voz sonaba insegura por primera vez

desde que se conocieron—. ¿Qué? ¿Por qué estás llorando?

Ella se puso a llorar con más fuerza. No podía decirle la verdad, y la culpa era como un ácido en su pecho, consumiéndola desde dentro.

Tocando su espalda cautelosamente, él la acarició para tranquilizarla, murmurando palabritas cariñosas. Cuando eso no pareció servir, la cogió en sus brazos, dejándola enterrar la cara en la curva de su cuello y seguir llorando mientras le acariciaba el pelo.

Así que Mia lloró. Lloraba por sí misma, y por él, y por la relación que nunca podría ser... incluso si él no fuera el enemigo a quien ella había estado espiando.

Después de unos minutos, cuando sus sollozos empezaron a disminuir, él estiró la mano y sacó un pañuelo de papel, dejándola limpiarse la cara y sonarse la nariz antes de preguntarle suavemente de nuevo:

—¿Por qué?

Mia lo miró, con la visión todavía borrosa por las lágrimas. La verdad absoluta estaba fuera de toda discusión, por supuesto, pero podía contarle algo que la había estado atormentando durante un tiempo.

—Esto no está bien —susurró ella, con la voz ronca por los vestigios de las lágrimas—. Tú, yo, esto no está bien, no es natural. Y nunca podrá durar...

—¿Por qué no? —le dijo él suavemente—. Puede durar tanto como queramos que dure.

—No eres humano —dijo ella, mirándolo incrédula —. ¿Cómo podría funcionar?

Él vaciló por un segundo y luego dijo, quitándole el cabello del rostro con dulzura,

—Puede funcionar, simplemente confía en mí respecto a eso, querida. No puedo decir nada más justo ahora, pero hablaremos de eso más adelante... cuando llegue el momento.

Mia parpadeó sorprendida, mirándole fijamente. Eso era algo que no se esperaba. ¿Quería decir que había alguna forma de que estuvieran juntos... como una pareja de verdad? Las implicaciones de eso eran demasiado grandes para poderlas considerar justo ahora, con la cabeza martilleándole y su mente apenas funcionando en las postrimerías de su tormenta emocional.

Entonces él se apartó y se levantó de la cama.

—Te traeré algo que te hará sentirte mejor —dijo, y salió de la habitación.

Mia se quedó mirando a la puerta, sofocando una risita histérica al pensar que esto se estaba convirtiendo en algo habitual de cada noche. Solo esperaba que no trajera el tubito.

Él volvió con un vaso de algún tipo de líquido lechoso y se lo dio.

—¿Qué es? —preguntó ella, olisqueándolo con aire de sospecha. No olía a nada.

Él le sonrió, haciendo aparecer su hoyuelo.

—No es veneno, lo prometo. Es solo una cosita para hacer que duermas mejor y se te pase el dolor de cabeza.

¿Cómo sabía él que le dolía la cabeza? Mia parpadeó

de nuevo.

Como si estuviera leyéndole la mente, él dijo:

—Sé cómo se sienten los humanos después de llorar. Esta medicina está pensada más bien para un resfriado o una gripe, pero no tiene ningún efecto secundario perjudicial, así que te iría bien bebértela ahora y encontrarte mejor.

Mia asintió y probó el líquido. Tampoco tenía ningún sabor; de no ser por el color, habría creído estar bebiendo agua. Se sentía deshidratada, así que se bebió gustosamente el vaso entero. Casi inmediatamente, la dolorosa presión de sus sienes se redujo, y la sensación de congestión de su nariz desapareció. Otra milagrosa droga K, al parecer.

—¿Por qué tienes todas estas medicinas para humanos? —preguntó ella, ahora que se le acababa de ocurrir pensarlo—. ¿También las usas para ti?

El negó con la cabeza, sonriendo.

—No, son específicas para los humanos. Nosotros tenemos otras maneras de sanarnos.

—Entonces, ¿por qué tenerlas? —insistió Mia.

Él se encogió de hombros.

—Sabía que iba a vivir entre humanos, y a interaccionar con ellos. Era solo cuestión de lógica tener algunas cosas básicas a mano para varias emergencias posibles.

¿Interactuar con humanos en su apartamento? Mia sintió de pronto una incómoda punzada de celos al pensar en otras mujeres estando aquí, en esta misma cama. No era sorprendente, por supuesto; él era un varón atractivo y sano con un fuerte impulso sexual, era perfectamente normal para él haber tenido otras parejas sexuales antes de ella, tanto humanas como K.

O eso se dijo a sí misma. El monstruo de ojos verdes de su interior se negaba a atender a razones.

Algunos de sus pensamientos debían de ser evidentes en su cara porque él dijo suavemente:

—Y no, ninguna de esas interacciones han sido con mujeres humanas en los últimos meses, definitivamente ninguna desde que te conocí.

—¿Y qué hay de las mujeres K? —espetó ella, y entonces se fustigó mentalmente. No tenía ningún derecho a estar celosa después de lo que había hecho. Él era su enemigo, y ella le había tratado como tal. Era absurdo sentirse tan aliviada de ser la única mujer de su vida en ese momento. Tenían los días contados para estar juntos, y no debería importarle si Korum le había sido fiel o si se había tirado a un centenar de mujeres en el último mes. Sin embargo, le importaba; y le importaba mucho.

—Ninguna desde que nos conocimos, —dijo él, sonriendo. Parecía encantado por sus celos, y Mia estuvo a punto de volver a echarse a llorar. Respirando hondo, se controló con gran esfuerzo. Un segundo ataque de llanto habría sido incluso más difícil de explicar.

—Vamos a dormir, ¿no? —sugirió él suavemente—. Todavía pareces estresada, y probablemente te sientas mejor por la mañana.

Mia asintió accediendo y se tumbó, tapándose con

la manta. Korum siguió su ejemplo, y la acercó para sí hasta que se quedaron en su posición favorita, la cuchara.

En contra de lo que cabía esperar, Mia se quedó dormida en cuanto cerró los ojos, reconfortada por el calor de su cuerpo rodeándola.

CAPÍTULO VEINTIUNO

El miércoles por la mañana Mia se despertó con una sensación de miedo atenazándole el estómago.

Hoy tenía que decirles a sus padres que no iba a ir a verles el sábado. Todavía no había encontrado una buena razón para explicar su retraso, sobre todo cuando se suponía que el lunes debía comenzar sus prácticas en el campamento.

Y si Korum descubría su participación en lo que estaba a punto de suceder con las colonias K, esta podría ser la última vez que ella hablara con su familia. Eso hacía que fuera aún más imprescindible que presentara una imagen optimista y positiva, para que sus padres no se preocuparan antes de tiempo. Sería mejor que solo les dejara buenos recuerdos de ella cuando desapareciera de sus vidas.

Al pensar en eso, las condenadas lágrimas amenazaron brotar otra vez, y Mia respiró hondo para controlarse. Ahora mismo no tenía tiempo para esto; todavía tenía que escribir el último ensayo. Aunque no tuviera sentido preocuparse por algo tan trivial en su precaria situación, el hecho de no escribir el trabajo sería como rendirse, y una pequeña parte de Mia todavía tenía la esperanza de que hubiera alguna luz al final del túnel, que algo parecido a una vida normal siguiera siendo posible si ella conseguía sobrevivir a las siguientes dos semanas.

Aferrándose a esa idea, Mia se obligó a levantarse de la cama y meterse en la ducha. No vio a Korum por ninguna parte, y se figuró que habría salido del apartamento para hacer lo que fuera que hiciera normalmente durante el día. Probablemente tenía algo que ver con rastrear a los combatientes de la Resistencia, pero ella no tenía forma de saberlo seguro. Tomó un rápido desayuno y se dirigió hacia la biblioteca con la esperanza de ser más capaz de concentrarse allí.

El día era hermoso y soleado, haciendo un perfecto contraste con su sombrío estado de ánimo. En circunstancias normales, Mia habría dado un largo y agradable paseo hasta la biblioteca, pero el tiempo era esencial y tomó un taxi. Al quedarse en casa de Korum y hacer casi todas sus comidas allí, Mia tenía dinero de sobras por primera vez en su carrera universitaria. Las becas estudiantiles que la ayudaban a pagar la matrícula y los libros también le proporcionaban un subsidio mínimo para la alimentación y otros gastos básicos, pero por lo general a ella le llegaba justo para sobrevivir. Comer en restaurantes o coger taxis eran caprichos que Mia no podía permitirse habitualmente y era agradable poder derrochar ahora sin preocuparse tanto por el coste de la comida.

La biblioteca estaba hecha un zoológico. Casi todos los estudiantes de la Universidad de Nueva York estaban allí, empollando frenéticamente para los exámenes y escribiendo sus trabajos. Por supuesto, cayó Mia, estaban en la semana de los finales. Tendría que haberse quedado en el cómodo cuarto de estudio que Korum había acondicionado para ella, pero había preferido estar en algún otro lugar, donde nada le recordara al caos en que se había convertido su vida.

Después andar vagando por lo menos quince minutos, por fin localizó un sillón que acababa de dejar un chico pelirrojo con acné que aparentaba no tener más de doce años. Mia lo ocupó rápidamente antes de que nadie más lo viera y sonrió para sí. No es que ella fuera tan vieja, pero algunos de los de primer año le parecían ridículamente jóvenes últimamente.

Cinco horas más tarde, Mia triunfalmente terminó la última frase y guardó su trabajo. Aún tenía que revisar la maldita cosa, pero la parte más complicada del trabajo estaba hecha. Lo recogió todo, dejó la biblioteca y se fue a su propio apartamento, esperando ver a Jessie e incluso tener ocasión de hablar con sus padres.

Jessie no estaba en casa cuando llegó, así que solo le quedaban sus padres. Respirando hondo, Mia encendió su ordenador y se preparó para mostrarse tan positiva y alegre como cualquier estudiante universitaria que estuviera a punto de acabar sus finales.

—¡Mia! Cariño, ¿cómo estás? —su madre estaba en buena forma hoy, sus ojos azules chispeaban de alegría y tenía una enorme sonrisa en el rostro.

Mia le devolvió la sonrisa.

—¡Ya casi he terminado! Solo tengo que revisar el último trabajo y entonces el año escolar habrá terminado oficialmente para mí, —dijo Mia, forzándose a mantener un alegre tono de voz.

—¡Oh, eso es estupendo! —exclamó su madre—. ¡No podemos esperar para verte este fin de semana! Marisa y Connor vienen el domingo, y haremos una gran cena. Cocinaré todos tus platos favoritos. Ya he comprado huevos e hasta algo de queso de cabra...

—Mamá —interrumpió Mia, sintiendo como si se muriera un poquito por dentro—, hay algo que debo decirte...

Su madre hizo un segundo de pausa, con aspecto perplejo.

—¿Qué pasa, cielo?

Mia respiró profundamente. Esto no iba a ser fácil.

—Uno de mis profesores me pidió un enorme favor esta semana —dijo ella lentamente, desarrollando una historia medio plausible que se había inventado en los últimos minutos—. Hay un programa en la Universidad de Nueva York donde los estudiantes de

Psicología van a pasar algún tiempo con los chicos desfavorecidos de secundaria de algunos de los peores barrios...

—Ajá... —dijo su madre, frunciendo un poco el ceño.

—Es un gran programa —mintió Mia —. Estos chicos realmente no tienen a nadie que les ayude a descubrir los próximos pasos, si deberían ir a la universidad o no, cómo deberían solicitar plaza si deciden ir... Y ya sabes que eso es exactamente lo que quiero hacer: proporcionar ese tipo de asesoramiento...

El ceño de su madre se hizo un poco más pronunciado.

Mia se apresuró con su explicación.

—Bueno, no sabía nada de este programa, pero estaba charlando con mi profesor esta semana y le mencioné mi interés en ser orientadora escolar. Y fue entonces cuando me habló él y de que, de hecho, estaba buscando desesperadamente un voluntario para echar una mano durante una semana o dos este verano...

—Pero tu vuelo a casa es este sábado —dijo su madre, con aspecto cada vez más disconforme—. ¿Cuándo ibas a poder hacerlo?

—Bueno, esa es la cosa —dijo Mia, odiándose a sí misma por mentir así—, no creo que pueda ir a casa este fin de semana si hago este programa...

—¡Qué! ¿Cómo que no podrás venir a casa este fin de semana? —su madre estaba lívida—. ¡Ya tienes el billete y todo! ¿Y qué pasa con tus prácticas en el campamento? ¿No se supone que tenías que empezar el lunes?

—Ya lo he hablado con el director del campamento —mintió Mia otra vez—. Acordó retrasar mi incorporación dos semanas. Le expliqué la situación, y él fue muy comprensivo. Y mi profesor me dijo que me abonaría el precio del billete y que incluso me compraría otro para compensarme...

—Bueno, ¡eso es lo menos que podía hacer! ¿Qué pasa con el dinero que ibas a ganar durante esas dos semanas de prácticas?, —dijo su madre enojada—. ¿Y qué hay del hecho de que no te hemos visto desde marzo? ¿Cómo ha podido pedirte algo así, tan en el último minuto?

—Mamá —dijo Mia en tono de súplica— es una gran oportunidad para mí. Es exactamente lo que quiero hacer en términos laborales y realmente multiplicará mis opciones de entrar en una buena escuela de postgrado. Además, el profesor dijo que me escribiría una recomendación estupenda si aceptaba hacerlo, y ya sabes lo importantes que son esas recomendaciones en las solicitudes de escuelas de postgrado...

Su madre estaba parpadeando muy deprisa, y en sus ojos había un brillo sospechoso.

—Por supuesto —dijo ella, con la voz cargada de decepción—, sé que todo eso es importante... Teníamos tantísimas ganas de verte este sábado, y ahora esto...

Cada una de las palabras de su madre decía era como un puñal clavándose en las entrañas de Mia.

—Lo sé, mamá, lo siento, de verdad —dijo ella, parpadeando para contener sus propias lágrimas—. Os veré en un par de semanas ¿vale? No será tan malo, ya verás...

Su madre sorbió un poco por la nariz.

—Así que no hay cena familiar este domingo, supongo.

Mia negó contrita con la cabeza.

—No... pero tendremos una dentro de dos semanas, ¿vale? Yo cocinaré y todo...

—¡Oh, por favor, Mia, no podrías cocinar ni aunque tu vida dependiera de ello! —dijo su madre, airada, pero con una pequeña sonrisa en el rostro—. Nunca he conocido a nadie que no supiera ni hervir agua...

—Ahora sí sé hervir agua —dijo Mia defendiéndose—. He vivido por mi cuenta durante los últimos tres años, ¿sabes? E incluso puedo hacer arroz...

La sonrisita se convirtió en una sonrisa de oreja a oreja.

—Vaya, ¿arroz? Eso *sí* que es progreso —dijo su madre conteniendo a duras penas una carcajada—. De verdad, no sé qué vas a hacer cuando conozcas a alguien...

—Oh, mamá, otra vez no —gimió Mia.

—Es cierto, ¿sabes? A los hombres todavía les gusta una mujer que sepa hacer una buena comida y llevar la casa...

—Y hacer la colada, y ser una esclava doméstica en general y bla bla bla... —acabó Mia, poniendo los ojos en blanco. Su madre podía ser increíblemente anticuada a veces.

—Exacto. Acuérdate de lo que te digo, a menos que encuentres algún tipo al que le guste cocinar, estarás condenada a la comida para llevar durante el resto de tu vida —dijo su madre con tono amenazante.

Mia se encogió de hombros, y se mordió el interior de la mejilla para evitar estallar en una risa medio histérica. La ironía de todo esto era que realmente había encontrado a ese chico... salvo que no era humano. Se preguntó qué diría su madre si le contara lo de Korum. *Él es genial: le encanta cocinar y e incluso hace la colada de los dos. Solo tiene un pequeño inconveniente: es un alienígena sediento de sangre.* No, probablemente no se lo tomara nada bien.

—Mamá, no te preocupes por mí, ¿vale? Todo irá bien. —Al menos eso era lo que Mia sinceramente esperaba—. Nos veremos pronto, y tal vez intente de verdad aprender a cocinar este verano. ¿Qué te parece eso? —Mia obsequió a su madre con una enorme sonrisa, intentando evitar más charlas.

Su madre sacudió la cabeza con desaprobación y suspiró.

—Claro. Voy a contárselo a tu padre. Estará tan decepcionado...

Mia se sintió fatal de nuevo.

—¿Dónde está? —preguntó, deseando hablar también con su padre.

—Está afuera, arreglando el coche. El maldito trasto

se ha vuelto a averiar. Deberíamos conseguir uno nuevo… pero quizás el año que viene.

Mia asintió comprensiva. Sabía que la situación financiera de sus padres no era la mejor por aquel entonces. Su madre estaba entre trabajos. Como maestra de primaria, normalmente estaba solicitada. Sin embargo, la escuela privada donde ella había enseñado durante los últimos ocho años había cerrado recientemente, y como resultado bastantes profesores habían perdido sus empleos, y todos ellos competían por las mismas escasas vacantes en las escuelas públicas locales. Su padre, un profesor de Ciencias Políticas en la Universidad Popular local era quien mantenía ahora a la familia con su sueldo, y tenían que tener cuidado con los gastos más grandes, como comprarse un coche nuevo. En general, su familia, al igual que muchos otros estadounidenses de clase media que había invertido en bolsa sus planes de pensiones, habían sufrido en el Crash K, la enorme caída bursátil que tuvo lugar cuando llegaron los Krinar. En un momento dado, el índice Dow Jones perdió el noventa por cierto de su valor, y hacía solamente un año que los mercados habían vuelto del todo a la normalidad.

—Bien —dijo Mia—, intentaré conectarme más tarde, a ver si puedo hablar con papá.

—Llama también a Marisa —dijo su madre—. Sé que ella tenía muchísimas ganas de verte el domingo.

Mia asintió.

—Lo haré, seguro.

Su madre suspiró otra vez.

—Bueno, pues supongo que hablaremos pronto.

—Te quiero, mamá —dijo Mia, sintiendo como si le estuvieran estrujando el pecho en un torno—. Espero que lo sepas. Tú y papá sois los mejores padres del mundo.

—Por supuesto —dijo su madre, un poco perpleja—. Nosotros también te queremos. Vuelve pronto a casa, ¿vale?

—Lo haré —dijo Mia, lanzando un beso hacia la pantalla del ordenador, y con eso acabó la conversación.

Su hermana era la siguiente. Por una vez, estaba accesible en Skype.

—¡Hola hola, hermanita! ¿De qué va ese mensaje que acabo de recibir de mamá de que no vienes a casa?

Mia no había visto a su hermana desde que se quedó embarazada, y se sorprendió al ver a Marisa pálida y delgada, en lugar de tener ese aspecto radiante propio del embarazo del que ella siempre había oído hablar.

—¡Marisa! —exclamó —. ¿Qué te pasa a ti? No tienes buen aspecto. ¿Estás enferma?

Su hermana hizo una mueca.

—Si puedes llamar enfermedad a tener un bebé, entonces sí. Estoy vomitando constantemente —se quejó—. Simplemente no puedo retener nada. He perdido dos kilos y medio desde que me quedé embarazada...

Mia ahogó un grito de sorpresa. Dos kilos y medio era mucho para alguien de la talla de su hermana.

Aunque era algo más alta y con más curvas que Mia, Marisa también era de constitución grácil, con un peso que normalmente oscilaba entre 49 y 52 kilos. Ahora parecía excesivamente delgada, con los pómulos marcándose con claridad en su cara normalmente bonita.

—...y mi médico no está contento con ello.

—¡Claro que no está contento! ¿Te ha dicho qué deberías hacer?

Marisa suspiró.

—Dijo que descansara más e intentara no estresarme. Así que hoy estoy trabajando desde casa, preparando mis clases de la semana que viene, y han cogido a alguien para que me sustituya unos días.

—Oh Dios mío, pobrecita —dijo Mia comprensiva—. Vaya mierda. ¿Puedes comer algo, tal vez galletas saladas o algo de caldo?

—De eso sobrevivo en estos días. Bueno, de eso y de encurtidos —Marisa esbozó una débil sonrisa—. Por alguna razón no puedo dejar de comer esos pepinillos israelíes, ¿sabes cuáles? ¿Los pequeñitos y crujientes?

Mia asintió, conteniendo una sonrisa. Su hermana siempre había sido fan de los encurtidos, así que no le sorprendía que se hubiera vuelto loca por los pepinillos durante su embarazo.

—Pero venga, basta ya de hablar de mis problemas estomacales... ¿Qué te pasa a ti? ¿Por qué no vienes el sábado? Ya estábamos organizados del todo y entusiasmados por ir, veros a ti y a nuestros padres...

Mia respiró hondo y le repitió toda la historia a

Marisa. Estaba volviéndose tan buena en lo de mentir que casi hasta podía creérselo ella misma. Quizá debiera pensar en crear ese programa en la Universidad de Nueva York el año siguiente, si seguía viva y estudiando por entonces, por supuesto.

Su hermana la escuchó con una expresión vagamente incrédula. Y entonces, tratándose de Marisa, preguntó:

—¿Tan bueno está ese profesor?

Para su horror, Mia sintió el rubor inundándole las mejillas.

—¿Qué? ¡No! ¡Es viejo y tiene hijos y todo eso!

—Vale, —dijo Marisa—. ¿Así que se supone que debo creerme que estarías dispuesta a hacer algo así a petición de un profesor feo? ¿Solo para engrosar un poco tu currículum? —meneó ligeramente la cabeza—. Pues no, no lo veo. —con una sonrisa maliciosa en su cara, preguntó—: ¿cómo de mayor es "viejo"?

Mia maldijo sus malas aptitudes como actriz. Ahora Marisa probablemente iría a chivarse a sus padres de que Mia estaba colada por su profesor. Intentó imaginarse sintiendo eso por el profesor Dunkin y se estremeció. Entre su incipiente calvicie y la saliva amarillenta que a menudo aparecía en las comisuras de sus labios cuando hablaba, era posiblemente uno de los individuos menos atractivos que jamás había conocido.

—Viejo —dijo Mia con firmeza—. Y nada atractivo.

Marisa sonrió, sin inmutarse.

—Vale, entonces, ¿quién es él? —insistió—. Te conozco, hermanita... y estás ocultando algo. Si no te quedas en Nueva York por el viejo y poco atractivo profesor, entonces, ¿quién es él?

—Nadie —dijo Mia—. No hay ningún hombre en mi vida... ya lo sabes... —Y no estaba mintiendo. No era un hombre humano, solo un extraterrestre de la variedad masculina. Que también era viejo, mucho más viejo de lo que su hermana habría podido imaginar.

—Oh, vamos, ¿entonces por qué estás actuando tan raro? De hecho, llevas rarita todo el mes —dijo Marisa, mirándola fijamente—. Mia... ¿pasa algo malo?

Mia negó con la cabeza y maldijo en silencio la intuición fraterna de Marisa. Engañar a su madre había sido mucho más fácil.

—No, todo va bien. Solo un poco estresante, ya sabes, con los finales y todo eso...

—Aja, —dijo Marisa—, has tenido finales los últimos tres años, y nunca habías estado así. Puedo ver que no eres tú misma, Mia. Ahora confiesa... ¿qué está pasando?

Mia volvió a negar con la cabeza e intentó mostrar una sonrisa alegre.

—¡Nada! No sé de qué estás hablando, no pasa absolutamente nada. Acabo de conseguir una gran oportunidad de obtener una valiosa experiencia laboral, y la estoy aprovechando. Te veré pronto, solo en un par de semanas. No hay nada de qué preocuparse...

—¿Has comprado ya los billetes? —le interrumpió Marisa—. ¿Tienes ya una fecha fijada para tu vuelo de vuelta?

—Todavía no —admitió Mia—. Lo haré pronto. El profesor me dijo que iba a comprarme un nuevo billete de avión, así que no hay nada de qué preocuparse...

—¿Nada de qué preocuparse? Mia, sé cuándo mientes —dijo Marisa, con una mirada estricta— Eres malísima en eso. Has sido tan buena chica toda tu vida que no has tenido ninguna práctica en engañar a nuestros padres, ni a mí. Ni siquiera te has escapado nunca para ir una fiesta cuando ibas al instituto...

Mia se mordió el labio. ¿Cómo había llegado Marisa a ser tan observadora? Esto era un gran problema. Quizás si le contara una media verdad...

—Está bien —dijo Mia, eligiendo cuidadosamente sus palabras. —Supongamos que tienes algo de razón en lo que estás diciendo... Si te lo cuento, ¿prometes no decírselo a nuestros padres? Se van a preocupar, y de verdad que no es necesario...

Marisa la miró, y sus ojos azules se estrecharon mientras lo sopesaba.

—De acuerdo —dijo lentamente—, siempre puedes hablar conmigo, hermanita, ya lo sabes. Guardaré tu secreto... pero solo si no es nada que suponga una amenaza para tu vida y de lo cual nuestros padres deban enterarse.

De hecho *sí* era una amenaza para su vida, pero decididamente sus padres no necesitaban enterarse de eso. Mia suspiró. Ya que había decidido tomar ese camino, igual podía contarle algo a su hermana, o si no, en media hora toda su familia estaría llamándola, presa del pánico.

Mia respiró hondo y dijo:

—Tienes razón. He conocido a alguien...

—¡Lo sabía! —gritó triunfalmente Marisa.

—...y no es exactamente alguien con quien te alegrarías de verme.

Marisa la miró sorprendida.

—¿Por qué? ¿Quién es él? ¿Otro estudiante?

Mia negó con la cabeza.

—No, ese es el problema. Es mayor que yo y no es exactamente lo que esperarías que fuera un primer novio.

—¿Estamos hablando del profesor otra vez? —preguntó Marisa, confusa.

—No, el profesor es solo el profesor. Se trata de otra persona. De hecho es un alto ejecutivo en una empresa de tecnología, mintió Mia, intentando mantenerse lo más cerca posible de la verdad—. Lo conocí un día en el parque, y hemos estado acostándonos...

—¿Qué? —Su hermana la miraba con la boca abierta por la incredulidad—. ¿Está casado? ¿Tiene hijos?

—No y no. Pero sé que esto es solo una aventura pasajera para él, así que no quería contaros nada ni a ti ni a nuestros padres...

Mientras Mia iba hablando, una gran sonrisa apareció poco a poco en el rostro de Marisa.

—¿Una aventura? ¡Guau! ¡Cuando mi hermanita decide por fin perder la virginidad, lo hace con clase! Un alto ejecutivo ni más ni menos...

Mia se encogió de hombros, intentando parecer despreocupada sobre el tema.

—¿Cómo se llama?

—Eh, prefiero no decirlo —murmuró Mia—. Se irá en un par de semanas, y no tiene sentido discutir todo el asunto...

—¿Se irá para volver a dónde?

—Eh... Dubái. —Mia no tenía ni idea de por qué había elegido esa ubicación en concreto, pero parecía pegar con la historia.

—¿Dubái? ¿Es de allí? —La curiosidad de su hermana no conocía límites.

Mia suspiró.

—Marisa, escucha, realmente no tiene sentido hablar de ello. Se irá, y ya está.

Su hermana inclinó la cabeza hacia un lado, estudiando la cara de Mia.

—¿Y a ti eso te parece bien, hermanita? —preguntó con voz queda—¿Que tu primer amante se vaya así como así?

Mia miró hacia otro lado, intentando ocultar la humedad de sus ojos.

—Tiene que irse, Marisa. No hay elección. Da igual si me parece bien o no.

—Claro que no da igual—dijo Marisa—. ¿Crees que le importas algo? ¿O eres solo una bonita universitaria con la que se acuesta mientras está en Nueva York?

Mia se encogió de hombros.

—No lo sé. Creo que puede que yo le importe un poco.

—¿Pero no lo suficiente para quedarse?

—No, no puede quedarse —dijo Mia—. Y de todos modos, no pasa nada. No estamos hechos el uno para el otro. La relación estaba abocada al fracaso desde el principio.

—Entonces, ¿por qué la empezaste? —preguntó Marisa, mirándola con perplejidad—. ¿Tan guapo es? ¿Te ha hecho perder la cabeza o algo así?

Mia asintió.

—Es guapísimo, y es inteligente, y sabe mucho sobre casi todo... —Esas afirmaciones eran todas verdaderas—. Y me lleva a todo tipo de restaurantes caros y espectáculos de Broadway...

—Vaya, Mia —dijo Marisa, con cara de envidia por primera vez desde que Mia podía recordar—, suena como el hombre soñado.

Mia sonrió. —Y también es un gran cocinero, y hace la colada...

—Oh, Dios mío, ¿de dónde ha salido este dechado de virtudes?

—Lo sé, ¿verdad que sí? A Mamá le daría un ataque si lo supiera.

Y las dos hermanas se sonrieron mutuamente entendiéndose a la perfección.

Entonces Marisa volvió a ponerse seria:

—Entonces, ¿por qué lo vuestro no puede funcionar? Él parece perfecto. ¿Tiene algún defecto importante que no puedas soportar?

—Bueno, es muy mandón y autocrático —admitió Mia—, así que definitivamente tengo un problema con eso. Y donde él procede, no ven necesariamente, eh, a las mujeres... como iguales, ¿sabes a qué me refiero? —Eso estaba lo más cerca de la verdad que podía estar.

Los ojos de Marisa se abrieron al comprenderlo.

—Ohhh, ¿es uno de esos tíos de Oriente Medio? Con un harén y todo eso... ¿de los que obligan a sus mujeres a ir tapadas de la cabeza a los pies?

Mia se encogió de hombros.

—Algo por el estilo. Así que nunca podría funcionar de verdad. Venimos de mundos muy distintos—. En sentido literal, quería decir Mia, pero Marisa no tenía por qué enterarse.

—Vaya, hermanita. —Marisa la miraba con un respeto recién adquirido—. Tengo que decir que me has sorprendido. Nada de universitarios aburridos para ti... oh, no, has entrado directamente en las ligas mayores. Un jeque de Dubái, ¿eh?

Mia se sonrojó.

—No es un jeque, solo un ejecutivo.

—Guau. —Su hermana seguía pareciendo impresionada—. ¿Y te ha dado algún regalo o joyas caras?

Mia sonrió. A veces su hermana era tan predecible... Aunque vivía una vida normal, Marisa decididamente apreciaba las mejores cosas de la vida: hoteles lujosos, ropa de diseño, bonitos accesorios...

—Me ha comprado un guardarropa entero de prendas del Saks de la Quinta Avenida —admitió Mia—. No le gustaba mucho mi ropa vieja...

—¡OH, DIOS MÍO!, ¿¡DE SAKS!? —el grito de

Marisa casi le perfora los tímpanos—. ¿En serio? ¡Tienes que prestarme algo cuando vengas!

Mia se echó a reír.

—¡Por supuesto! Lo que quieras, es tuyo.

—Oh, mierda, qué más da —dijo Marisa—, acabo de darme cuenta de que pronto ya no podré pedir nada prestado a nadie, especialmente a mi menuda hermanita. En un par de meses, estaré hecha una vaca.

—Oh, por favor —dijo Mia, riéndose ante la idea de su esbelta hermana pareciéndose ni remotamente a una vaca—, estarás como una de esas actrices de Hollywood, toda normal, solo con una pequeña y cuca barriguita.

Marisa se estremeció.

—Honestamente, eso espero. Pero tengo que decir que, hasta ahora, el embarazo no se parece en nada a lo que me había imaginado.

Mia le lanzó una mirada compasiva.

—Eso es un asco. Aguanta, ¿vale? En solo unos meses, tendrás un precioso bebé.

Marisa sonrió de oreja a oreja.

—Eso es verdad. Y tú aguanta también, hermanita, ¿vale? Llámame si quieres volver a hablar de Míster Guaperas. Y te prometo no contarles nada a nuestros padres. Tienes razón, se preocuparían sin necesidad. Este tipo de cosas es mejor dejarlas para las charlas con tu hermana.

Mia sonrió y le dijo:

—Es lo que yo pensaba. Te quiero. Dile hola a Connor de mi parte, ¿vale?

—Lo haré —dijo Marisa, y desconectó diciendo adiós con la mano.

Aliviada, Mia se quedó mirando a la pantalla vacía. Había mentido a su familia, pero al menos había conseguido evitar que se aterrorizaran del todo. De algún modo, la conversación con Marisa había sido terapéutica. Aunque no podía contarle toda la verdad a su hermana, había podido compartir suficientes detalles para hacerle sentirse mucho mejor con respecto a la situación. El oído comprensivo y sin prejuicios de Marisa había sido exactamente lo que ella necesitaba en este punto.

Ahora tenía que acabar de editar su trabajo, y entonces habría terminado todo lo que se había propuesto hacer ese día.

CAPÍTULO VEINTIDÓS

*A*hora que había acabado de estudiar, Mia no tenía ni idea de qué hacer consigo misma. Se despertó el jueves por la mañana, entregó sus trabajos online y decidió dar un paseo por Central Park. Esa mañana Korum había vuelto a irse temprano, antes de que ella despertara, así que tenía el resto del día para ella sola. Escribió un mensaje de texto a Jessie, pero su compañera tenía su examen de Cálculo por la tarde y estaba empollando frenéticamente. Mia deseó poder tener a alguien más con quien pasar el rato, solo para evitar estar a solas con sus pensamientos, pero casi todos los demás estudiantes estaban muy ocupados preparando sus maletas para el verano o todavía sumidos en los finales.

El clima de mediados de mayo en Nueva York era normalmente impredecible. Ese año, parecía que el verano había llegado temprano, y la temperatura de ese día era de unos agradables veinticuatro grados. Mia se puso encantada uno de sus nuevos modelitos de primavera, un sencillo vestido de tubo azul, y un par de sandalias color crema que conseguían aunar la comodidad con la elegancia. Y entonces salió a reunirse con las hordas de neoyorquinos y turistas que iban a disfrutar de Central Park.

Era difícil creer que apenas hacía un mes Mia había estado caminando por aquí por su cuenta, sin saber realmente nada de los K, tan solo pensando en su trabajo de Sociología. Aún no había conocido a Korum, y no tenía ni idea del giro drástico que su vida tomaría en cuestión de minutos. ¿Qué hubiera pasado si aquel día ella no se hubiera sentado en ese banco? ¿Estaría ahora mismo haciendo las maletas para irse a casa el sábado?

Como si sus pies tuvieran mente propia, Mia se encontró dirigiéndose hacia el Bow Bridge, el lugar de su primer encuentro en la tercera fase. A diferencia de la última vez, el pequeño puente estaba hoy abarrotado, y todo el mundo intentaba sacar fotos del pintoresco paisaje. Mia encontró sitio en un banco junto a una pareja joven y se instaló para leer el último best seller de suspense, algo que solo tenía tiempo de hacer cuando no había clases.

Media hora después, la pareja se marchó, y Mia se quedó el banco entero para ella sola. Sin embargo, antes de poder disfrutarlo demasiado, oyó a alguien decir su nombre. Sobresaltada, levantó la vista y se encontró con una joven vestida con un par de tejanos rotos y una camisa blanca sin mangas. Tenía el pelo corto y alborotado, como el de un muchacho, y los brazos elegantemente musculados. Era Leslie, la chica que había conocido aquella vez con John, una de las combatientes de la Resistencia.

—Hola, Mia —dijo ella—, ¿te importa que hable contigo un minuto? —Sin esperar respuesta, se sentó en el banco de Mia.

—Claro, adelante —dijo Mia algo groseramente. Leslie no era su persona favorita, y realmente no le apetecía que le encargaran algo más ahora mismo. Por lo que a Mia respectaba, había llevado a cabo su misión, y lo único que quería es que la dejaran en paz.

—Mira —dijo Leslie, con un tono mucho más amable que el de la anterior ocasión—, sé que empezamos con mal pie. Solo quería darte las gracias por lo que hiciste, y entregarte algo de parte de John. — Le tendió un pequeño objeto ovalado que se parecía vagamente a un mando de garaje o a una llave de coche automática.

—¿Qué es? —preguntó Mia con recelo, sin cogerlo.

—Es un arma —dijo Leslie—, un arma que puedes utilizar para protegerte en caso de que Korum se figure lo que ha pasado antes de que tengamos ocasión de neutralizarle.

—¿Neutralizarle?

Leslie suspiró.

—Tal como has pedido, intentaremos capturarlo vivo, para que pueda ser deportado a Krina. No va a ser fácil, pero haremos todo lo que podamos.

Mia tragó saliva.

—¿Qué?… Eh, ¿cuándo vais a hacerlo?

—No podemos hacerlo antes de que los escudos caigan, y el ataque a los Centros K esté en marcha. Él podría avisarles o conseguir refuerzos si intentamos cogerle ahora, así que no podemos arriesgarnos. Tendrá que ser casi simultáneamente. Él no es el único. Ahora mismo hay otros K que están fuera de los Centros. En cuanto se enteren del ataque contra sus colonias, lo cual será casi inmediatamente, se unirán a la lucha. Pero no están en zonas remotas, sino en nuestras ciudades, cerca de nuestros centros gubernamentales. Si se dan cuenta de que hemos roto el tratado, nos atacarán, y muchas vidas civiles se perderán antes de que seamos capaces de detenerlos. Así que tenemos que planificarlo todo con mucho cuidado, o tendremos un baño de sangre.

Mia pensó que eso era malo. Malo de verdad. No había pensado en eso, en otros K que, igual que Korum, vivían entre los humanos por el motivo que fuese. Fuertes, rápidos y armados con la tecnología de los K, incluso un solo individuo podía infligir un daño enorme a la población humana. Intentó imaginarse a Korum luchando para proteger a su especie y le dio un escalofrío de pensarlo. Solo la breve muestra de furia que había visto en el club nocturno había sido aterradora. No le cabía duda de que podía ser realmente brutal si la ocasión lo requería.

Volviendo su atención hacia el pequeño objeto, Mia preguntó:

—Así que ¿qué se supone que hace este arma?

—Disuelve los enlaces moleculares, destruyendo todo lo que encuentra a su paso —dijo Leslie—. Básicamente, lo convierte todo en polvo. Es una sencilla versión en miniatura del arma de verdad que intentamos usar para hacer que los K se rindan.

Horrorizada, Mia miró el pequeño artilugio de aspecto inofensivo en la mano de Leslie.

—¿Entonces puede convertir a una persona en polvo?

Leslie asintió.

—Todo lo que se encuentre en su trayectoria. Los nanorobots que libera funcionan durante unos treinta segundos antes de volverse inactivos, pero ese tiempo es suficiente por lo general para disolver a una persona por completo. No necesitas preocuparte de dispararle en el pecho ni nada por el estilo, si los nanos entran en contacto con cualquier parte de su cuerpo, está jodido.

Mia casi se atraganta al pensarlo.

—¿Qué? ¡No! ¡Jamás podría hacer algo así! —exclamó horrorizada—. No puedo usarlo contra él...

—Puedes, y lo harás —dijo Leslie—, si está en juego tu vida. No tengo ni idea de si relacionará lo que está pasando en los Centros K contigo, pero se supone que es algún tipo de genio, así que no me sorprendería que lo hiciera. —Leslie se pasó la mano por el pelo con gesto frustrado y añadió—: y será mejor para ti que lo hagas deprisa, antes de que tenga ocasión de reaccionar. Solo apunta y dispara, sin pensarlo... ¿Me entiendes? Son rápidos, Mia, realmente rápidos.

Mia negó con la cabeza.

—No lo haré. No puedo…

Leslie se encogió de hombros.

—Es tu elección. Si prefieres morir, allá tú, no es asunto mío. John me pidió que te la diera y aquí la tienes. Puedes cogerla y no usarla si eso es lo que quieres. Pero al menos no estarás completamente indefensa cuando todo se vaya a la mierda. —Puso el dispositivo en el regazo de Mia—. Si quieres usarlo, busca la pequeña ranura del lateral; si presionas allí con firmeza, se disparará. Tan solo asegúrate de apuntarle con el extremo redondeado.

Mia negó con la cabeza otra vez.

—No voy a usarlo —dijo firmemente convencida.

Leslie la miró con algo así como lástima.

—Idiota —dijo suavemente—, te has enamorado del monstruo, ¿verdad?

Mia apartó la mirada.

—Eso no es de tu incumbencia —dijo con voz baja, mirándose las uñas—. He hecho lo que tenía que hacer. Él se marchará y eso será todo.

—Cría estúpida —soltó Leslie con tono despectivo —, no eres nada para él, eres menos que nada. Te aplastará como a un insecto si estás por allí cuando ataquemos. Solo porque le guste follarte no significa que tenga piedad de ti si se entera de lo que has hecho. Se ha acostado con cientos de mujeres como tú, probablemente con miles, y tú no eres nadie especial…

—¡Tú no sabes nada! —interrumpió Mia, con cada palabra clavada en el corazón como un puñal—. Ni siquiera le conoces.

Leslie entornó los ojos.

—No necesito conocerle para saber exactamente cómo es: idéntico a todos los demás, Mia. No tienen ningún respeto por nosotros, por la vida humana. Para ellos somos solo un experimento, algo que han creado. Por lo que a ellos respecta, somos sus criaturas, suyas para hacer con nosotros lo que quieran. Y si les apetece, se librarán de nosotros y se apoderarán de nuestro planeta para sus propios fines. Y tú eres una ilusa si piensas que él es de algún modo diferente. Él es el peor de todos, es quien les condujo hasta aquí...

Leslie tenía razón. La parte racional de la mente de Mia sabía todo aquello, pero su estúpido corazón rechazaba seguir sus indicaciones. Saber que saldría de su vida en pocos días era extrañamente doloroso, y pensar que pudieran hacerle daño en el proceso le causaba un nudo de angustia en el estómago. Y sin embargo Leslie tenía razón, probablemente él no dudaría en matarla si se enterara de que sus actos habían hecho peligrar los planes de los K aquí en la Tierra.

No quería morir, pero no creía ser capaz de matarle, ni siquiera en defensa propia.

Mia respiró hondo y preguntó:

—¿Cuándo ocurrirá? ¿Cuánto falta hasta que se lance el ataque?

Leslie vaciló, tal vez pensando si Mia era aún digna de confianza.

—Leslie —dijo Mia con cansancio—, sé lo que pasaría si descubriera que os he estado ayudando. No voy a advertirle. No puedo, no sin perder la vida al hacerlo. No tengo ningún remordimiento por lo que he hecho. Que no sea capaz de matar a alguien con quien he tenido una relación íntima durante un mes no significa que traicionaría nuestra causa. Solo quiero saber cuánto tiempo tengo...

—Hasta mañana —dijo Leslie—. Tienes hasta mañana. Mi consejo es que desaparezcas por la mañana, que te alejes todo lo que puedas. No hagas las maletas, no hagas nada que levante sus sospechas. Simplemente lárgate. De una u otra manera, este fin de semana todo habrá terminado.

Aquella noche, Korum llegó tarde a casa, cerca de las nueve.

Mia había estado paseando arriba y abajo por el salón desde las cinco, incapaz de sentarse quieta o relajarse, ante la expectativa de lo que estaba por venir. Si Leslie le había dicho la verdad, esta iba a ser su última noche con Korum... y tal vez la última de su vida. Para aumentar sus posibilidades de supervivencia, decidió seguir el consejo de Leslie y marcharse a primera hora de la mañana. Korum probablemente ya habría salido del apartamento para entonces, y ella tendría ocasión de escapar, quizá cogiendo el metro hasta uno de los otros distritos. El desintegrador, como había decidido llamarlo, estaba guardado a buen recaudo en su bolso. No tenía ninguna intención de usarlo contra Korum, pero aun así era bueno saber que tenía algo con lo que poder defenderse, en el caso de que el viernes se desatara un infierno.

Solo por mantenerse ocupada, revolvió su armario y se probó algunos de sus nuevos vestidos. Su guardarropa era tan grande que muchas de sus prendas todavía tenían etiquetas, y ni sabía lo que tenía. Todo le quedaba perfecto, por supuesto: los compradores de Saks habían hecho su trabajo. Después de una hora probándose un modelito tras de otro, Mia se decidió por un sencillo vestido gris sin mangas, hecho de alguna mezcla de algodón, que se ajustaba a su torso y caía con un suave corte acampanado desde la cintura hasta las rodillas. A pesar del corte y el diseño conservadores, parecía elegante y sexy, como la mayoría de lo que ahora llevaba Mia. Para ir a juego con el vestido, Mia decidió maquillarse un poco, poniéndose una capa de rímel y un ligero toque de polvos. No tenía ni idea de por qué de repente era tan importante estar guapa esa noche, ya que normalmente no se obsesionaba por ese tipo de cosas, pero quería estar particularmente atractiva para Korum esa velada. Tras completar el look con un par de zapatos de tacón de tiras, Mia volvió a sus impacientes paseos.

Él le había dado un número de teléfono donde poder llamarle en caso de que lo necesitara, pero Mia nunca lo había utilizado. Sin embargo, cuando pasaban ya de las ocho, contempló seriamente llamarle para saber dónde estaba. Pero eso sería tan extraño en ella que él podría hacerse preguntas, y no quería arriesgarse a que él sospechara nada.

Por fin, a las nueve menos cuarto, la puerta se abrió. Él entró vestido con un sencillo par de vaqueros y una camiseta negra. Claro que daba igual lo que se pusiera, habría estado sensacional hasta con unos harapos. Al verla allí de pie, su rostro se iluminó con una enorme sonrisa que hizo que se marcaran su hoyuelo y unas arruguitas en los rabillos de aquellos ojos ambarinos. Y entonces un familiar resplandor dorado encendió su mirada.

Antes de que ella tuviera ocasión de decir nada, él ya estaba junto a ella, levantándola sin esfuerzo para darle un beso profundo y concienzudo. Su lengua penetró directamente en su boca, y Mia le rodeó con sus brazos y le devolvió el beso apasionada y algo desesperadamente. Sus piernas encontraron el camino hacia las caderas de él, y se quedaron así, enlazados uno en brazos del otro, hasta que Mia comenzó a jadear, y a retorcerse contra él, frotándole los senos contra el pecho, y moviendo su sexo arriba y abajo contra su pelvis. Él dio un grave gemido y ella notó como su erección se hacía aún mayor, presionando contra sus zonas íntimas a través de la tela que los separaba. Sujetándola con un solo brazo, él encontró el retazo de encaje que cubría su coño, lo destrozó y sus dedos se pusieron a acariciar y explorar sus húmedos labios. Mia gimió, con la mente casi anulada por el deseo, y escuchó el sonido de una cremallera bajándose. Y entonces él estaba dentro de ella y su polla se abría camino profundamente y hacia arriba mientras él la sostenía contra su cuerpo, allí de pie, en medio del salón.

Sorprendida por lo repentino de la penetración, Mia gritó, sus tejidos internos trataron de dar cabida a la intrusión y él se detuvo un momento, dejándola acostumbrarse a sentirlo así, en esa posición poco familiar. Y entonces él empezó a moverla, subiéndola y bajándola con una sola mano, mientras enterraba la otra en su pelo, atrayendo su boca de nuevo hacia él. No hubo ningún ascenso suave y gradual esta vez, ya que todo dentro de Mia se tensó simultáneamente, y entonces ella se dejó llevar por su clímax, con los músculos palpitando alrededor de su polla, con lo que él se corrió también, tan profundamente dentro de ella que pudo sentir sus contracciones orgásmicas en el vientre.

Mia se desplomó contra él, jadeante, incapaz de creerse que eso acababa de suceder ahora, en el lapso de solo dos minutos. La respiración de él era pesada también, y ella podía escuchar a su pecho poderoso moviéndose arriba y abajo mientras se sujetaba a él, con su polla todavía dentro. Una vez que terminaron las sacudidas de su orgasmo, la levantó y la puso con cuidado en el suelo, con las manos todavía rodeándole la cintura. A Mia le temblaban las piernas, y se agarró a él, agradecida por el punto de apoyo.

Al levantar la vista, Mia notó que sus ojos estaban volviendo a su color ámbar normal. Sus labios se curvaron en una traviesa sonrisita, y dijo con voz sensual:

—Supongo que tendré que disculparme otra vez, está claro que no tengo ningún control en lo que a ti respecta. Realmente no pretendía abalanzarme sobre ti nada más entrar. Además, seguro que tendrás hambre..

Era así, pero a Mia no le importaba. Ruborizándose un poco al notar su semen corriéndole por la pierna, murmuro con voz queda:

—No, no es necesaria ninguna disculpa... sabes que yo también lo he disfrutado de verdad...

Su sonrisa ahora transmitía pura satisfacción masculina.

—Me alegro —murmuró él—. Y ahora, ¿qué hay de cenar alguna cosa?

Mia asintió, y se sonrojó aún más cuando él desapareció un segundo y volvió con una toalla de papel que le alcanzó a ella. Avergonzada, Mia apartó la mirada mientras se limpiaba de los restos de su pasión.

Él se rio suavemente.

—Todavía eres tan mojigata —bromeó con dulzura —. Tendremos que curarte de eso en algún punto. Todo esto es natural, ¿sabes?

Mia se encogió de hombros, sin mirarle a los ojos a propósito. Por alguna razón, ella todavía sufría de estos episodios ocasionales de timidez con él, a pesar de todo el sexo apasionado y lascivo que habían compartido durante el último mes.

Korum se rio un poco más, y luego preguntó:

—Ya que estás tan bien vestida, ¿qué te parecería salir a comer algo de cocina francesa?

A Mia le parecía fantástico, así que se lo dijo.

—Vale, entonces, déjame darme un remojón rápido y cambiarme, y nos vamos. —dijo, quitándose la camiseta de camino al baño. Al ver su espalda esbelta y musculosa sus partes íntimas volvieron a palpitar de deseo. ¿Por qué él? se preguntó otra vez desesperada, ¿Por qué tenía que ser él quien la hiciera sentirse así? ¿Y cómo sería capaz de soportarlo cuando él se hubiera ido para siempre?

LA CENA TUVO lugar en un pequeño restaurante francés del que Mia nunca había oído hablar. A pesar de ello, la comida era espectacular, desde el ratatouille que Mia había pedido como plato principal hasta el hojaldre super ligero que terminaron compartiendo de postre.

—Así que ¿has terminado oficialmente con las clases este año? —preguntó Korum, tomando un sorbo de vino tinto. Mia había comprobado que parecían gustarle el vino y el champán, aunque nunca había notado que le hicieran efecto alguno. Pero claro, jamás le había visto beber más de un par de copas.

—Así es —contestó ella, ensartando un pedazo de calabacín con el tenedor—. El año escolar ha terminado oficialmente para mí. Hoy he entregado todos mis trabajos, y ahora puedo ser una vaga total.

Él sonrió.

—De algún modo, no puedo imaginarte haciendo el vago todo el día. Desde que te conozco, has estado ocupada estudiando o haciendo algo para clase. —Acercó su mano, le acarició suavemente la mejilla, y su expresión se tornó más seria—. Estará bien que te relajes un poco. Has estado trabajando demasiado duro estas últimas dos semanas. No creo que todo ese estrés sea bueno para tu salud.

Mia le lanzó una mirada de sorpresa.

—Estoy bien —protestó—. Me encuentro genial, eso no es un problema en absoluto.

Korum miró atentamente, con una expresión preocupada en su rostro.

—No sé —dijo, sacudiendo la cabeza—. Tu sistema inmunitario es tan delicado, tan frágil... no es demasiado bueno para ti sobrecargarte tanto.

Mia se encogió de hombros, preguntándose qué le habría hecho sacar el tema.

—Mi sistema inmunitario está bien —dijo—. Es tan fuerte como el de cualquier otro ser humano. En serio, no necesitas preocuparte por mí, no enfermo a menudo ni nada parecido.

—Ser tan fuerte como cualquier ser humano no es ser muy fuerte —dijo él, con un ligero ceño entre sus cejas oscuras. La miraba con gesto especulativo. Mia no tenía ni idea de lo que él estaba pensando. Fuera lo que fuera, aparentemente llegó a alguna conclusión, porque su frente se alisó. Cambiando de tema, él le preguntó sobre su día, y la conversación volvió a fluir de forma fácil e informal.

Según iba desarrollándose la cena, Mia no podía evitar mirarle fijamente, absorbiendo la imagen de su rostro, los animados gestos que empleaba cuando hablaba de algo que encontraba interesante, la manera en que su cuerpo alto y musculoso se movía en su silla, cada minúsculo gesto producido con esa gracia atlética e inhumana. Su carne se moría por él sexualmente, pero ahora las cosas iban un poco más allá. Cada célula de su cuerpo anhelaba estar con él, y pensar en mañana la colmaba de un horror frío y nauseabundo. Ella no podía decírselo, no podía avisarle de lo que estaba por venir, pero podía tratar de recordar cada momento de esta noche, guardar en la memoria la curva de su boca, las gruesas líneas oblicuas de sus cejas, la forma en que su risa sonaba cuando ella decía algo divertido.

Una revelación angustiosa la atravesó: ella le amaba. A pesar de todo lo que sabía sobre él, a pesar de todo lo que él le había hecho, a pesar de que fuera su enemigo y de que ella le hubiera traicionado, a pesar de todo eso, ella le amaba con cada fibra de su ser.

Y mañana, iba a perderle para siempre.

CAPÍTULO VEINTITRÉS

*E*l sonido suave pero constante de la lluvia despertó a Mia a la mañana siguiente. Se estiró, todavía medio dormida, reacia a enfrentarse al día sin saber por qué, y entonces su cerebro ató cabos y se sentó de golpe, sin aliento, al darse cuenta de lo que iba a pasar esa mañana.

Saltó de la cama y se obligó a ir hasta el baño y cepillarse los dientes, siguiendo su rutina matinal habitual por si acaso Korum seguía en casa. Una vez terminó, se puso un par de vaqueros y una cómoda camisa de manga larga y se aventuró en el salón con cautela para comprobar la situación.

No había nadie en el salón ni en la cocina, y Mia casi sintió un escalofrió de alivio. Korum debía de haber seguido con su rutina normal, marchándose para pasar el día haciendo lo que fuera que él hacía. Y tras la oleada de alivio, llegó la decepción. Racionalmente, sabía que tendría que estar contenta de tener la ocasión de escapar, de que el destino estaba siendo generoso permitiéndole evitar un último y potencialmente mortal contacto con su amante alienígena, pero eso no servía para cerrar la herida sangrante de su corazón, que se había abierto al darse cuenta de que nunca le volvería a ver.

La noche anterior había sido increíble, el sexo entre ellos lo más parecido a hacer el amor que Mia había experimentado jamás. Él la había tratado como a una princesa, adorándola con su cuerpo, y Mia había llorado otra vez al terminar, incapaz de contener el mar de lágrimas que la inundaba al pensar en lo que pasaría al día siguiente. Él había intentado calmarla, saber qué le causaba el disgusto esta vez, pero Mia solo había hablado de forma incoherente. Y al final él simplemente la había poseído de nuevo, entrando en su cuerpo con un ritmo salvaje e implacable hasta que ella dejó de pensar, sus preocupaciones fundiéndose en el calor de la pasión, hasta que gritó de éxtasis cuando él la hizo llegar al clímax, una y otra vez. Y después, sencillamente había perdido la consciencia, demasiado exhausta para recordar ni por qué había estado llorando.

Pero ahora no podía pensar en eso. No si quería escapar con vida.

Mia cogió su bolso, se ató las zapatillas y se preparó para marcharse del apartamento de Korum. Echó un último vistazo a los muebles color crema y a las frondosas plantas y se acercó hasta la puerta, cada paso pareciéndole más difícil que el anterior.

No estaba segura de qué era lo que le hizo darse la vuelta y entrar en el despacho, dejando el bolso sobre el sofá del salón. ¿Era su subconsciente todavía aferrándose a la esperanza de que estuviera allí? ¿Que podría verle por última vez? No lo creía, pero sus pies parecían tener mente propia, llevándola hacia las puertas correderas que se abrieron cuando ella se acercó.

No había nadie en la habitación, pero un mapa tridimensional gigante parpadeaba frente a ella, de un tipo que ella nunca había visto antes.

Con el corazón galopándole en el pecho, Mia entró en la estancia como si la dirigiera un hilo invisible.

Lo que se extendía frente a ella no era Nueva York, lo habría reconocido al verlo. De hecho, no era en absoluto como una ciudad. Había vegetación por todas partes. Una gran diversidad de frondosas plantas de grandes hojas verdes, que iban desde lo conocido hasta lo exótico, parecía dominar el paisaje. A través de los árboles eran visibles unas estructuras pálidas y oblongas, parecidas a los extraños sombreros de grandes setas. De no ser por esas estructuras, Mia habría creído estar viendo un parque o una selva de algún país tropical. El lugar era precioso... y marciano. Cada uno de los pelitos de su nuca se puso firme cuando Mia cayó en la cuenta de qué estaba mirando exactamente.

Tenía que ser un Centro K... quizás incluso su sede en Costa Rica. Lenkarda, como Korum lo había llamado una vez.

Con el corazón a cien, Mia evaluó la situación. Tenía que irse y tenía que hacerlo ahora. ¿Por qué estaría Korum mirando un mapa de los Centros K? ¿Sospechaba algo? ¿Y por qué sería tan descuidado como para dejarlo visible de esta manera? ¿Sospechaba de ella después de todo? ¿Era esto una trampa?

Al pensar en eso, Mia sintió una oleada de frío terror corriendo por sus venas. Tenía que marcharse ahora mismo.

Y sin embargo no podía apartar sus ojos de la increíble imagen frente a ella. ¿Cuántos humanos habían visto algo tan asombroso? Los Centros K estaban estrechamente vigilados, con una zona de exclusión de vuelo por encima de ellos. Ni siquiera podían verlos los satélites humanos: los escudos Krinar habían hecho los asentamientos prácticamente invisibles a la electrónica humana. Y aquí tenía la ocasión de ver una colonia alienígena, de ver dónde había vivido Korum.

Una tremenda curiosidad invadió ahora a Mia. Haciendo caso omiso a la razón y al sentido común, se adentró en la habitación, dando vueltas lentamente alrededor de la mesa y estudiando el cuadro viviente que se extendía frente a ella.

Los edificios, si eso es lo que eran, estaban muy separados entre sí, y combinaban armoniosamente con su entorno. Por lo que ella podía ver, no había carreteras pavimentadas ni aceras; por el contrario, cada estructura se erguía independiente en medio de la vegetación. Y Mia se dio cuenta de que no tenían puertas ni ventanas, o al menos, ninguna visible para ella. Cada edificio era de distintos colores suaves: predominaban el marfil, el crema y el beige claro, aunque también se apreciaban tonos de gris claro y melocotón pastel.

Hacia el centro del mapa había varias estructuras mayores, incluyendo una gran cúpula circular. Eran totalmente blancas. Mia dedujo que esas probablemente serían las zonas comunes de reunión. No había tampoco aceras ni carreteras que condujeran hasta ellas, ni salidas o entradas visibles.

En los límites exteriores del asentamiento, se encontraban algunos edificios circulares más pequeños esparcidos de forma regular, rodeando el perímetro entero. Eran verdes y marrones y se confundían con el paisaje tan bien que Mia tuvo que mirar con atención para darse cuenta de su presencia. Era como un camuflaje, advirtió. Si no hubiera sido por el suave centelleo que parecían emitir los edificios, ella no habría notado que estaban allí. Mia se preguntó si serían algún tipo de puestos de guardia. Después de todo, los K estaban en territorio hostil, inmensamente superados en número por los nativos; tenía sentido que la seguridad de sus colonias fuera importante.

Más allá de los edificios marrón verdoso había más vegetación, y la vida vegetal dominaba hasta donde alcanzaba la vista. Y hacia el oeste, Mia vio una gran masa de agua, quizás un océano o algo así. Si esto era Costa Rica, probablemente fuera el Pacífico: aunque el país tenía dos litorales, la región de Guanacaste que había mencionado Korum se encontraba a orillas del Pacífico.

Mientras Mia contemplaba asombrada las imágenes tridimensionales, notó un brillo conocido rodeando una de las zonas cercanas al océano. Mirando más de cerca, vio una pequeña estructura de madera que parecía de origen humano, como algún tipo de choza. Sin atreverse apenas a respirar, Mia extendió la mano hacia ella, y entonces se apartó rápidamente, al recordar la última vez que había entrado en ese entorno de realidad virtual sin una vía de escape. Al buscar con desesperación por el cuarto, vio el jersey de Korum colgando del respaldo de una de las sillas. ¡Ajá!

Mia se puso el jersey rápidamente y tocó la imagen resplandeciente con la mano, preparándose para el reajuste de realidad que ya había experimentado antes.

Y allí estaba, de pie en la playa, respirando la salada brisa marina, sintiendo el cálido sol en la cara y escuchando el rugido del océano. Pasó una libélula volando, seguida por una abeja. Vio a una pequeña criatura parecida a un cangrejo escabullirse atravesando la arena a unos pocos metros de ella. Todo parecía tan real... pero sabía que probablemente estaba dentro de algún tipo de grabación.

Entrecerrando los ojos para protegerse de la brillante luz, Mia estudió los alrededores. Había un pequeño sendero que conducía desde la playa hasta el edificio con aspecto de cabaña que había visto enclavado entre los árboles. Sintiéndose un poco como

Alicia en el País de las Maravillas, se encaminó hacia él, irresistiblemente curiosa por ver lo que había dentro.

La choza parecía vieja y destartalada, sobre todo al verla de cerca. Tenía que haber sido hecha por la mano del hombre; a juzgar por el estado de la madera, era definitivamente anterior a la llegada de los K. También tenía una puerta, lo que significaba que Mia podía entrar y explorarla. Contuvo expectante la respiración y empujó la puerta, haciendo una mueca al escuchar el chirrido de las bisagras oxidadas.

El interior de la cabaña estaba inmaculado, sin telarañas ni otras cosas desagradables que uno esperaría encontrar en un edificio abandonado. El mobiliario era viejo y sencillo, pero todavía utilizable, con una mesa pequeña y unas cuantas sillas a su alrededor. También había un palé en el suelo, aparentemente para dormir. Y allí no había absolutamente nadie. Decepcionada, Mia miró a su alrededor. ¿Por qué tendría Korum esta grabación? Claramente, no estaba ocurriendo nada.

Y entonces se abrió la puerta y entró un K varón. Tenía el aspecto típico de los suyos: era alto y guapo, con el pelo negro y la piel muy bronceada. Llevaba un par de shorts grises de un tejido inusual, un top ancho sin mangas, y calzaba algún tipo de finas sandalias. Apenas osando respirar, Mia lo miró, pero obviamente él no era consciente de su presencia. Sin embargo, parecía nervioso. Echó una rápida mirada furtiva a su alrededor y caminó hacia la mesa. Por si acaso, Mia se apartó de su camino, subiéndose al palé, sin estar segura sobre qué ocurriría si tocaba físicamente a alguien en este extraño mundo virtual.

El K apartó la mesa y se agachó, mirando algo que había en el suelo. Entonces presionó una de las tablas, y esta pareció ceder bajo sus dedos. Aflojándola un poco más, tiró de algo, y la sección entera del suelo se abrió. Sin dudarlo, saltó dentro y la abertura se empezó a cerrar lentamente tras él.

El corazón de Mia se aceleró mientras le observaba. Esta era su ocasión, pero, ¿se atrevería a seguirle? ¿A qué profundidad estaba su destino, y qué pasaría si ella saltaba tras él? ¿Se haría daño, resultaría herida? Esto no era real, estaba solo viendo una película muy realista. Pero algunas sensaciones seguían allí: calor, olfato, tacto... Aunque cuando se cayó en la acera la vez anterior no le había dolido en absoluto. Y la abertura del suelo se estaba cerrando por segundos. A la porra, decidió Mia. Ya se estaba jugando la vida solo por estar aquí, ¿qué más daba una lesión potencial en un mundo virtual?

Respiró hondo y saltó.

Al principio, solo hubo oscuridad, y la vertiginosa sensación de estar cayendo, y luego el suelo duro estaba bajo sus pies, y Mia aterrizó con la facilidad de un gato. Buscando aire, apenas capaz de creer que lo había conseguido, Mia se palpó las piernas y las rodillas. Todo parecía estar normal, y la respiración de Mia empezó a normalizarse. Había sobrevivido al salto de una pieza, y ahora solo tenía que averiguar dónde se encontraba.

La habitación en la que había aterrizado era pequeña y poco interesante, pero había una puerta. El K tenía que haber salido por allí. Abriéndola con cuidado, Mia echó un vistazo al otro lado.

Tras la puerta había una gran habitación, ocupada por varios K, incluido el que había estado siguiendo Mia. Su corazón se detuvo por un segundo. Nunca había visto tantos alienígenas reunidos en un solo lugar, y era una visión alucinante.

Había cinco varones y dos mujeres, todos altos y hermosos, cada uno a su manera. Su ropa estaba claramente pensada para el clima cálido, los hombres llevaban shorts y camisas sin mangas de diversos estilos, y las mujeres vestían vestidos ligeros y vaporosos que solo cubrían sus pechos y sus caderas, dejando la mayor parte de su piel dorada al descubierto. A pesar de sus atuendos, Mia dudaba que estuvieran allí para disfrutar de la brisa marina. Parecían tensos y preocupados, con una gestualidad fuerte y casi violenta mientras discutían algo en idioma Krinar. En general, le recordaron a Mia a una manada de leones, merodeando por la habitación con esa gracia animal peculiar de su especie.

Al final, uno de ellos miró su muñeca, donde parecía tener un pequeño aparato. Ladrando algo que sonó como una orden, pulsó un botón y una imagen holográfica apareció en medio de la habitación. El resto de los K la rodearon, y Mia se acercó para ver qué estaban mirando. Para su sorpresa, era un hombre humano, posiblemente un militar, a juzgar por su uniforme.

—Estamos todos a salvo —dijo el K moreno con un perfecto acento americano—. Todos hemos abandonado el Centro en diferentes momentos entre anoche y esta mañana. ¿Está todo listo en su lado, general?

¿General? Mia sintió un helado terror extendiéndose por sus venas. Esos tenían que ser los kets, y estaban trabajando con las fuerzas humanas que había mencionado John. Y si ella los estaba observando así, sus identidades ya no eran secretas. Korum sabía exactamente quienes eran y cuáles eran sus intenciones. Casi hiperventilando por el pánico, Mia miró la escena horrorizada, sabiendo que eso no podía acabar bien.

El general asintió.

—Estamos listos. Nuestra gente está posicionada en los puntos acordados fuera de los Centros. La operación comenzará a su señal.

Una de las mujeres K, una belleza de pelo castaño y ojos color avellana, se acercó a la imagen.

—¿Y los de fuera? ¿Tiene a alguien preparado para sacarlos a todos?

—Lo tengo —dijo el general con tono sumiso—, pero hay solo un problemita. Uno de ellos ha desaparecido.

Los ojos de la mujer se entornaron.

—¿Qué quiere decir, desaparecido? ¿Quién?

—Korum. No hemos podido localizarle esta mañana.

Los K sisearon furiosos, y empezaron una agria discusión en su propio idioma. La mujer que había hablado gesticulaba con furia, intentando convencer de algo al hombre de pelo negro, pero él solo negaba con la cabeza, repitiendo la misma frase una y otra vez. Mia deseo desesperadamente entender lo que decían, pero lo único que pudo distinguir fue la mención ocasional del nombre de Korum.

Aparentemente tomando una decisión, el K de pelo negro se volvió de nuevo hacia la imagen. —General, esto es un problema mayúsculo. ¿Por qué no se nos ha notificado sobre esto antes? —Su voz estaba endurecida por la furia.

—Teníamos la situación bajo control hasta hace treinta minutos. Nuestros dos mejores combatientes estaban con él, siguiéndole cuando dejó su apartamento. Y entonces entró en un Starbucks y simplemente desapareció. No lo vimos salir, y registramos el lugar de arriba abajo. A mí me han avisado de esto hace apenas unos minutos.

—¡Idiotas! —le espetó la mujer—. ¿Cuántas veces les hemos dicho lo peligroso que es? ¿Por qué desaparecería así? ¿Vio a sus guerrilleros?

El general la miró con rostro impasible:

—¿Quieren que abortemos la operación?

Los K se miraron unos a otros, discutiéndolo un poco más en su idioma. Un minuto después, parecieron alcanzar una conclusión de algún tipo.

—No —dijo en inglés la mujer, negando con la cabeza— es demasiado tarde para eso. Si algo le ha hecho sospechar, entonces lo peor que podemos hacer sería retirarnos en este punto. Tendremos que ocuparnos de él más tarde, y esperar que no se pierdan demasiadas vidas en el proceso.

—¿Tenemos entonces su visto bueno para proceder?

—Lo tienen —dijo el hombre de pelo negro, y la mujer asintió.

—Muy bien —dijo el general—. La Operación Libertad comenzará a las 9:00, hora del este.

Mia miró frenéticamente por la habitación, intentando averiguar la hora actual. Un viejo reloj oxidado colgaba de una de las paredes. Mostraba las 6:55. Si eso era correcto y ella estaba de hecho en Costa Rica, entonces el ataque tendría lugar en menos de cinco minutos, ya que el país centroamericano estaba dos horas por detrás de Nueva York.

La imagen del general desapareció, y otra ocupó su lugar. Esta era de un bosque, con las familiares estructuras marrón verdoso en el fondo. Mia se dio cuenta de que era el límite de la colonia. Los Kets iban a observar el ataque desde este búnker subterráneo, donde se creían seguros.

Mia notó que le empezaban a temblar las manos. Oh Dios, si pudiera tan solo advertirles... Pero ya era demasiado tarde. Cuando Mia entró en la oficina de Korum, ya pasaban bastante de las diez en Nueva York. Si hubiera tenido lugar algún ataque, Mia lo habría oído, habría recibido mensajes preocupados de Jessie o una alerta urgente de noticias en su teléfono.

No, la Resistencia debía de haber fracasado. Lo único que podía hacer ahora era observar impotente como el desastre se desarrollaba delante mismo de sus ojos.

Los kets daban vueltas por la habitación, intercambiando ocasionalmente breves comentarios, pero principalmente guardando silencio. El holograma mostraba una frontera tranquila y pacífica, tan solo perturbada ocasionalmente por algún insecto volando. El tiempo parecía haberse ralentizado, cada segundo pasando más despacio que el siguiente. Mia se encontró mordiéndose las uñas, algo que no había hecho desde el instituto, y viendo como los kets se ponían cada vez más ansiosos.

El reloj marcó las siete, y se desató el infierno.

Algo brilló en el límite del bosque, y hubo un destello de luz azul. Los kets dieron gritos de victoria, y Mia se dio cuenta de que las cosas salían según lo previsto, quizás se había traspasado algún escudo...

Y entonces hubo una luz cegadora, y la estructura circular desapareció, desvaneciéndose frente a sus ojos. Otro destello de luz, y otra estructura se desvaneció. "Oh Dios", pensó Mia, "el ataque es real"; estaba ocurriendo de verdad. Estaban eliminando los puestos de vigilancia y atravesando las defensas del Centro.

De repente, aparecieron las fuerzas humanas, precipitándose hacia los límites exteriores. Vestidos con uniformes del ejército, todos parecían soldados entrenados, y eran muchos: docenas, no, cientos... Corrían haciendo que todo desapareciera a su paso con esos destellos de luz brillante.

La imagen holográfica cambió de perspectiva entonces, haciendo un zoom, y Mia pudo apreciar la magnitud de lo que estaba pasando.

Miles de tropas humanas se habían amontonado en la frontera, la mayoría armados con armas humanas. La desintegración de los puestos de vigilancia pareció servir como señal, y el ataque empezó en serio, la ola masiva de soldados humanos avanzando hacia el Centro y luego esparciéndose para rodear el perímetro.

Podía escuchar como la Resistencia enviaba un mensaje a los K, exigiéndoles su rendición y anunciando que tenían la nano arma lista para usarla.

Y en un abrir y cerrar de ojos, todo cambió.

Cuando la primera oleada de soldados llegó al límite exterior, hubo otro destello de luz azul y el centelleo reapareció. Los kets gritaron algo, y Mia vio horrorizada como los que iban delante eran lanzados hacia atrás por alguna fuerza invisible, con el cuerpo abrasado.

Su boca se abrió en un grito silencioso, y de repente todo había terminado. Una enorme onda de luz roja estalló barriendo el campo de batalla, y las tropas humanas que quedaban cayeron al suelo al unísono y no volvieron a moverse. Los millares de soldados humanos ya no eran nada más que cuerpos inertes yaciendo en la hierba. Fue como si hubiese estallado una bomba, pero en lugar de hacerles pedazos, les había aniquilado con esa brillante luz roja.

Mia no podía respirar, no podía apartar los ojos de la destrucción que estaba teniendo lugar. Sentía como si el pecho fuera a estallarle por la fuerza de su corazón golpeando contra sus costillas, y la bilis caliente se precipitó en su garganta. Era todo por su culpa; si no hubiera hecho lo que hizo, nada de esto estaría pasando. No habría ningún ataque, y toda esa gente estaría en sus casas pasando el día con sus familias, en lugar de morir frente a ella. Miles de muertes humanas pesaban ahora sobre su conciencia.

Los kets fueron presa del pánico, y sus gritos y discusiones invadieron la sala. Estaban decidiendo si huir o quedarse, entendió Mia, con una sensación de náuseas en el estómago. Lo habían arriesgado todo y habían perdido, y ahora sus actos tendrían consecuencias. Y entonces el techo tembló sobre sus cabezas, y los kets gritaron aterrorizados cuando la brillante luz del día inundó la estancia, la choza que había por encima aparentemente destruida. Mia gritó también, buscando refugio, aun cuando su cerebro le decía que esto no era real, que ella no era la que estaba en peligro. Petrificada, se acurrucó en un rincón, agarrándose las rodillas contra el pecho y viendo impotente como otros K saltaban a la habitación, vestidos con sencillos trajes grises que ella reconoció como sus uniformes militares.

El hombre del pelo negro se lanzó contra uno de los soldados, su ataque rápido y repentino, sus movimientos casi un borrón a los ojos de Mia, y fue repelido hacia atrás casi igual de deprisa, acabando con su cuerpo en el suelo convulsionando descontroladamente. Otro soldado, su líder, supuso Mia, dio una orden como un ladrido y los temblores desaparecieron. El ket de pelo negro había perdido el conocimiento. Los otros kets se quedaron inmóviles, poco dispuestos a compartir su destino, con rostros que iban desde la furia a la amarga sumisión. Cualquiera que fuesen las armas invisibles que tenían los soldados, eran claramente suficientes para disuadir a los kets de resistirse más.

Todo había terminado, pensó Mia, sombríamente. Las lágrimas rodaron por sus mejillas al ver a los soldados colocando círculos plateados alrededor de los cuellos de los Kets. La versión K de las esposas, tal vez... Los círculos se cerraron con un leve clic, y ese sonido encerraba otro significado: era el sonido de la derrota. La Resistencia había perdido, sus fuerzas habían sido totalmente diezmadas y sus aliados alienígenas capturados. La Operación Libertad había fracasado, y se habían perdido miles de vidas humanas. La Tierra no sería liberada, ni hoy... ni probablemente, nunca.

Otro K se dejó caer a la habitación entonces, con movimientos grácilmente controlados. A diferencia del resto, vestía ropa humana, un par de tejanos azules y una camiseta beige. Y Mia reconoció el familiar dibujo de las oscuras cejas sobre los penetrantes ojos dorados, la boca sensual que ahora mostraba un gesto de crueldad, dibujando una expresión de intransigencia en su extraordinariamente hermoso rostro.

Era Korum. Su enemigo, su amante... cuya especie acababa de matar a miles de personas frente a sus propios ojos.

CAPÍTULO VEINTICUATRO

Mia era incapaz de pensar, el cuerpo entero le temblaba por la impresión y el terror mientras observaba a Korum acercándose hacia los kets con aspecto de animal al acecho. La expresión de su rostro era algo que ella nunca había visto antes, una mezcla de furia helada y extremo desprecio. Se dirigió a la mujer de pelo castaño en krinar, con voz profunda y fría, y ella dio un respingo, como si la hubiera abofeteado físicamente. La otra mujer le interrumpió, con tono de súplica, y Korum se volvió hacia ella y le dijo algo que la hizo callar inmediatamente. Los hombres ket solo miraban fijamente, con expresiones que iban del miedo al desafío. Entonces Korum se volvió hacia el líder de los soldados y le hizo una pregunta. La respuesta que recibió le hizo asentir, al parecer satisfecho.

—Le pregunté si todos los otros Centros estaban

también seguros... en caso de que tuvieras curiosidad sobre la traducción.

Mia se quedó paralizada, con la sangre helándosele en las venas. Al volver lentamente la cabeza hacia un lado, se encontró con los ojos moteados de oro del alienígena que acababa de estar viendo al otro lado de la habitación.

Este Korum llevaba la misma ropa que su alter ego virtual, pero la media sonrisa burlona en su rostro era diferente. Así como el hecho de que la miraba directamente a ella y hablaba en inglés. Por el rabillo del ojo podía seguir viendo el drama que se desarrollaba en aquel sótano, pero ya no tenía importancia. En lugar de eso, lo único que podía hacer era mirar fijamente a la versión de carne y hueso de su amante... que ahora, sin duda, conocía su traición.

—Afortunadamente, lo estaban —continuó él, con voz engañosamente tranquila—. A excepción de los traidores que ves delante de ti, ningún krinar sufrió ningún daño. Solo se destruyeron algunos de los puestos de los escudos, que se reemplazarán con facilidad en la próxima hora.

Mia apenas podía oírlo por encima del rugido de su corazón, no registraba sus palabras inmersa en el torbellino de pánico de sus pensamientos. *Él lo sabía.* Él sabía lo que ella había hecho, y nada de lo que dijera o hiciera cambiaría el resultado. Todo lo que podía esperar era retrasar lo inevitable.

—¿Co-cómo? —graznó con voz ronca y apenas moviendo los labios exangües. Sentía la garganta extrañamente seca, y podía notar el sabor salado de sus lágrimas acumuladas en las comisuras de la boca.

—¿Cómo lo he sabido? —preguntó Korum, acercándose a su rincón y acuclillándose a su lado. Levantó la mano, le colocó suavemente su rizo rebelde detrás de la oreja, y le acarició la mejilla con sus nudillos, abrasándole la helada piel con su contacto.

Mia asintió con la cabeza, temblando por su proximidad.

—¿Cómo podría no enterarme, Mia? —dijo suavemente—. ¿De verdad pensabas que no me daría cuenta de lo que estaba pasando bajo mi propio techo? ¿Que no sabría que la mujer con la que dormía cada noche estaba trabajando para mis enemigos?

—¿Q-qué estás diciendo? —susurró ella, con el cerebro funcionando angustiosamente despacio—. ¿T-tú lo has sabido todo el tiempo?

Él sonrió amargamente.

—Por supuesto. Desde el mismo momento en que se acercaron a ti, y tú aceptaste espiar para ellos, lo supe.

—No lo… No lo entiendo. ¿Lo sabías y me dejaste hacerlo de todos modos?

—Era tu elección, Mia. Podrías haber dicho que no. Podrías haber rehusado. E incluso después de haber aceptado, en cualquier momento, podrías haberme contado la verdad, haberme advertido. Incluso ayer por la noche, todavía podrías habérmelo contado. Pero elegiste mentirme, hasta el final. —Su voz era extrañamente tranquila y lejana, y esa expresión de amargura todavía torcía sus labios.

—Pero... pero tú lo sabías... —Mia no podía procesar esa parte, no podía entender lo que él le estaba diciendo.

—Sí —dijo él, estirando la mano para coger otro rizo de su pelo—. Lo sabía y dejé que las cosas siguieran su curso. No era parte de mi plan original, ni la razón por la que estaba en Nueva York. Quería encontrar y capturar a uno de sus líderes para conseguir las identidades de los traidores que has visto hoy. Pero cuando elegiste traicionarme, me di cuenta de que una oportunidad de oro se había presentado por sí sola, que podríamos darle un golpe a la Resistencia del que jamás se podrían recuperar... y así yo atraparía a los traidores durante el proceso.

Él hizo una pausa, jugando con su pelo, enrollando y desenrollando el mechón en sus dedos. Mia lo miraba, hipnotizada, como un conejo atrapado por una serpiente.

—Así que te seguí el juego. Te di todas las facilidades para tener éxito en tu misión traicionera, y lo hiciste. Resultaste ser lista y con recursos, bastante ingeniosa, de hecho. —Sus ojos adquirieron un familiar brillo dorado—. Aquella noche cuando robaste mis diseños fue... memorable, como poco. La disfruté muchísimo.

Mia tragó saliva, empezando a darse cuenta de a dónde quería ir a parar.

—T-tú pusiste diseños falsos —susurró, una ardiente angustia invadiendo su pecho.

Él asintió, y una pequeña sonrisa triunfante curvó sus labios.

—Eso hice. Les di cuerda suficiente para que pudieran ahorcarse ellos mismos. Podían desactivar los escudos, pero no mantenerlos desactivados. El arma en la que confiaban no habría funcionado bien; la había diseñado para funcionar bajo condiciones de prueba pero no cuando se utilizara de verdad. Y les dejé tener algunas armas menores, para que pudieran causar algo de daño y ser atrapados con las manos en la masa intentando escapar... como los cobardes que realmente son. Sabía que confiarían en ti cuando les llevaras los planos, porque ya les habías dado suficiente información auténtica en ese punto.

—Entonces me utilizaste —dijo Mia quedamente, sintiendo como si se asfixiara. El dolor era indescriptible, aunque lógicamente ella sabía que no tenía ningún derecho a sentirse así.

—Duele, ¿verdad? —dijo él astutamente, con una sonrisa salvaje en el rostro—. Duele ser la que ha sido utilizada, la que ha sido traicionada... ¿verdad?

—¿Ha sido algo de todo esto real? —preguntó Mia amargamente—. ¿O era todo mentira? ¿Lo preparaste todo, hasta lo de conocernos en el parque?

—Oh, eso fue auténtico, en serio —dijo él suavemente, acariciándole ahora la oreja—. Desde el momento en que te vi, supe que te deseaba, más de lo que había deseado a nadie en muchísimo tiempo. Y llegaste a importarme, aunque sabía que era algo estúpido. Con el tiempo, esperaba que tú sintieras lo mismo por mí, que si te mostraba lo buenas que podían ser las cosas entre nosotros, te darías cuenta de lo que hacías, del error que estabas cometiendo. Y estuviste cerca, lo sé... Sin embargo, todavía me traicionaste al final, sin importarte lo que ocurriera, si yo vivía o moría...

—¡No! —interrumpió Mia, con una nueva oleada de lágrimas ardiendo en sus ojos—. ¡Eso no es verdad! Me prometieron... me prometieron que estarías bien, que te mandarían sano y salvo de vuelta a casa...

—¿De vuelta a Krina? —preguntó, con la voz peligrosamente ronca—. ¿Dónde estaría fuera de tu vida para siempre? ¿Y cómo se habrían asegurado de que me quedara allí?

Mia solo pudo mirarle fijamente. De algún modo, ese pensamiento nunca había cruzado por su mente. Por detrás de él, el Korum virtual dejó la otra habitación, al igual que los soldados que custodiaban a los prisioneros.

Él soltó una risa breve y áspera.

—Ya veo. Eso ni se te había ocurrido, ¿verdad?, que la deportación era solo una solución temporal. No, los traidores no me habrían deportado jamás. Soy demasiado peligroso a su entender porque tengo tanto el deseo como los medios para volver a la Tierra con refuerzos, y eso es lo último que ellos querrían.

Mia sintió como si le hubieran dado un puñetazo en el estómago. No lo sabía... Ellos le habían mentido. No podría haberlo llevado todo a cabo, no podría haberlo hecho sabiendo que él moriría en el proceso. Tenía que convencerle de eso.

—Korum —dijo desesperada—, no lo sabía, lo juro...

Él negó con la cabeza.

—No importa —dijo—. Aunque no quisieras que me mataran, aún así tenías toda la intención de exiliarme de tu vida para siempre, aun así me traicionaste... y eso no es algo que yo pueda perdonar fácilmente.

—¿Y ahora qué? —preguntó Mia agotada. Estaba empezando a sentirse embotada, y acogió esa sensación con agrado, ya que suavizó un poco su dolor y su miedo—. ¿Vas a matarme?

Él se la quedó mirando, con sus ojos volviéndose de un amarillo más frio.

—¿Matarte? ¿Has escuchado algo de lo que te he estado diciendo en los últimos diez minutos?

¿No iba a matarla? El entumecimiento se extendió, y ella solo era capaz de mirarle, incapaz de sentir nada más que una vaga sensación de alivio.

Ante su falta de respuesta, él dijo lentamente:

—No, Mia. No voy a matarte. Eso ya te lo había dicho. No soy el monstruo insensible que persistes en creer que soy.

Levantándose con un ágil movimiento, Korum agitó la mano y Mia cerró los ojos, mientras veía cómo se disolvía el mundo virtual a su alrededor. Cuando los abrió otra vez, estaba sentada contra la pared en el suelo de la oficina de Korum, todavía con las rodillas abrazadas contra el pecho.

Inclinándose, le tendió la mano. Con dedos temblorosos, Mia le dio la mano, permitiéndole ayudarla a levantarse. Para su vergüenza, las piernas le flaquearon, y se tambaleó levemente. Dejando escapar un suspiro, él la agarró, la levantó en sus brazos y le llevó fuera de la oficina.

—¿A dónde me llevas? —preguntó Mia confusa y desorientada tras el reciente cambio de realidad. Oh, Dios, ¿no estaría pensando él en tener sexo ahora mismo?; ella no creía poder soportar ese tipo de intimidad después de todo lo que había ocurrido.

—A la cocina —respondió Korum, caminando deprisa. Antes de poder preguntarle por qué, ya estaban allí, y él la estaba dejando en una de las sillas. Mia levantó la vista parpadeando, demasiado exhausta para intentar entender su inexplicable comportamiento.

—¿Cuándo fue la última vez que comiste algo? —preguntó, mirándola con el ceño ligeramente fruncido.

—Eh... anoche. —Mia no podía imaginar a donde quería ir a parar con esto.

Él asintió, como si ella le hubiera confirmado alguna cosa.

—No me extraña que estés tan débil —dijo con tono de reproche—. No has desayunado y tienes bajo el nivel de azúcar en sangre. —Se acercó hasta el refrigerador, llenó un vaso con algún líquido claro y se lo llevó—. Bébete esto, mientras te hago algo de comer —le ordenó, ignorando la expresión de incredulidad en el rostro de Mia.

¿Ahora quería darle de comer? ¿En serio? Olisqueando cautelosamente el vaso, Mia distinguió un vago aroma a coco. Qué diablos, decidió, si él la quería muerta, dudaba sinceramente que usara veneno para matarla. Tomó un sorbo y notó que su nariz no le había mentido: Korum le había dado agua fresca de coco para beber. Era exactamente lo que su cuerpo estaba pidiendo a gritos, una mezcla perfecta de carbohidratos y electrolitos. El helado entumecimiento que la había estado envolviendo como una armadura empezó a resquebrajarse, y los ojos de Mia volvieron a inundarse de lágrimas. ¿Por qué estaba él actuando así, después de todo lo que ella le había hecho?

Terminó su bebida y le observó moviéndose por la cocina, haciéndole un sándwich de tomate y aguacate. Ahora que la primera descarga de adrenalina ya había pasado, ella estaba empezando a pensar de nuevo, y su cerebro a funcionar a una fracción de su capacidad normal. La verdad sobre su relación había sido revelada. Ella se había pasado todo ese tiempo pensando que le estaba espiando por el bien de la humanidad, pero realmente él había estado usándola para aplastar a la Resistencia de una vez por todas. Todas esas vidas se habían perdido hoy por su culpa... No, no se podía centrar en eso ahora mismo, o estallaría en un millón de pedazos.

En lugar de eso, se concentró en resolver el acertijo de las intenciones de Korum. Él había dicho que no iba a matarla, pero, ¿la castigaría de algún otro modo? No podía imaginarse que la quisiera tener cerca después de la manera en que lo había traicionado. Esa farsa que era su relación se había terminado. Él había ganado: la Tierra quedaría por fin firmemente bajo control de los Krinar. Y Mia había sobrepasado su vida útil. Él ya no necesitaba un doble agente involuntario.

—Toma, cómete esto —dijo el objeto de sus cavilaciones, dejando el sándwich frente a ella y sentándose al otro lado de la mesa. Y luego hablamos.

—Gracias — dijo Mia educadamente y mordió obediente el sándwich. Le rugió el estómago, y de repente se descubrió hambrienta, su apetito de leñador haciendo su aparición a pesar del trauma de los acontecimientos de esa mañana. En menos de un minuto, había devorado el sándwich, y levantó la mirada, ligeramente avergonzada por su glotonería. La sonrisa que él tenía en la cara era auténtica esta vez, y ella se acordó de que a él le gustaba eso de ella, el saludable apetito que poseía a pesar de su pequeño tamaño.

—¿Y ahora qué? —Mia repitió su pregunta anterior, y la sonrisa de Korum se desvaneció. La miró con expresión inescrutable, y Mia se removió en su asiento, poniéndose cada vez más nerviosa.

—Pues ahora —dijo Korum con voz queda—, vendrás conmigo mientras ayudo a limpiar este desastre.

Mia sintió como toda la sangre abandonaba su rostro.

—¿Ir contigo a dónde? —Seguramente no podría querer decir...

Sus labios dibujaron una pequeña sonrisa.

—Al mismo lugar al que fuiste mientras curioseabas esta mañana: a Lenkarda, nuestro asentamiento de Costa Rica.

De repente, no había bastante aire en la habitación para que Mia respirara como era debido, y el sándwich se convirtió en una piedra en su estómago. ¿Qué estaba diciendo? No podía ser que aún la deseara, no después de todo...

—¿Por qué? —consiguió pronunciar, mirándole con horrorizada incredulidad.

—Porque, Mia, te quiero conmigo, y no puedo quedarme más en Nueva York —le dijo con calma, con una expresión impenetrable en el rostro—. He estado ausente demasiado tiempo. Hay cosas que requieren mi atención, una de las más importantes de las cuales es decidir qué hacer con los traidores.

Mia sacudió la cabeza, tratando de deshacerse de la niebla mental que parecía estar ralentizando su pensamiento.

—Pe-pero, ¿por qué quieres que vaya contigo? —balbuceó—. Solo estabas utilizándome...

—Yo te estaba usando a *ti* porque tú decidiste traicionarme a *mí*, nunca lo olvides, querida —dijo él en un tono peligrosamente suave—. Te he deseado desde el principio, y nada de lo que hayas hecho cambia eso. Eres mía, y te quedarás conmigo todo el tiempo que yo quiera. ¿Lo entiendes?

Notaba un rugido sordo en los oídos.

—No —susurró ella, sus palabras apenas audibles—. No. No iré a ninguna parte. No voy a ser ninguna esclava... Me niego, ¿me oyes? —su voz había aumentado de volumen con cada frase hasta que ella casi gritaba, la niebla roja de la ira apoderándose de su visión y deshaciéndose de cualquier resto de cautela.

—¿Una esclava? —preguntó él con rostro perplejo. Y entonces su frente se relajó, al entender aparentemente de qué estaba hablando ella Ah, sí, casi se me olvida que has estado operando bajo un concepto equivocado todo este tiempo. Te refieres al hecho de ser mi charl, ¿verdad?

—¡No voy a ser tu charl! —rugió Mia, apretando los puños bajo la mesa.

—Tú serás lo que yo quiera que seas, cariño, —dijo él suavemente, con una sonrisa burlona dibujada en sus labios—. Sin embargo, tus amigos de la Resistencia te han informado mal, ya sea sin pretenderlo o a propósito, acerca del auténtico significado de la palabra charl.

Con su enfado enfriándose ligeramente, Mira le miró fijamente.

—¿Qué quieres decir? ¿Me quieres decir que vosotros *no* tenéis humanos en vuestro Centros como... esclavos sexuales? —Soltó las últimas palabras con asco.

Él sacudió la cabeza, con la misma mirada sardónica en su cara.

—No, Mia. Un charl es un compañero humano, una

pareja humana si prefieres. Es una palabra única que utilizamos para describir el vínculo especial entre un humano y un Krinar. Ser una charl es un privilegio, un honor, no lo que sea que tú te hayas estado imaginando.

—¿Un privilegio estar contigo contra mi voluntad? —preguntó Mia con amargura—. ¿Ser obligada a ir donde no quiero ir, sin poder ver a mi familia, a mis amigos?

—Mia, no me mientas —dijo él con voz queda—. Ni a ti misma. Estar conmigo no es precisamente una obligación para ti. ¿Crees que no sé por qué has estado llorando esta semana? Me necesitas... tanto como yo te necesito a ti. Lo que nosotros tenemos es poco corriente y especial, aunque tú hayas hecho todo lo que has podido para separarnos. Si yo fuera joven y estúpido dejaría que mi dolor y mi ira me dominaran... y te abandonaría, lleno de resentimiento por tu traición. Pero he vivido el tiempo suficiente para entender que cuando encuentras algo bueno, te aferras a ello; no lo echas por la borda por un arrebato.

—¿En serio? ¿Te aferras a ello aunque la otra persona no te quiera? —dijo Mia con sarcasmo, enfurecida por su arrogante suposición de que lo sabía todo sobre sus sentimientos. Puede que ella *sí* se hubiera enamorado de él, quizá incluso hubiera pensado que le amaba, pero eso era antes de saber cómo él la había utilizado, antes de ser testigo de la muerte de miles de soldados humanos como consecuencia de lo que él había hecho. Él podía ser capaz de superar su dolor y su ira, pero Mia no podía ser ahora mismo tan magnánima.

—Oh, tú me quieres —dijo Korum suavemente—. Eso lo sé seguro. ¿Te gustaría que te lo demostrara?

Y antes de que ella pudiera pensar en una réplica, él estaba junto a ella, levantándola en sus brazos y acercándosela para darle un beso profundo, con la lengua penetrando en lo más recóndito de su boca. Enfurecida, Mia intentó permanecer impasible, moderar su respuesta, pero su cuerpo ni sabía ni le importaba que él estuviera a punto de arruinarle la vida. Solo conocía el placer de su contacto, y Mia se encontró fundiéndose con él, aferrándose a sus hombros con las manos en lugar de empujarle para que se alejara. Una oleada de calor ya familiar la inundó, y notó un manantial de humedad surgiendo entre sus piernas, y a su cuerpo preparándose con ansia para que él la poseyera.

Todavía sosteniéndola en sus brazos, él echó a andar y Mia estaba demasiado ida para que le importase hacia dónde. Acabaron en el salón, y él la dejó sobre el sofá, todavía besándola con esos besos profundos y penetrantes que nunca dejaban de volverla loca. Escuchó la cremallera de sus vaqueros al desabrocharse, y luego él tiró de ellos para quitárselos junto con las zapatillas, dejando la parte inferior de su cuerpo solo cubierto por unas braguitas blancas de encaje. Su pulgar encontró el punto sensible entre sus piernas, y él lo presionó a través de la ropa interior, acariciándolo en círculos de una forma que hizo que sus entrañas se tensaran, y Mia gimió sin poder evitarlo, arqueándose contra él, pidiendo más de la magia que ella solo había experimentado entre sus brazos.

Entonces, él la soltó, dando un paso atrás para quitarse su propia ropa, librándose de la camiseta con un gesto elegante y rápidamente también de los vaqueros y la ropa interior después, para quedarse desnudo del todo. Mia lo miró con una lujuria sin ambages, deleitándose en los poderosos músculos cubiertos por aquella hermosa piel bronceada, la sombra de vello oscuro de su pecho, y el sendero marcado por el vello de su bajo vientre que conducía hasta una polla grande y totalmente erecta, con los pesados testículos balanceándose por debajo.

Él no la dejó disfrutar mucho tiempo de la vista, agarrando su camisa para quitársela por la cabeza y desabrochándole el sujetador. Un segundo después sus bragas le fueron arrancadas para unirse a la pila de ropa tirada en el suelo. Él se detuvo un instante, explorando su cuerpo desnudo con una mirada ardiente, y entonces se inclinó sobre ella cerrando la caliente boca sobre el pecho izquierdo, y succionando. Mia gimió, sintiendo como la succión tiraba de ella hasta lo más profundo de su vientre, y él chupó su otro pecho, dando rápidos lametones en el pezón de un modo que la hizo desear desesperadamente que tuviera la cabeza medio metro más abajo. Como si le hubiera leído la mente, él tocó sus húmedos pliegues con la lengua, empujando con el dedo en la entrada a su vagina, y presionando en el punto ultrasensible dentro de su coño, y Mia inhaló aire con fuerza por la intensidad de la sensación, con el cuerpo palpitando al borde de caer. Sin quitar el dedo, él bajó la boca hacia su sexo, y con la lengua encontró el camino hasta dentro de sus pliegues para juguetear con la zona que rodeaba su clítoris. Al mismo tiempo, movió ligeramente el dedo dentro de ella, empezando a encontrar un ritmo, y todo el cuerpo de Mia se puso tenso al notar el hormigueo de las sensaciones previas al orgasmo expandirse hacia afuera desde sus regiones inferiores. Él daba rápidos lametones con la lengua en su botón del placer, primero suavemente y después con mayor presión, y Mia gritó bajo el azote casi cruel del éxtasis, con sus músculos internos sujetando con fuerza el dedo de él y después palpitando por los efectos del orgasmo.

Él sacó el dedo y le dio la vuelta, tirando de ella hacia el borde del sofá. Levantándola por un segundo, la colocó de manera que estuviera inclinada sobre el mullido brazo del sofá, boca abajo y con los pies apoyados en el suelo. Cubriéndola con su cuerpo, empezó a empujar para entrar dentro de ella, su polla penetrándola centímetro a lento centímetro. Mia estaba suave y húmeda por el orgasmo, y su cuerpo aceptó su entrada gradual, los sensibles tejidos internos estirándose y expandiéndose para dar cabida a la intrusión. Mientras iba avanzando, la besó en un lado del cuello, y ella se estremeció, empezando a tensarse de nuevo por dentro. Su sexo se contrajo con espasmos alrededor de su polla, y él gimió como repuesta, clavándose más profundamente en ella. Mia tomó aire con fuerza al sentir su miembro hundido en ella hasta el fondo; estaba imposiblemente grueso y duro, y ella se sintió arder por el calor que él desprendía dentro de ella, sobre ella, alrededor de ella.

Y entonces él empezó a moverse, sus empujones apretándola más contra el brazo del sofá. Cada músculo de su cuerpo se tensó, y ella gritó, cada caricia intensificando su placer agónico, hasta que su mundo se redujo únicamente a la polla que se movía hacia atrás y hacia adelante dentro de su cuerpo, y su única razón de ser fueron las puras sensaciones físicas, y ella quedó desnuda, despojada de todo salvo de las partes más elementales de su naturaleza animal. Podía oír gritos rítmicos a lo lejos, y supo que tenían que ser sus propios gritos, y por fin el clímax masivo barrió todo su ser, con sus músculos internos ondulando alrededor de él, y todo su cuerpo temblando por el efecto de la ola orgásmica. Y, con un grito grave, él se corrió también, con las caderas martilleando contra ella mientras su polla palpitaba dentro de su cuerpo con sus propias contracciones.

Cuando todo terminó, él se separó de ella, dejándola allí tendida, desnuda, todavía doblada sobre el brazo del sofá. Sin su gran cuerpo cubriéndola Mia sintió frio repentinamente, y el darse cuenta de lo que acababa de ocurrir tan solo aportó más gelidez al nudo que crecía dentro de ella. Poniéndose de pie sobre sus piernas temblorosas, Mia se agachó a recoger sus ropas, negándose a mirarle e intentando ignorar la humedad que resbalaba por su pierna. Ahora que el calor de la pasión se había desvanecido, volvió su rabia, magnificada por la vergüenza de su respuesta no deseada, hacia él.

—Mia —dijo él suavemente, y por el rabillo del ojo, ella le vio allí de pie, totalmente despreocupado por su desnudez. Ella se volvió, se puso el sujetador y usó su camisa para limpiar las huellas de la sesión de sexo antes de ponerse las bragas. Al subirse los vaqueros, se sintió algo mejor, pero dentro de ella seguía habiendo una fría furia. Sin siquiera pensarlo, se acercó al pequeño bolso que había dejado sobre el sofá esa mañana. Lo abrió, sacó el pequeño dispositivo que le había dado Leslie, y lo apuntó hacia él.

—Me marcho —dijo con fría calma. Parecía como si alguna desconocida hubiera asumido el control de su cuerpo, y la Mia de siempre no pudo evitar maravillarse por su atrevimiento, aunque supiera que sus probabilidades de éxito eran nulas.

Al ver el arma, el resplandor dorado de los ojos de Korum se enfrió.

—Eso que tienes ahí es un juguete peligroso —dijo tranquilo, mirándola con una expresión inescrutable en el rostro.

Mia asintió con frialdad.

—No me obligues a usarlo.

—Así que te vas de aquí, ¿y luego qué? —le preguntó él con una cierta curiosidad—. No existe un lugar al que vayas donde yo no pueda encontrarte.

Los planes de Mia no habían llegado tan lejos; de hecho ni siquiera había pensamiento alguno involucrado en sus acciones en absoluto. Sin embargo, ahora era demasiado tarde, así que se encogió de hombros y dijo con valentía:

—Cruzaré ese puente cuando llegue a él.

—¿Vas a darte a la fuga? ¿Cambiar de identidad? —prosiguió él, con una nota de risa en su voz—. Ninguna de esas cosas funcionaría, ¿sabes?

—¿Por la mierda localizadora que me introdujiste dentro sin mi conocimiento ni consentimiento? —preguntó ella con rencor.

Korum simplemente la miró, sin admitirlo ni negarlo.

—Solo existe una manera de que puedas librarte de mí —dijo lentamente.

Mia lo miró con frustración, sin entender a donde quería ir a parar. Ahora que la oleada de furia había pasado, se dio cuenta de la total estupidez de sus actos. Él tenía razón, incluso si conseguía salir de este ático, un gran "si", dados los reflejos veloces como rayos láser contra los que se enfrentaba, él la atraparía antes de que pudiera avanzar más allá de unas pocas manzanas. Apuntándole con esa arma, solo había conseguido enfadarle, y sintió una punzada de miedo al pensarlo.

—¿Y qué manera es esa? —preguntó, decidiendo ganar tiempo.

—Podrías dispararme —dijo él, serio—. Y todos tus problemas estarían resueltos.

Horrorizada, Mia lo miró con la boca abierta. La

idea de pulsar de verdad el botón y verlo disolverse ante sus ojos, igual que los puestos de defensa en la colonia, era algo impensable. Ella jamás había tenido ninguna intención de usar de verdad el arma. Todo lo que quería era recuperar algún grado de control, sentirse como si estuviera a cargo de su propia vida. Había querido amenazarle, hacerle doblegarse ante su voluntad, hacerle sentir como ella se sentía cuando él le arrebató su libertad de elección. Nunca quiso hacerle daño, ni mucho menos matarle.

—Adelante, Mia —dijo suavemente. Su poderoso cuerpo desnudo estaba relajado, como si estuvieran manteniendo una conversación normal, como si no hubiera un arma mortal apuntándole. Sigue adelante y dispara.

Los dedos le temblaban, tenía las manos resbaladizas por el sudor y sintió como en sus ojos ardían unas estúpidas y no deseadas lágrimas.

—Por favor —dijo ella, sin importarle ya sonar como si estuviera suplicando—. Por favor, no me obligues a hacerlo. Solo quiero marcharme... irme a casa. Por favor, deja que me vaya de aquí...

—Pues pulsa el botón, Mia. Y entonces podrás irte a donde quieras.

Mia sintió frio y calor a la vez, y el estómago revuelto por las náuseas. El diminuto dispositivo era de repente insoportablemente pesado en su mano, y su brazo temblaba por el esfuerzo de sostenerlo apuntándole a él. Las lágrimas se desbordaron, rodando por sus mejillas, y bajó el arma, dejándose caer al suelo, con las piernas temblando e incapaces de mantenerla más en pie. Enterrando la cara en las manos, ella lloró, disgustada por su propia cobardía, por su propia estupidez. Ella no podía hacerle daño, no podía matarlo; antes se dejaría cortar uno de sus propios miembros. ¿Cómo podía sentir eso por él incluso ahora? ¿Qué había de malo en ella para que se hubiera enamorado de alguien que ni siquiera era humano... un alienígena cuya especie acababa de asesinar a miles de personas?

En lo más profundo de su desesperación, sintió como él la envolvía con sus brazos, levantándola del suelo y sentándola en su regazo sobre el sofá.

—Shh, cariño, —susurró— todo irá bien, lo prometo. Yo tampoco habría sido capaz de pulsar ese botón, y me alegro de que tú no hayas podido.

Él acarició su pelo suavemente mientras ella lloraba sobre su hombro desnudo. Después de unos minutos, sus sollozos empezaron a remitir. Avergonzada por su arrebato, Mia intentó alejarse, pero él no la dejó, y en lugar de eso le levantó la barbilla para mirarle a los ojos.

—Mia —dijo suavemente—, no te llevo conmigo para ser cruel. Después de todo lo que ha ocurrido, la Resistencia, o lo que quede de ella, irá a por ti. No saben toda la historia, y pensarán que les has tendido una trampa. No escatimarán esfuerzos para intentar matarte, y si averiguan cuánto significas para mí, intentaran cogerte viva para usarte contra mí. Lo siento, pero no tengo elección. Simplemente no es seguro para ti estar en ningún otro sitio ahora mismo excepto en Lenkarda.

Mia se quedó mirándole, con los ojos aún empañados por las lágrimas. No había pensado en eso, pero era verdad. Por lo que respectaba a la Resistencia, ella había traicionado a la humanidad entera. Definitivamente la culparían por la gran pérdida de vidas que acababa de presenciar. Se le ocurrió un pensamiento aterrador.

—¿Qué pasa con mi familia? —preguntó, sintiendo como el hielo la invadía por dentro ante la posibilidad de que los luchadores por la libertad pudieran tratar de hacer daño a sus seres queridos.

—Tu familia no ha tenido nada que ver con esto, y dudo que los guerrilleros sean tan vengativos como para causar daño innecesariamente a otros humanos. Pero tu especie puede ser muy impredecible, así que me aseguraré de que varios de nuestros mejores guardias estén posicionados cerca de tu familia, para echarles un ojo.

Mia abrió la boca para preguntar, pero él se le anticipó.

—Y no, con eso no bastaría para asegurar *tu* seguridad. Todavía hay unos cuantos líderes de la Resistencia en paradero desconocido, y están armados con algunos de los artefactos Krinar. Espero que se escondan y dejen en paz a tu familia, pero podrían ser capaces de arriesgarlo todo para llegar hasta *ti*. Así que hasta que sean capturados, estarás más segura en

Lenkarda. Y si tienes que salir para algo, será conmigo a tu lado.

Mia pensó con amargura lo conveniente que esto era para él, para poder mantenerla prisionera con un buen motivo. Por supuesto, la Resistencia querría matarla, y con razón. Ella era la responsable de todas esas muertes de hoy...

—¿Cuánta gente ha muerto esta mañana? —preguntó Mia, deseando morirse también.

Korum se encogió de hombros ligeramente.

—No sé si los médicos llegaron hasta los que se quemaron lo bastante deprisa como para salvarlos. Algunos pueden haber muerto nada más hacer contacto con el escudo.

—¿Qué pasa con todos los demás, los que fueron alcanzados por esa luz roja? —preguntó Mia, con el corazón empezando a desbocarse por una loca esperanza.

—Quedaron inconscientes, igual que los que atacaron el resto de nuestros Centros. Merecían morir, por supuesto, pero decidimos dejar que vuestros gobiernos se ocuparan de ellos. Será interesante ver cuál será su castigo por violar el Tratado de Coexistencia y poner en peligro a toda vuestra especie.

El alivio que Mia sintió fue indescriptible. El nudo de su pecho pareció aflojarse, dejándola respirar con libertad por primera vez desde que había presenciado el ataque.

Y entonces Korum añadió:

—Por supuesto, no vamos a dejar las cosas al azar.

Todos esos luchadores tienen ahora dispositivos de vigilancia implantados en sus cuerpos así que sabremos todo lo que hagan y a donde vayan. Han sido neutralizados a todos los efectos como amenaza para nosotros, y podemos usarlos para capturar al resto, a los que hoy no estaban cerca de nuestros Centros.

Así que él había cumplido su misión de aplastar a la Resistencia. Dado el gran número de combatientes que yacían en el campo, los K tendrían ahora miles de mecanismos de vigilancia andantes y parlantes diseminados por todo el planeta. Era ciertamente muy inteligente: ¿por qué molestarse en matar a un humano cuando en vez de eso se le puede utilizar? Era el Korum más sibilino en su estado puro.

Ella debía parecer disgustada, porque él dijo,—Mia, deja de preocuparte por esto. La Resistencia ya no existe. Era un movimiento estúpido desde el principio. Solo piénsalo. Así que no les gusta que estemos por aquí y hayamos cambiado algunas cosas. ¿Supone eso una buena razón para arriesgar tantas vidas? Tendrás que admitir que no nos parecemos en nada a los invasores extraterrestres de vuestras películas. No tenemos ninguna intención de esclavizar a los humanos, ni de robaros vuestro planeta. Si ese hubiera sido nuestro propósito, ya lo habríamos cumplido. Nos instalamos aquí tan pacíficamente como nos fue posible, viviendo en nuestros Centros e interfiriendo lo menos posible en los asuntos humanos. Eso es mucho mejor que lo que vuestros europeos hicieron a los nativos americanos.

Todavía sentada en su regazo, Mia apartó la mirada. Si Korum le estaba diciendo la verdad y John había mentido sobre el significado de charl, entonces todo el movimiento de la Resistencia estaba errado en el mejor de los casos, y era criminalmente irresponsable en el peor.

—¿Y piensas honestamente que habría sido bueno para vosotros tener a esos siete traidores como gobernantes? Porque, créeme, eso es lo que habrían sido. Querían poder, y no les importaba quién resultaba herido a consecuencia de sus actos. ¿De verdad piensas que se habrían quedado satisfechos viviendo tranquilamente entre los humanos, obedeciendo todas vuestras leyes, y compartiendo la sabiduría krinar de forma altruista?

Ahora que Korum se lo ponía así, Mia vio lo implausible que era lo que originalmente le había contado John. Tal vez los líderes de la resistencia habían pensado que podrían controlar a los kets de alguna manera una vez los otros K se hubieran marchado, pero esa podría haber sido una suposición peligrosa. Mia se fustigó mentalmente. ¿Por qué no había hecho más preguntas sobre las motivaciones de los kets? Pero no, se había creído ciegamente todo lo que John le iba contando, demasiado inmersa en su propio drama personal para pensar en ninguna otra cosa con claridad.

Korum suspiró, y ella notó el movimiento de su pecho.

—Mira, estar en Lenkarda no estará tan mal,

créeme. ¿No tienes nada de curiosidad por ver cómo vivimos?

Mia lo miró otra vez, sintiéndose completamente agotada.

—Korum, es que no... no puedo simplemente dejarlo todo y a todos...

—¿Y si te llevo a ver a tu familia en un par de semanas tal como habíamos quedado? —preguntó él suavemente—. ¿Te haría eso sentirte mejor?

—¿Iríamos a Florida? —preguntó Mia, sorprendida.

Él asintió.

—Podrías pasar con ellos unos días antes de que tengamos que volver.

Ella sonrió, y el peso que había en su pecho se aligeró aún más.

—Eso sería maravilloso —dijo con voz queda.

Él le devolvió la sonrisa y le apartó con dulzura un rizo de la cara.

—Y, ojalá, para el final del verano ya hayamos capturado al resto de miembros de la Resistencia, así que si todavía quieres volver a Nueva York por entonces, volveremos aquí y podrás terminar el último año de tus estudios.

Mia parpadeó, apenas atreviéndose a creer lo que estaba oyendo.

—¿Me traerás aquí de vuelta?

—Lo haré... si tú todavía quieres volver por entonces. —Se puso de pie y la dejó suavemente en el suelo—. Ahora ponte una camisa y unos zapatos mientras me visto. Es hora de irnos.

Korum la dejó coger su bolso con todo lo que contenía, excepto el arma, y nada más. Cuando ella protestó porque necesitaba su ordenador y su ropa, él se echó a reír.

—Te lo prometo, hay de todo allá a donde vamos —le explicó con una sonrisa.

—¿Y mi pasaporte? —preguntó ella, y entonces se dio cuenta de que era una pregunta estúpida. Aunque fuera a un país extranjero, dudaba sinceramente que fuera a pasar por la seguridad del aeropuerto. De alguna manera, Korum había conseguido viajar hasta allí esa misma mañana y luego regresar a Nueva York, todo en el margen de un par de horas. No, pensó Mia, probablemente no viajarían en avión.

Sus suposiciones resultaron ser correctas.

Él la llevó a su despacho, cogiéndola de la mano como si temiese que ella fuera a salir corriendo. Se acercó al fondo de la habitación, estiró la mano hacia la pared y esta se abrió, mostrando unas escaleras que probablemente llevaban hasta la azotea.

—Vamos, —dijo Korum, y ella le siguió con cautela, con el pulso acelerado de pensar a dónde iba. Era demasiado tarde para echarse atrás, sin contar con qué él no la habría dejado, y Mia sintió una embriagadora mezcla de emoción y miedo corriendo por sus venas mientras subía las escaleras.

Salieron a la azotea, y Mia miró a su alrededor. No estaba segura de lo que esperaba ver, tal vez alguna nave alienígena allí aparcada. Pero no había nada. El tejado estaba vacío, a excepción de algunos arbustos de siemprevivas que crecían en hileras ordenadas a lo largo del perímetro. La lluvia casi había parado por completo, pero todo seguía empapado, y Mia casi podía notar como sus rizos se encrespaban por la humedad del aire.

—¿Qué estamos haciendo aquí? —preguntó sorprendida—. ¿Va a venir alguien a recogernos?

Korum negó con la cabeza y sonrió.

—No, vamos por nuestros propios medios.

—¿Cómo? —preguntó Mia, muriéndose de curiosidad.

—Lo verás en un segundo. No tengas miedo, ¿vale? —Le apretó la mano de forma tranquilizadora.

Mia asintió, y Korum soltó su mano, y dio un paso atrás. Extendiendo el brazo, hizo un gesto, como señalando el espacio vacío frente a él. De repente, Mia escuchó un zumbido grave. El sonido no se parecía a nada de lo que Mia hubiera oído antes, era demasiado bajo y regular para ser el zumbido de un insecto.

—¿Qué es eso? —preguntó cautelosamente, preguntándose si Korum pretendía teletransportarlos a algún sitio. Mia no tenía ni idea de los límites de la tecnología K, pero sabía que la física de los K tenía que ir más allá que las teorías de Einstein; si no, los K no habrían podido viajar por encima de la velocidad de la luz. ¿Quién sabía qué más podían hacer?

Korum se volvió hacia ella, con los ojos brillantes por alguna emoción desconocida.

—Es el sonido de los nanorobots que acabo de liberar. Están construyendo nuestro transporte—. Y Mia se dio cuenta de que estaba nerviosa, encantada de estar yendo a casa.

Algo empezó a titilar frente a ellos. Los brazos de Mia se cubrieron de carne de gallina mientras ella miraba fascinada la extraña estampa. El brillo se intensificó, como si alguien hubiera lanzado un cubo de purpurina frente a ellos, y entonces las paredes de la nave empezaron a aparecer frente a sus ojos.

Apenas capaz de contener una exclamación, Mia observó cómo la estructura se iba generando, al parecer de la nada. Las paredes cobraron solidez lentamente, haciéndose más gruesas capa a capa, y por fin, ante ellos había una pequeña nave, como una cápsula. Parecía estar hecho de algún material marfileño poco habitual, sin ventanas ni puertas visibles, y era más pequeña que un helicóptero.

Mia soltó de golpe el aire que había estado conteniendo los últimos treinta segundos.

—Se llama tecnología de fabricación rápida —dijo Korum, sonriendo ante su rostro de asombro absoluto. Es uno de nuestros inventos más útiles. Ven conmigo. —Y cogiendo su mano de nuevo, la guio hasta la estructura recientemente ensamblada.

Cuando se acercaron, la pared de la cápsula simplemente se desintegró, creando una entrada para ellos. Mia parpadeó por la sorpresa, pero siguió a Korum dentro de la nave. Una vez entraron, la pared volvió a hacerse sólida, y la entrada desapareció.

El interior de la cápsula no se parecía a ninguna nave que ella pudiera haber imaginado. Las paredes, el suelo y el techo eran transparentes, veía que era todo de color marfil a su alrededor, pero a la vez también podía ver lo que había fuera. Era como si estuvieran dentro de una burbuja gigante de cristal, aunque Mia sabía que la estructura no era transparente desde el exterior. No había mandos ni botones de ningún tipo, nada que sugiriera que el artefacto poseía una electrónica compleja. Y en lugar de asientos había dos planchas ovaladas de color blanco flotando en el aire.

—Toma asiento —dijo Korum, señalando hacia una de las planchas.

—¿En eso? —Mia ya sabía que la tecnología Krinar estaba mucho más avanzada, por supuesto, y se había esperado encontrarse con algunas cosas increíbles. Pero esto... era como entrar en algún reino mágico donde las leyes normales de la física no parecían aplicarse, y eso sin dejar Nueva York siquiera.

Él se echó a reír, aparentemente divertido por su desconfianza.

—En eso. No te caerás, te lo prometo.

Con cautela, todavía aferrándose a su mano, Mia se sentó con cuidado sobre la plancha. La notó moverse por debajo de ella, y contuvo el aliento mientras se ajustaba a la forma de su trasero, convirtiéndose de repente en la silla más cómoda que jamás había usado. Ahora también había un respaldo, y Mia se encontró apoyándose en él, sus tensos músculos relajándose, aliviados por la extrañamente acogedora sensación.

Con una gran sonrisa, Korum se sentó sobre otra plancha a su lado, y Mia observó con asombro como el material blanco se movía en torno a su cuerpo, adaptándose a su forma. Mia se dio cuenta con algo de vergüenza de que todavía le estaba apretando la mano como una posesa y le soltó, intentando actuar con tanta despreocupación como podía al encontrarse con una tecnología que parecía exactamente igual que la magia.

Korum asintió con aprobación, y agitó ligeramente la mano.

Suavemente, sin hacer ningún ruido, la cápsula despegó del suelo y se elevó rápidamente por el aire. Con una sensación de pánico en el estómago, Mia miró hacia abajo a través del suelo transparente, viendo como la ciudad de Nueva York se iba haciendo cada vez más pequeña según tomaban altitud. Sorprendentemente, no sintió náuseas o la sensación de ser empujada contra el asiento como cabría esperar de tan rápido ascenso; era como si estuviera sentada en una silla de casa en lugar de moverse hacia arriba como un cohete.

—¿Por qué no noto en absoluto que estamos volando? —preguntó con curiosidad, levantando la vista del suelo donde ahora solo las nubes eran visibles.

—La nave está equipada con un suave campo antigravitatorio —explicó Korum—. Está diseñado para que estemos cómodos manteniendo la fuerza de la gravedad al mismo nivel que normalmente tendrías en la superficie del planeta; si no, acelerar de esta forma sería bastante desagradable para mí, y probablemente mortal para ti.

Y ella vio como las nubes pasaban zumbando por debajo de ellos mientras la cápsula viajaba a una velocidad increíble, llevándola a un lugar que pocos humanos eran capaces de imaginar, ni mucho menos visitar en persona. Nunca, ni en un millón de años, podría haber supuesto Mia que un simple paseo por el parque la iba a llevar hasta aquí, que estaría sentada en una nave alienígena dirigiéndose hacia la principal colonia krinar... que iba a sentir lo que sentía por el hermoso extraterrestre sentado a su lado.

Un par de minutos después, parecieron haber llegado a su destino, y la nave inició su descenso.

—Bienvenida a casa, querida —le dijo Korum dulcemente al tiempo que el paisaje verde de Lenkarda apareció bajo sus pies, y la nave aterrizó tan silenciosamente como había despegado.

La nueva vida de Mia había empezado.

FIN

¡Gracias por leer *Contactos peligrosos*, el primer libro en la serie de las *Crónicas de Krinar!* Agradecería enormemente que dejaras una opinión, porque las reseñas me animan a escribir y ayudan a otros lectores a descubrir mis libros.

La historia de Mia y Korum sigue en *Obsesión peligrosa (Las Crónicas de Krinar: Volumen 2)*.

Si te ha gustado *Contactos peligrosos* puede que también te gusten los libros de romance oscuro de Anna Zaires:

- *Secuestrada* – La historia de Julian & Nora, un romance oscuro

Si quieres que te avisemos cuando salga el próximo

libro, regístrate para mi lista de correo electrónico de nuevas publicaciones en www.annazaires.com/book-series/espanol/.

Y ahora pasa la página para saborear una pequeña muestra de *Secuestrada.*

EXTRACTO DE SECUESTRADA

Nota del autor: *Secuestrada* es una oscura trilogía erótica sobre Nora y Julian Esguerra. Los tres libros se encuentran ya disponibles.

Tengo diecisiete años cuando lo conozco.

Diecisiete años y estoy loca por Jake.

—Nora, vamos, me aburro —dice Leah, sentada conmigo en las gradas viendo el partido. Fútbol americano. No sé nada de fútbol, pero finjo que me encanta porque es donde puedo verlo. Allí, en ese campo, mientras entrena cada día.

No soy la única chica que mira a Jake, claro. Es el quarterback y el más buenorro del mundo… o por lo menos de Oak Lawn, un barrio residencial de Chicago, Illinois.

—No es aburrido —le digo—. El fútbol es divertidísimo.

Leah pone los ojos en blanco.

—Ya, ya. Anda y ve a hablar con él. No eres tímida. ¿Por qué no haces que se fije en ti?

Me encojo de hombros. Jake y yo no nos movemos en los mismos círculos. Las animadoras se le pegan como lapas y llevo observándolo bastante tiempo para saber que le van las rubias altas y no las morenas bajitas.

Además, por ahora es divertido disfrutar de esta atracción. Sé qué nombre tiene este sentimiento: lujuria. Hormonas, así de simple. No sé si me gustará Jake como persona, pero me encanta como está sin camiseta. Cuando pasa por mi lado, noto que se me acelera el corazón de la alegría. Siento calor en mi interior y me entran ganas de removerme en el asiento.

También sueño con él. Son sueños sensuales y eróticos donde me coge la mano, me acaricia la cara y me besa. Nuestros cuerpos se tocan, se frotan el uno contra el otro. Nos desvestimos.

Trato de imaginar cómo sería el sexo con Jake.

El año pasado, cuando salía con Rob, casi llegamos hasta el final, pero entonces descubrí que se había acostado, borracho, con otra chica en una fiesta. Acabó arrastrándose cuando me enfrenté a él, pero ya no podía fiarme y rompimos. Ahora me ando con mucho más ojo con los chicos con los que salgo, aunque sé que no todos son como Rob.

Pero puede que Jake sí lo sea. Es demasiado popular

para no ser un mujeriego. Aun así, si hay alguien con quien me gustaría hacerlo por primera vez, ese es Jake, sin duda alguna.

—Salgamos esta noche —dice Leah—. Noche de chicas. Podemos ir a Chicago a celebrar tu cumpleaños.

—Mi cumpleaños no es hasta la semana que viene —le recuerdo, aunque sé que tiene la fecha marcada en el calendario.

—¿Y qué? Podemos adelantar la celebración.

Sonrío. Siempre está a punto para la fiesta.

—No sé. ¿Y si vuelven a echarnos? Esos carnets no son muy buenos…

—Iremos a otro sitio. No tiene por qué ser el Aristotle.

El Aristotle es el club más molón de la ciudad. Pero Leah tenía razón… había otros.

—De acuerdo —digo—. Hagámoslo. Adelantemos la fiesta.

Leah me recoge a las nueve.

Va vestida para salir de fiesta: unos vaqueros ceñidos oscuros, un top brillante sin tirantes de color negro y botas de tacón hasta las rodillas. Lleva la melena rubia completamente lisa y suave, que le cae por la espalda como una cascada radiante.

Sin embargo, yo aún llevo puestas las zapatillas de deporte. Tengo los zapatos de tacón dentro de la mochila que dejaré en el coche de Leah. Un jersey grueso esconde el top sexi que llevo. No me he maquillado y llevo la melena castaña recogida en una coleta.

Salgo de casa así para no levantar sospechas. Digo a mis padres que me voy con Leah a casa de una amiga. Mi madre sonríe y me dice que me lo pase bien.

Ahora que casi tengo dieciocho años, no tengo toque de queda. Bueno, quizá sí, pero no es oficial. Siempre y cuando llegue a casa antes de que mis padres empiecen a preocuparse, o por lo menos les diga dónde voy a estar, no pasa nada.

Cuando subo al coche de Leah empiezo a transformarme.

Me quito el jersey, que revela el ajustado top que llevo debajo. Me he puesto un sujetador con relleno para aprovechar al máximo mis encantos, algo pequeños. Los tirantes del sujetador están diseñados inteligentemente para ser bonitos, así que no me da vergüenza que se me vean. No tengo unas botas tan llamativas como las de Leah, pero he conseguido sacar a hurtadillas mi mejor par de zapatos negros de tacón. Me añaden unos diez centímetros de altura. Y como necesito hasta el último centímetro, me los pongo.

Después, saco mi neceser de maquillaje y bajo el visor para mirarme al espejo.

Unos rasgos familiares me devuelven la mirada. Mis ojos grandes y marrones y las cejas negras y muy definidas dominan mi pequeño rostro. Rob me dijo una vez que parecía exótica, y sí, algo así es. Aunque solo tengo una cuarta parte de latina, siempre estoy algo bronceada y mis pestañas son más largas de lo normal. Leah dice que son postizas, pero son auténticas.

No tengo ningún problema con mi aspecto, aunque a veces me gustaría ser más alta. Es por los genes mexicanos. Mi abuela era bajita y yo también lo soy, aunque mis padres tienen una altura normal. Y no me preocupa, lo que pasa es que a Jake le gustan las altas. Creo que ni siquiera me ve en el pasillo porque estoy por debajo del nivel de su vista.

Suspiro, me pongo brillo de labios y sombra de ojos. No me paso con el maquillaje porque a mí me funciona más lo sencillo.

Leah sube el volumen de la radio y las nuevas canciones pop llenan el coche. Sonrío y empiezo a cantar con Rihanna. Leah se une y ahora las dos estamos cantando a voz en grito la de S&M.

Sin casi darme cuenta, ya hemos llegado al grupo.

Nos acercamos como si fuéramos las reinas del mambo. Leah sonríe al portero y le enseñamos nuestros carnets. Nos dejan pasar, sin problemas.

Nunca habíamos estado antes en este club. Está en una parte del centro de Chicago más vieja y deteriorada.

—¿Cómo descubriste este sitio? —grito a Leah para que me oiga por encima de la música.

—Me lo dijo Ralph —grita ella y yo pongo los ojos en blanco.

Ralph es el exnovio de mi amiga. Rompieron cuando él empezó a comportarse de forma extraña, pero, por algún motivo, siguen en contacto. Creo que ahora él está metido en las drogas o algo así. No lo sé seguro y Leah no me lo quiere contar por lealtad a él. Es un tío muy turbio, y que estemos aquí porque nos lo haya recomendado él no me tranquiliza en absoluto.

Pero, bueno, da igual. La zona de fuera no es lo mejor, pero la música es buena y me gusta la gente variada que hay.

Estamos aquí para pasárnoslo bien y eso es exactamente lo que hacemos durante la hora siguiente. Leah consigue que un par de tíos nos inviten a unos chupitos. No nos tomamos más de una copa. Leah porque tiene que llevar el coche y yo porque no metabolizo bien el alcohol. Puede que seamos jóvenes, pero no somos tontas.

Después de los chupitos, bailamos. Los dos chicos que nos han invitado bailan con nosotras, pero poco a poco nos vamos alejando de ellos. Tampoco son tan monos. Leah encuentra a unos buenorros de edad universitaria y nos ponemos a su lado. Entabla conversación con uno y yo sonrío al verla en acción. Se le da muy bien esto del flirteo.

En esas que la vejiga me dice que tengo que ir al baño. Así que los dejo y allá que voy.

Ya de vuelta, pido al camarero un vaso de agua. Después de bailar me ha entrado sed.

El chico me lo da y me lo bebo de un trago. Cuando termino, dejo el vaso en la barra y levanto la vista.

Me topo con un par de ojos azules y penetrantes.

Está sentado al otro lado de la barra, a unos tres metros de mí. Y me está mirando.

Le devuelvo la mirada, no puedo evitarlo. Es el hombre más guapo que haya visto en mi vida.

Tiene el pelo oscuro y un poco rizado. Su rostro es de facciones duras y masculinas, con rasgos simétricos. Tiene las cejas rectas y oscuras por encima de los ojos, que son increíblemente claros. Y una boca que podría pertenecer a un ángel caído.

De repente me acaloro al imaginar esa boca rozando mi piel y mis labios. Si fuera propensa a ponerme roja, ahora mismo me habría puesto como un tomate.

Él se levanta y camina hacia mí sin dejar de mirarme. Anda sin prisa, tranquilo. Se lo ve muy seguro de sí mismo. ¿Y por qué no iba a estarlo? Es muy guapo y lo sabe.

Al acercarse, me doy cuenta de que es grande. Es alto y fornido. No sé qué edad tiene, pero supongo que se acerca más a los treinta que a los veinte. Es un hombre, no un chiquillo.

Se coloca a mi lado y tengo que acordarme de respirar.

—¿Cómo te llamas? —pregunta en una voz baja, pero audible por encima de la música. Oigo su tono profundo a pesar de este entorno tan ruidoso.

—Nora —respondo con voz queda, mirándolo. Me he quedado fascinada y estoy segura de que él lo sabe.

Sonríe. Al separar esos labios tan sensuales deja entrever unos dientes blancos y rectos.

—Nora. Me gusta.

Como él no se presenta, me armo de valor y le pregunto:

—¿Cómo te llamas?

—Puedes llamarme Julian —dice, y miro cómo mueve los labios. Nunca me había fascinado tanto la boca de un hombre.

—¿Cuántos años tienes, Nora? —me pregunta a continuación.

Parpadeo.

—Veintiuno.

Se le ensombrece la expresión.

—No me mientas.

—Casi dieciocho —admito a regañadientes. Espero que no se lo diga al camarero y me echen de aquí.

Asiente, como si hubiera confirmado sus sospechas. Entonces levanta la mano y me toca el rostro. Suavemente, con cuidado. Me roza el labio inferior con el pulgar como si sintiera curiosidad por su textura.

Estoy tan sorprendida que me quedo allí plantada. Nadie me lo había hecho antes, nadie me había tocado así, como si nada, de aquella forma tan posesiva. Siento frío y calor a la vez, y un escalofrío de miedo me recorre la espalda. No vacila en sus gestos. No pide permiso ni se detiene a ver si lo dejo tocarme.

Me toca sin más. Como si tuviera derecho a hacerlo. Como si yo le perteneciera.

Con la respiración agitada y entrecortada, doy un paso atrás.

—Tengo que irme —susurro, y él vuelve a asentir,

mirándome con una expresión inescrutable en su hermoso rostro.

Sé que me deja ir y me siento agradecida porque algo en mi interior me dice que podría haber ido más allá, que no sigue las normas establecidas.

Que seguramente sea la persona más peligrosa que he conocido jamás.

Me doy la vuelta y me abro paso entre la muchedumbre. Me tiemblan las manos y el pulso me late con fuerza en la garganta.

Tengo que salir de allí, así que cojo a Leah y le pido que me lleve a casa en coche.

Al salir de la discoteca, miro hacia atrás y vuelvo a verlo. Sigue mirándome.

A su mirada se asoma una oscura promesa; algo que me hace estremecer.

Secuestrada ya está disponible. Para saber más y registrarte para mi lista de nuevas publicaciones, visita www.annazaires.com/book-series/espanol/.